TARKAN BAGCI

HEART BREAK

ROMAN

dtv

MIX
Papier aus verantwortungsvollen Quellen
FSC® C019821
www.fsc.org

Ungekürzte Ausgabe 2024

Umschlaggestaltung: zero-media.net, München
Umschlagmotive: FinePic®, München; stocksy.com /
© Rialto Images; Simone Wave
Satz: Uhl + Massopust, Aalen
Gesetzt aus der Joanna Nova
Druck und Bindung: Druckerei C.H.Beck, Nördlingen
Printed in Germany · ISBN 978-3-423-22082-8

1

Aus unerklärlichen Gründen landet sie immer wieder in der Küche, wenn es passiert. Auf dem kalten Boden, zwischen Herd und Küchentisch. Sie weiß nicht, warum, es zieht sie dort einfach hin. So wie Katzen instinktiv einen abgelegenen Ort finden, an den sie sich zurückziehen, wenn sie spüren, dass sie sterben.

Natürlich weiß Marie, dass sie gerade nicht stirbt. Leider hilft ihr das nicht sonderlich, denn es fühlt sich trotzdem so an. Ihre Atmung geht flach und schnell, ohne dass sie ausreichend Luft bekommt, und ihr Herz pocht so heftig gegen den Brustkorb, als wollte es ausbrechen. Marie kauert sich angstvoll zusammen, ohne sagen zu können, wovor sie eigentlich Angst hat.

Ihr Hausarzt hat das, was sie durchmacht, als Panikattacken attestiert, aber Marie findet, das passt nicht ganz. Eine Attacke ist etwas, das einen angreift, den Normalzustand bedroht. Doch was Marie gerade erlebt, greift sie nicht an, es enttarnt sie. Das ist ihr Normalzustand. Panik, Angst und vor allem: Hoffnungslosigkeit.

Dabei ist Hoffnungslosigkeit ein Gefühl, das gar nicht mehr existieren dürfte, denn es geht komplett wider die Evolution. Höhlenmenschen, die sich beim ersten Anzeichen von Säbelzahntigern auf den Boden kauern und aufgeben, leben schließlich nicht lange genug, um ihre DNA weiterzugeben. Wenn man heutzutage ein Gefühl echter Hoffnungslosigkeit empfindet, muss die Lage also so schlimm sein, dass selbst Millionen Jahre evolutionären Aussiebens nicht dagegen ankommen. Oder man ist Marie. Dann reicht unter Umständen eine etwas schärfer formulierte Mail vom Chef.

Zum Glück ist sie zu Hause, im Homeoffice, wo sie niemand weinen hören kann. Das Schluchzen lässt nicht nach und zieht ihr die Luft aus der Lunge. Marie krümmt sich zusammen und möchte einfach nur verschwinden. Das Schlimme, vielleicht sogar das Schlimmste an diesen Momenten ist, dass sie unendlich sind. Ungefähr so, wie ein Raum unendlich groß wird, wenn es stockdunkel ist. Für Marie gibt es kein Vorher, kein Nachher, es gibt nur das Jetzt, den Schmerz, für immer.

Solche Schübe kommen meistens dann, wenn sich etwas in ihrem Leben drastisch verändert hat. Wie vor knapp zwei Jahren, als sie aus dem Studentenwohnheim in ihre erste eigene Wohnung nach Köln gezogen ist. Sie liebt diese Wohnung, denn mittlerweile ist es wirklich *ihre*. Aber als sie zum ersten Mal in dem leeren, zwanzig Quadratmeter großen Zimmer stand, kam es ihr so vor, als könnte sie sich hier nie zu Hause fühlen. Und da reichte es bereits aus, dass etwas später die Couch in einer anderen Farbe geliefert wurde als bestellt, um sie in die Knie zu zwingen. Oder damals, als ihre Hauskatze Pompom starb, da war Marie gerade mal zwölf. In der Zeit brach sie beim kleinsten Ärger so heftig in Tränen aus, dass selbst ihre Mutter, die sie ständig kritisiert, den Spaß am Schimpfen verlor. Alles, was die gewohnte Ordnung umwirft, trifft auch die fragile Stütze, an der sich Maries Psyche anlehnt. Und wenn diese Stütze fehlt, dann reicht der kleinste Stressfaktor, damit sie umfällt. Das kann alles Mögliche sein, die falsche Couchfarbe, die Standpauke der Mutter oder eben eine Mail. Ursache und Auslöser – das eine nimmt ihr die Stütze weg, das andere haut sie um.

Die Unendlichkeit dauert diesmal etwa zehn Minuten. Marie japst noch einmal nach Luft und kriegt endlich etwas mehr zu fassen. Ihre Atmung beruhigt sich langsam, ihr Schluchzen wird lautlos, und sie kann wieder einigermaßen zusammenhängende Gedanken formen. Die ersten drehen sich sofort um Emil. Immer wieder Emil. Es ist eine Erinnerung.

Sie sind im Restaurant, es ist ihr Jahrestag …

Marie hat ein paar Tomaten auf ihrem Nudelgericht. Emil hebt bereits die Gabel, um sie von dem Gemüse zu befreien. Vor genau zwölf Monaten haben sie dieses Ritual begonnen. Damals, bei ihrem ersten Date, bestellte Marie einen Salat, in dem jede Menge Tomaten waren. Marie liebt Tomaten. Darum schob sie alle beiseite, um sie sich bis zum Schluss aufzuheben. Emil verstand das falsch und schnappte sich mit einem »Wenn du die nicht magst, ess ich die gerne!« den

Teller. Und weil er sich über die extra Tomaten freute, korrigierte Marie das Missverständnis nicht, sondern gab ihm von da an immer kommentarlos ihre Tomaten ab. Außer heute. Marie ist in Gedanken vertieft, spießt eine Tomate auf und fängt einfach an zu essen.

»Warte mal«, sagt Emil verblüfft, »ich dachte, du magst keine Tomaten?«

Marie schaut auf ihren Teller. »Doch«, sagt sie ertappt, »total gerne sogar.«

»Warum hast du sie mir dann immer abgegeben?«

»Weil du dich so sehr drüber freust.«

Emil fängt an zu lachen. »Zwölf Monate«, sagt er. »Zwölf Monate hast du so getan, als würdest du keine Tomaten mögen, bloß um mir eine Freude zu machen?« Marie zuckt beschämt mit den Schultern und fängt ebenfalls an zu lachen. Emil lehnt sich vor und gibt ihr einen Kuss. »Ich liebe dich«, sagt er und stibitzt eine Tomate von ihrem Teller.

Marie schüttelt die Erinnerung ab. Heute keine Gedanken an Emil mehr, nimmt sie sich vor. Und erst recht keine Erinnerungen!

Der »Anfall«, oder wie auch immer man es nennen möchte, ist nicht vorbei, er ist nur in eine andere Phase übergegangen. Wie ein Feuer, das mit dem Ende der Stichflammen nicht sofort erlischt, sondern noch stundenlang glühen kann. Manchmal sogar tagelang. Morgen wird es ihr nicht wieder gut gehen, nur anders schlecht. Statt verzweifelt wird sie apathisch, statt aufgewühlt komplett leer sein. Die Hoffnungslosigkeit bleibt, sie schlüpft nur in ein anderes Gewand.

Wie soll sie es so schaffen, morgen zu arbeiten? Oder überhaupt aufzustehen? Wenn sie nur daran denkt, dass sie aufwacht und immer noch sie selbst ist, kriegt sie Krämpfe. Aber sie ist erschöpft genug, um dem Gedanken nicht folgen zu müssen. Um gar nichts mehr denken zu müssen. Um sich einfach nur auf den Boden zu kauern und auf die Säbelzahntiger zu warten.

Sie reißt ein längeres Stück Papier von der Küchenrolle ab, mit dem sie sich die Augen trocken tupft. Ihre Wangen glühen, aber sind mit Sicherheit wie immer schneeweiß. »Käsig« nannte ihre Mutter Maries Hautton oft abschätzig. Marie fand das immer verletzend und verteidigte sich irgendwann. Ihre Haut sei nicht gelb, protestierte sie, nur blass. Stimmt, sah ihre Mutter ein und sprach seitdem von »Totenblässe«. Nicht viel besser, aber Marie war einfach froh, nicht mehr ihr »Käsekind« zu sein, und beließ es dabei.

Sie atmet noch einmal tief durch, kämmt sich mit den Fingern den dicken schwarzen Pony zurecht und steht auf. Im Flur vermeidet sie den Blick in den Spiegel. Sie weiß, was sie sehen würde. Ein spitzes Kinn (mag sie nicht). Hohe Wangenknochen (mag sie). Glatte, schulterlange schwarze Haare (mal o.k., mal schrecklich, je nach Tagesform). Und wahrscheinlich sind ihre blauen Augen gerade sehr hell. Denn Marie könnte schwören, dass das Blau ihrer Augen frühmorgens und nach dem Weinen immer viel heller ist als sonst. Vielleicht wirken sie auch nur im Kontrast zu dem geröteten Weiß um ihre Augen und den dunklen Augenringen so. Jedenfalls: nichts, was sie sehen möchte. Sie lässt den Spiegel hinter sich und schlurft mühsam in Richtung Bett.

Obwohl sie körperlich komplett erschöpft ist, kann sie noch nicht schlafen, erst muss auch ihr Kopf zur Ruhe kommen. Dafür braucht sie etwas, das sie ablenkt und ihr ein gutes Gefühl gibt. Etwas, das ihrem Hirn erlaubt, Pause zu machen und sich zurückzulehnen. Sie greift sich ihren Laptop und entscheidet sich für *Modern Family*. Sie kennt bereits jede Folge auswendig, aber genau darum geht es. Sie kennt die Serie, wie man einen guten Freund kennt. Es ist etwas Vertrautes, das sie umarmt und beruhigt. Wie Tee fürs Hirn. Sie dreht sich in ihre Decke und klappt den Laptop auf. Es dauert etwa zwei Folgen, bis sie überhaupt merkt, dass sie guckt. Nach fünf Folgen ist sie wieder einigermaßen da, und in der sechsten Folge gibt es sogar einen Moment, in dem sie beinahe gelächelt hätte. Noch etwa drei Folgen, und sie kann vielleicht schlafen. Körperlich ist sie längst dazu bereit, die Hoffnungslosigkeit hat sie völlig erschöpft. Sie ist sich nicht ganz sicher, wie viele Kalorien so ein Anfall verbrennt, aber es sind bestimmt einige. Vielleicht sollte man das in Kardio-Trainings einbauen, denkt sie. Dreißig Sit-ups, zwanzig Liegestütze und zehn Minuten absolute Hoffnungslosigkeit, das wäre mal ein Workout. Der Gedanke sorgt wieder beinahe für ein Lächeln. Aber nur beinahe.

Auf ihrem Laptop hat die Dunphy-Familie sich gerade für Thanksgiving zusammengefunden. Mitchell reißt seiner Schwester Claire die Medaille vom Hals, nachdem klar wird, dass sie nicht wirklich das Rennen gewonnen hat. Woraufhin Cam, der Mann von Mitchell, offenbart, dass dieser sich nicht in einer heroischen Konfrontation mit Einbrechern verletzt hat, sondern sich aus Versehen selbst mit Nunchakus ins Gesicht gehauen hat. Woraufhin wiederum Mitchell allen erzählt, dass Cam als Trainer geschummelt hat, um seine Mannschaft zum Sieg zu führen, und endgültig Chaos ausbricht. Ein Gedanke an ihre eigene Familie drängt sich ihr auf, aber Marie schiebt ihn beiseite. Der nächste Gedanke in der Schlange ist leider nicht besser. Als »eine Familie« bezeichnet ihr Chef Heiner auch ständig die Firma. Und damit ist sie wieder beim letzten Satz der (ansonsten belanglosen) Mail. *Dem Auslöser.*

> *Bis morgen, dann endlich mal wieder persönlich.*
> *Heiner*

Es ist das Wort »endlich«. Es bedeutet, dass ihr Chef denkt, sie sei viel zu oft im Homeoffice. Dass er *weiß*, wie wenig sie die Arbeit mag. Dass sie viel zu wenig arbeitet, faul ist, sich drückt. Dass alle anderen es auch wissen und …

Marie hält inne und stemmt sich mit dem letzten bisschen Kraft, das sie noch hat, gegen den Gedankenzug, um ihn zu stoppen. So, wie sie es in der Therapie gelernt hat. Sie sagt sich ganz deutlich »Stopp« und verbietet sich weiterzudenken. Extrem banal. Aber diesmal funktioniert es auch. Theoretisch müsste sie diesen Moment nun komplett nacharbeiten. Sich intensiv mit ihm beschäftigen. Um welches *Schema* handelt es sich? Was wären *produktive* Gedanken? Sie müsste ganz tief in sich graben, was mehr Schmerz bedeutet. Aber das schafft sie jetzt nicht. Ihr Energiespeicher ist leer, ihre Schmerzgrenze völlig überschritten. Wie soll das gehen? Wie soll sie das jemals schaffen? Warum kann sie nicht einfach ein neues Gehirn bekommen? Beschädigte Ware, bitte einmal umtauschen. Reparieren klappt ja anscheinend nicht.

Marie hat irgendwo gelesen, dass wir Menschen mehr über die Zusammensetzung des Universums wissen als über unser eigenes Gehirn. Das klingt erst mal unglaubwürdig. Das Universum ist unendlich groß, dagegen wirken Gehirne geradezu handlich. Bei manchen Menschen ist sich Marie sogar sicher, dass sie winzig sind. So viel kann es da doch nicht zu erforschen geben? Vor allem nicht im Vergleich zum Universum. Vielleicht liegt die Krux aber auch darin, dass menschliche Gehirne menschliche Gehirne untersuchen. Sie müssen sich selbst verstehen. Egal, wie groß das Universum ist, es ist eher möglich, einen Elefanten aus einem Sumpf zu ziehen als sich selbst am eigenen Schopf. Und vielleicht ist es Menschen darum möglich, eine Rakete ins All zu schießen und ganz genau zu berechnen, wo sie wann ankommt, während es bei Medikamenten, die im Gehirn wirken, immer noch heißt: »Keine Ahnung, ob das funktioniert, müssen wir mal ausprobieren.«

Marie nimmt seit etwas mehr als einem Jahr jeden Morgen das Antidepressivum Escitalopram. Es war das erste Antidepressivum, das ihr neuer (und erster) Psychiater, Herr Reinhardt, verschrieben hatte. Und zum Glück hilft es ohne große Nebenwirkungen. Erst hat sie zehn Milligramm genommen, seit einigen Monaten nun zwanzig. Eigentlich ist Marie damit sehr zufrieden. Das Medikament stützt sie zwar nicht so, dass sie nie mehr hinfällt, aber es hilft ihr dabei, schnell wieder auf die Beine zu kommen. Gerade hat sie allerdings das Gefühl, im freien Fall zu sein.

Denn so etwas Banales wie die Mail von Heiner würde ihr eigentlich nichts anhaben, wenn hinter diesem *Auslöser* nicht eine schreckliche *Ursache* stecken würde. Eine *Ursache*, die seit ungefähr vierundzwanzig Stunden Maries Stützen gewaltig zum Wackeln bringt und droht, ihr Leben ganz drastisch zu ändern. Eine *Ursache*, die den Namen Emil trägt.

Sie nimmt ihr Handy und wählt seinen Kontakt aus. Tu es nicht, denkt Marie, aber kann sich nicht gegen den Impuls wehren, zum hundertsten Mal die letzte Nachricht, die sie von ihm bekommen hat, anzugucken.

Es ist ein Foto. Ein Selfie von ihnen beiden im Restaurant. Gestern Abend, als Marie zum ersten Mal ihre Tomaten nicht mit ihm geteilt hat. Auf dem Foto küsst sie Emil auf die Wange, und er kneift spielerisch eines seiner smaragdgrünen Augen zu und grinst breit. Emil hat das Foto geschickt mit der Bemerkung: *Danke für das Jahr. Und für die Tomaten!* Seitdem kann Marie ihn nicht mehr erreichen. Als er auf ihre ersten Nachrichten nicht reagierte, dachte sie sich nichts dabei. Aber dann war heute Morgen plötzlich sein Profilbild verschwunden, und ihre Nachrichten kamen gar nicht mehr bei ihm an. Sie hat versucht, ihn anzurufen, doch das Telefon hat nur ein einziges Mal geklingelt und dann sofort beteuert, dass die angerufene Nummer nicht erreichbar sei. Soziale Netzwerke nutzt er nicht, ohne die »angerufene Nummer« ist er also wirklich nicht erreichbar.

Marie zwingt sich weiterhin, ruhig zu bleiben, und sagt sich dasselbe, was sie sich seit heute Morgen, als das Profilbild verschwunden war, immer wieder sagt: Es ist nichts passiert. Jeden Moment wird eine Nachricht kommen: *Hier ist Emil, sorry, mein Handy ist ins Klo gefallen und kaputt. Das ist meine neue Nummer,* oder so etwas in der Art. Alles ist gut.

Doch was heute Morgen noch vernünftig klang, beruhigt sie nun überhaupt nicht mehr. Mittlerweile ist schließlich ein ganzer Tag vergangen, ohne dass sie etwas von ihm gehört hat. Und plötzlich ist sich Marie sicher, dass sie auch niemals wieder etwas von ihm hören wird. Ihr Magen wird unangenehm schwerelos, wie am höchsten Punkt beim Schaukeln. Emil wird sich nie wieder melden. Emil ist tot. Ihre Haare stellen sich auf.

»Nein!«, flüstert Marie. »Natürlich ist er nicht tot.«

»Na, dann eben schwer verletzt!«, versucht es ihr Gehirn. »Im Krankenhaus! Im Koma!«

Marie schafft es erneut, zu widersprechen und ruhig

zu bleiben, was aber auch nur an der Erschöpfung infolge des letzten Anfalls liegen kann. Er ist nicht tot und nicht schwer verletzt. Aber was dann, warum meldet er sich nicht?

Sie ist die Erinnerung an ihr letztes Treffen tausendmal durchgegangen, hat auf jedes Detail geachtet, hat die letzte Nachricht immer und immer wieder gelesen wie ein Gebet, aber sie kommt einfach nicht drauf. Was übersieht sie? Warum hat er von einem Tag auf den anderen den Kontakt abgebrochen? Was ist passiert? Warum ist er plötzlich *verschwunden*? Wenn sie es nicht besser wüsste, würde sie sagen, er wurde entführt. Aber sie weiß es besser, es ist erst ein Tag vergangen. Noch kein Grund zur Sorge. Vielleicht hat er gar nicht gemerkt, dass sein Handy kaputt ist und keine Nachrichten mehr durchstellt? Wenn er sich morgen nicht bei ihr meldet, geht sie einfach bei ihm vorbei und klingelt. Kein Grund, in Panik zu verfallen. Doch dann kommt ihr ein anderer Gedanke. Ein grässlicher Gedanke, der nur auf sie gewartet hat: Was, wenn Emil einfach nicht *will*, dass sie Kontakt haben? Wenn weder seinem Handy noch ihm etwas passiert ist? Wenn die Beziehung vorbei ist? Aber wer beendet denn *so* eine Beziehung? Und warum? Es gab keinen Streit, kein … irgendwas. Sie hatten einen wunderschönen Jahrestag zusammen im Restaurant. Es gab in letzter Zeit auch keinen größeren Streit, verdammt – es hat nie einen größeren Streit gegeben. Nur manchmal diese … Distanz. Diese Kluft, die plötzlich zwischen ihnen auftauchte, wo eigentlich ein Streit hätte sein sollen. Aber das hatte nichts zu bedeuten, oder? So ist Emil eben. Wenn ihm die Emotionen zu viel werden, sperrt er sie ganz aus. Dann wird er kalt und abweisend, statt sich mit ihnen auseinanderzusetzen. Und Marie war das bisher insgeheim immer recht. Sie geht Streits gerne aus dem Weg. Das ist bei sehr vielen Paaren bestimmt auch so. Das ist kein Grund, eine Beziehung plötzlich zu beenden, kein Grund, von heute auf Morgen zu *verschwinden*. Also, was ist dann los? Wo ist er?

Marie dreht sich tiefer in ihre Decke. Hör auf, ermahnt sie sich. Nichts ist los. Morgen wird er sich melden. Handy kaputt, viel zu tun gehabt, irgend so etwas, irgendwas Banales. Und dann wirst du dich für all die Gedankenspiralen und die übertriebene Panik schämen.

Endlich kapituliert ihr Kopf für den Tag und gibt Ruhe. Auf ihrem Laptop hat sich die Dunphy-Familie nach einem spektakulären Zaubertrick von Phil, Claires Mann, versöhnt. Alles ist wieder gut, alle haben sich lieb, sind bereit für die nächste Folge. Noch bevor Folge acht von *Modern Family* per Autoplay gestartet wird, driftet Marie in einen kalten, leeren Schlaf. Dabei waren ihre Ängste berechtigt. Emil wird sich nie wieder bei ihr melden.

2

»Du bist jetzt offiziell als Marke eingetragen«, sagt Faruk stolz. Tom fährt mit dem Finger über die Rückseite seines neuen Personalausweises. Neben »Augenfarbe: grün« und »Größe: 1,86« ist auch die Zeile unter »Künstlername« ausgefüllt: »Tom« steht da. Sein Spitzname, jetzt befördert zum Künstlernamen. Er steckt den Ausweis ins Portemonnaie zwischen Kreditkarte und BahnCard.

Um sie herum schmatzen Münder und klappert Besteck. Ihr Tisch ist zwar recht weit hinten, aber wer spontan abends im Lanzingers auftaucht und überhaupt einen Platz bekommt, kann sich was drauf einbilden. Vielleicht wurde für sie ja sogar eine Reservierung storniert. Irgendein Anwalt oder Arzt, der bereits Monate im Voraus diesen Tisch ergattert hatte und ihn jetzt doch nicht kriegt. Oder noch schlimmer, vom Platz wieder verscheucht wurde: »Ist mir egal, ob Sie gerade einen Heiratsantrag machen, wir brauchen den Tisch, Tom ist hier! Husch!«

Vor allem freitags ist das Restaurant so voll wie ein Wimmelbild. Aber statt Waldo versteckt sich im Gewusel immer mindestens ein Promi, nach dem man suchen kann. Möglicherweise sieht gerade jemand

Tom und denkt sich: Da ist er ja! Die Vorstellung bringt ihn zum Lächeln, wofür er sich sofort schämt.

Natürlich gefällt es ihm, dass er immer prominenter wird. Er ist schließlich nicht Prinz Harry, er hat hart für seine Prominenz gearbeitet. Sie hat sich nur anders eingestellt als erwartet. Denn Tom wird nicht allein für seine Musik immer bekannter, sondern vor allem wegen eines Mischlings mit geflecktem Fell und ewig grinsender Schnauze. Seit nämlich bekannt geworden ist, dass er als Schauspieler an der Seite von Hund Bello in dessen nächstem Film zu sehen sein wird, hat seine Karriere richtig Fahrt aufgenommen. Dabei würde er viel lieber durch lobende Album-Rezensionen in künstlerischen Feuilletons erkannt werden als durch Fotos aus der Klatschpresse.

»Das war ein wichtiger Schritt«, schwärmt Faruk noch immer über den Eintrag des Künstlernamens. »Den gehen alle großen Künstler irgendwann mal. Freddy Mercury hieß früher Farrokh Bulsara, wusstest du das? Die Familie stammt aus Indien. Oder Vanessa Mai, weißt du, wie die wirklich heißt?«

Tom zuckt mit den Schultern. »Irgendwas Ausländisches?«

»Polnisch«, bestätigt Faruk. »Vanessa Mandekić, das hätte sich niemals verkauft. Als Carlos Irwin Estévez hätte Charlie Sheen nie Erfolg gehabt.«

»Vielleicht wäre das auch besser gewesen«, murmelt Tom.

Plötzlich brüllt ihm jemand in den Nacken: »Da ist ja mein Lieblingsmensch!«

Es ist Lanzinger höchstpersönlich. Der kleine Österreicher lächelt so breit, dass Tom Angst bekommt, seine Backen könnten platzen. Doch er mag den Mann.

»Lanni!«, ruft er darum erfreut und macht ihm Platz. Sie kennen sich eigentlich erst seit ein paar Wochen, doch Lanzinger ist so was von herzlich, dass er Tom inzwischen wie Familie vorkommt: etwas peinlich und immer leicht drüber, aber liebenswert. Familie eben.

Eine Kellnerin knallt ihnen eine Flasche Champagner auf den Tisch und verteilt Gläser.

»Geht aufs Haus«, sagt Lanzinger und setzt sich. »Brauchst du ein eigenes Glas, Faruk? Oder trinkst du einfach zwanzig Prozent aus Toms?« Als sein Manager bekommt Faruk zwanzig Prozent von Toms Einnahmen. Lanzinger lacht lauthals. »Ein Scherz! Ein Scherz!«, beteuert er. »Ich weiß doch, dass ihr zwei mehr seid als nur Manager und Künstler! Ich weiß doch, ich weiß doch!« Sein Zeigefinger schwingt zwischen den beiden hin und her wie ein Metronom. »Das mit euch, das ist wirklich was Besonderes! Du hast echt Glück mit dem, Tom!«

Tom hebt sein Glas und lächelt. »Ja, schon! Aber nicht so viel wie er mit mir!«

Lanzinger lacht wieder brüllend. Faruk verwuschelt mit einem herzlichen Grinsen Toms schwarze Locken, und dann stoßen sie an. Als Tom einen Schluck nehmen will, hält Faruk seine Hand fest. »Content …«

»… immer mitdenken«, ergänzt Tom, und sie prosten sich noch einmal zu, aber diesmal macht er einen

Schnappschuss für seine Social-Media-Kanäle. Dann endlich trinken sie.

»Ich bin ja so begeistert von dir!«, meint Lanzinger, den Mund noch feucht. Obwohl seine muskulösen Arme unter dem etwas zu weit aufgeknöpften schwarzen Hemd so perfekt rund sind, dass man mit einer Nadel hineinstechen möchte, wirkt er nicht gefährlich. Er würde keiner Fliege etwas zuleide tun, denkt Tom. Nicht nur das, er würde sie sogar beim Armdrücken gewinnen lassen. Insgesamt sieht er so aus wie der weniger erfolgreiche, aber wesentlich nettere Cousin von Meister Proper.

»Erzählt mal! Wie laufen die Dreharbeiten? Wie ist der Hund so?«

»Ach«, meint Tom, »Bello ist halt ein Hund.«

»Der berühmteste Hund Deutschlands«, korrigiert Faruk ihn, und Lanzinger pflichtet ihm bei.

»Jetzt mal nicht so bescheiden«, schmatzt er. »Bello ist der größte Star, den es in Deutschland momentan gibt.« Er kneift Tom liebevoll in die Schulter und zwinkert. »Noch.« Er greift sich sein Glas und trinkt den letzten Schluck. Vom anderen Ende des Restaurants verlangt eine Kellnerin nach ihm. »Die Arbeit ruft«, meint er. »Aber ich wollte dir nur kurz sagen, dass du hier jederzeit willkommen bist, Tom. Und das meine ich so. Egal, wie's läuft, ob du mit Bello drehst oder gar nicht, du bist ein Freund des Hauses!«

»Danke, Lanni!«, sagt Tom ehrlich berührt und trinkt sein Glas ebenfalls leer.

»Ach, übrigens«, meint Lanzinger beim Aufstehen,

»mit lieben Grüßen von einem Fan.« Er steckt ihm einen Zettel in die Hemdtasche und deutet auf eine Frau einige Tische von ihnen entfernt. Sie schaut eine Millisekunde zu spät weg, und Tom kann kurz ihr bildhübsches Gesicht sehen, bevor sie ihm den Rücken zuwendet. Durch die rasche Bewegung wellen sich ihre langen roten Haare wie in einer Shampoo-Werbung. »Wobei … wenn ich die anderen Blicke um uns herum richtig deute«, sagt Lanzinger und schaut durch sein Restaurant, »hast du hier eine ganze Reihe von Fans. Mann, ey!« Er grinst und haut Tom im Weggehen wieder auf die Schulter. »Einen Tag lang Tom sein, das wär's!«

Tom schaut verlegen in sein Glas, vor Faruk ist ihm das Thema Frauen peinlich. Der geht zum Glück jedoch nicht weiter darauf ein.

»Du darfst dich nicht so unter Wert verkaufen«, sagt er stattdessen. »Der erste Bello-Film ist jetzt schon Kult! Weißt du, was für ein Glück du hast, dass die Rolle frei geworden ist? In welche Fußstapfen du trittst?! Du bist der Neue, und alle wollen wissen, ob du die Fußstapfen füllen kannst. Dieser Film, diese Rolle sind den Leuten unfassbar wichtig!«

»Aber es ist doch nur 'ne billige Komödie«, klagt Tom, dankbar über den Themenwechsel. »Selbst der Name ist lächerlich. Bello! Wenn sie doch wenigstens genug Würde für einen anständigen Hundenamen gehabt hätten. Wie bei Beethoven«, Tom greift nach der Flasche Champagner. »Oder ist das nur ein Künstlername, und in Wirklichkeit heißt der Hund

Perro Dolante de Pelaje oder so?« Er schenkt sich nach. »Ich bin doch eigentlich auch kein Schauspieler«, klagt er weiter, »ich mach das nur, weil du gesagt hast, dass es meiner Karriere als Musiker hilft. Aber dieser Film hat keinerlei künstlerischen Wert. Wenn ich schon Filme machen muss, warum dann nicht wenigstens anspruchsvolle?«

»Künstlerischer Wert«, grunzt Faruk abschätzig und gießt sich ebenfalls nach. »Kann ja sein, dass so was existiert, aber wir leben halt nicht in einer Welt, in der dieser Wert dir irgendwas bringt. Du kannst der beste Künstler der Welt sein. Aber wenn niemand dafür bezahlen will, was bringt dir der ›Wert‹ von Kunst dann? Nein, der einzige Wert, der etwas zählt, misst sich an der Frage: Wie viel sind Menschen bereit, dafür zu zahlen? Mehr nicht. Verstehst du? Das ist wichtig, merk dir das! Alles ist genau das wert, was Menschen dafür bezahlen. Und nach diesem Film werden sie bereit sein, sehr viel zu zahlen. Bello macht dich vom Drittligisten zu Cristiano Ronaldo. Was glaubst du, wie gut sich ein Album von Cristiano Ronaldo verkaufen würde?«

Der Schampus in Toms Glas prickelt wie Säure in Cartoons.

»Es ist ein Kompromiss«, lenkt Faruk ein. »Je besser du dich verkaufst, desto mehr künstlerische Freiheiten bekommst du. Bei ›Lieb dich wie kein Zweiter‹ warst du auch skeptisch, und es wurde dein größter Hit!«

›Lieb dich wie kein Zweiter‹ ist ein Song aus Toms

zweitem Album, das vor einigen Monaten erschienen ist. Die Arbeit daran war extrem anstrengend, weil sich das Label dauernd einmischte. Zwei Lieder, die Tom sehr viel bedeuten, wurden erst gar nicht veröffentlicht: Ein Song über Einsamkeit, durch den Tom zum ersten Mal bewusst wurde, wie einsam er sich selbst manchmal fühlt, obwohl er von Menschen umgeben ist. Und ein Song über Freundschaft, in dem es eigentlich um genau dieselbe Einsamkeit geht. Stattdessen enthält das Album zwei generische Liebeslieder, die er zusammen mit einem Marketingteam am Reißbrett konzipieren musste. »Ein Song für vierzehn- bis achtzehnjährige Mädchen. Über deine große Liebe. Beschreibe sie aber bitte nicht zu genau, damit sich deine Fans da hineinversetzen können. Als wäre der Song für sie!«

»Ich bin sechsundzwanzig und soll ein Liebeslied für ein vierzehnjähriges Mädchen singen? In jedem anderen Kontext wäre das ekelhaft.«

»In diesem Kontext ist es ein Hit«, erwiderte Faruk damals, und die Marketingleute nickten so heftig, dass Tom kurz dachte, sie hätten einen Anfall. Aber sie haben alle recht gehabt. ›Lieb dich wie kein Zweiter‹ ist der erfolgreichste Song des Albums geworden.

»Vertrau mir«, sagt Faruk. »Ich will nur das Beste für dich. Aber das weißt du, oder?«

»Natürlich weiß ich das.«

Ihr Essen wird serviert.

»Schau dich um, wie weit wir es gebracht haben«, sagt Faruk und nimmt sein Besteck. »Und jetzt stell dir vor, was noch alles kommen wird, wenn ich dir sage, das ist erst der Anfang.« Er sieht Tom an, und seine Augen glänzen. »Willst du mich stolz machen?«

Tom lächelt. »Natürlich«, sagt er, ohne zu zögern. »Natürlich will ich das!«

Später am Abend klettert Tom die Stufen seines Treppenhauses hoch. Er ist erst vor ein paar Wochen hier eingezogen. Es war sein erster Umzug ohne lästige Wohnungssuche, Kisten schleppen, mit Freunden auf dem Boden Pizza essen und monatelang Kartons als Ablagefläche benutzen und dabei immer wieder betonen, dass man frisch eingezogen sei und sich ganz bald richtige Möbel kaufen werde. Das alles hat ihm sein Management erspart. Tom bekam die Schlüssel und musste nur noch aufschließen und anfangen zu wohnen. Das Schwerste an diesem Umzug ist, sich selbst davon zu überzeugen, dass das hier tatsächlich sein neues Zuhause ist. So richtig hat er das noch immer nicht geschafft.

Nur eine einzige Kiste steht ungeöffnet im Flur herum und erinnert überhaupt daran, dass ein Umzug stattgefunden hat. Sie ist befüllt mit CDs und Toms altem Discman. Dieser einst sehr wertvolle Schatz hatte mittlerweile nur noch einen emotionalen Wert. Zu groß, um den Kisteninhalt zu entsorgen, aber nicht groß genug, um ihn auszupacken.

In seiner Etage angekommen, kramt er nach den Schlüsseln, als er hört, wie sich seine Nachbarn anschreien. Tom hält inne und horcht, doch er kann weder verstehen, worüber gestritten wird, noch, wer den Streit gewinnt. Nur, dass beide Seiten sehr wütend sind.

»Entschuldigung …«, sagt eine Stimme, und Tom entdeckt auf dem Treppenabsatz, eine Stufenwindung weiter, einen Jungen. Er ist höchstens zwölf. »Bist du nicht Tom, der Sänger?«

»Entschuldigung angenommen«, sagt Tom, geht ein paar Stufen hinauf und reicht dem Jungen die Hand. »Ja, genau, der bin ich.« Der Junge schlägt begeistert ein. Seine kleine Hand verschwindet in der von Tom.

»Ich bin Simon … und ich mag deine Musik voll gerne!«

In dem Moment dringt ein lautes Klirren aus der Nachbarwohnung, gefolgt von einem noch lauteren: »TYPISCH! SO TYPISCH! DU!« Der Rest ist wieder nur unverständliches Geschrei. Das Lächeln des Jungen verschwindet.

»Das sind meine Eltern«, sagt er. »Die streiten manchmal. Ich komm dann auf die Treppe, weil man es hier nicht mehr hört … also meistens.«

»Meine Eltern haben sich früher auch oft gestritten«, sagt Tom. »Ich hab dann meine Kopfhörer aufgesetzt, meine Lieblings-CDs angemacht und so laut aufgedreht, bis ich sie nicht mehr gehört habe.«

Simon legt den Kopf schief. »Was sind noch mal CDs?«

Tom lacht. »Ernsthaft? CDs?« Simon zuckt beschämt mit den Schultern. »Okay, warte kurz!«, sagt Tom und flitzt in seine Wohnung. Wenig später kommt er mit der Umzugskiste zurück ins Treppenhaus und reicht Simon daraus einen Turm an CDs. Er zückt seinen Stift und signiert die oberste. Der Junge beobachtet ihn mit weit aufgerissenen Augen. »Hier, für dich. Das ist mein Album auf CD«, erklärt Tom.

Simon liest die Widmung laut vor: »›Für Simon, meinen allercoolsten Lieblingsnachbarn (aber pst, nicht den anderen Nachbarn sagen!)‹« Er lacht vor Freude.

»Aber die anderen CDs sind die eigentlichen Schätze!«, sagt Tom und setzt sich neben Simon auf die Treppenstufe, während er die CDs präsentiert. »Schau mal die da, das ist von jemandem, der heißt wie du. Simon. Von Simon and Garfunkel. Kennst du die?« Simon schüttelt den Kopf. »Kann ich nicht alle Songs von denen auch im Internet hören?«, fragt er vorsichtig.

»Die einzelnen Songs sind klasse«, meint Tom. »Aber erst im Zusammenhang als Album entfalten die so richtig ihre Wirkung. Das Album erzählt eine Geschichte und ist als Gesamtkunstwerk gedacht … zumindest war das früher so. Also wenn du dir die Zeit nimmst und das Album in der richtigen Reihenfolge von vorne bis hinten hörst, dann wirst du die Musik noch einmal ganz anders wahrnehmen, das verspreche ich dir. Das ist, wie wenn du ein Buch liest, aber nicht mit dem Kopf, sondern mit dem Herzen. Das spürst du richtig!«

Simon betrachtet fasziniert das schwarz-weiß schattierte Gesicht von Elvis auf der nächsten CD vom Stapel.

»Das war sein erster Hit in den Pop-Charts, danach hat sich alles geändert«, erklärt Tom begeistert, erkennt dann allerdings, dass Simon keine Ahnung hat, wer Elvis ist. Trotzdem hat das Gesicht des King of Rock 'n' Roll den Jungen wohl in den Bann gezogen. »Oh Mann, du hast echt was vor dir … genieß es! Ich wünschte, ich könnte Elvis wieder zum ersten Mal hören!«

»Aber unser Laptop hat keinen Schlitz für CDs«, sagt Simon und wirkt niedergeschlagen.

Tom holt vorsichtig seinen Discman aus dem Karton hervor. Das alte Gerät hat keinen einzigen Kratzer, es sind sogar noch Batterien drin. »Den habe ich mit zwölf auf einem Flohmarkt gekauft.« Tom betrachtet den Discman eine Erinnerung lang. »Meine Eltern sind auch Musiker«, erzählt er, »sie sind ein Duo, wie Simon and Garfunkel. Gerade als sie etwas erfolgreicher wurden, haben sie sich zerstritten. Aber weil sie eben als Duo erfolgreich wurden, konnten sie sich nicht trennen, ohne den Erfolg wieder zu verlieren. Also blieben sie zusammen. Auf der Bühne gab es Musik, zu Hause gab es Streit. Ziemlich schlimmen Streit …«

Simons Augen springen zu seiner Wohnungstür, hinter der noch immer gebrüllt wird.

»Aber ich hatte ja diesen CD-Spieler, und überall in der Wohnung lagen CDs rum«, meint Tom. »Also habe ich mich immer, wenn sie sich gestritten haben, ins Bett gelegt, eine der CDs angemacht …«

»… und so laut aufgedreht, bis du sie nicht mehr gehört hast«, vollendet Simon den Satz.

»Exakt.«

»Haben sich deine Eltern wieder vertragen?«

»Sie haben sich vor ein paar Jahren getrennt, als klar war, dass die gemeinsame Karriere so oder so den Bach runtergeht«, sagt Tom. »Aber das war besser so. Meine Mutter macht weiterhin Musik. Und mein Vater ist jetzt ein Manager und hilft anderen, Musik zu machen. Wie mir. Er ist mein Manager.« Tom reicht Simon den Discman. »Hier. Ist deiner.«

Simon zögert. »Bist du dir sicher, dass ich den haben darf?«

»Wenn du dir sicher bist, dass du gut drauf aufpassen kannst?«

Simon nickt ernst und nimmt den Player dann so vorsichtig und konzentriert entgegen, als könnte er jeden Moment explodieren.

»Mit dem Knopf hier machst du ihn an.« Tom drückt auf besagten Knopf, und tatsächlich springt das alte Gerät an. »Mit dem öffnet er sich«, auch das schafft der Discman. »Und da kannst du dann die CD reintun.« Tom greift zu Elvis' erstem Chart-Hit, aber der Junge hat bereits das Album von Simon and Garfunkel in der Hand. Tom nimmt ihm die Hülle ab, zeigt ihm, wie sie sich öffnet, und legt die CD in den Discman. »Jetzt musst du nur noch auf Play drücken.«

Tom hält sich die Kopfhörer ans Ohr und wartet gebannt. Als tatsächlich Simon and Garfunkel erklingen, bereut er es kurz, dass er dabei ist, seinen alten Discman zu verschenken. Aber dann sieht er Simons gebannte Miene, erinnert sich daran, dass er bis vor wenigen Minuten nicht einmal wusste, ob der Discman noch funktioniert, und ist einfach froh, dass das alte Gerät ein zweites Leben bekommt. Tom streift Simon die Kopfhörer über, und der Junge ist direkt fasziniert von Simon und Garfunkels Gitarrenspiel. Tom zeigt ihm, wie er es lauter stellen kann, und Simon dreht den Regler sofort auf die höchste Stufe.

»Danke, Herr Tom!«, ruft Simon viel zu laut, weil in seinen Ohren die Musik dröhnt. Tom lacht.

»Bitte, Herr Simon!«, sagt er.

Der Streit seiner Eltern hat sich noch nicht beruhigt, aber Simon schlurft mit dem CD-Player in der einen und dem Stapel Alben in der anderen Hand zurück in die Wohnung. Tom grinst breit und überlegt sich schon, welche CDs er dem Kleinen noch besorgen kann, während er in seine eigene Wohnung geht.

Er klappt die jetzt leere Umzugskiste zusammen und lässt sie in einem Schlitz zwischen Kleiderschrank und Wand verschwinden. Dann streift er sich die Kleidung ab und schlendert zum Kühlschrank. Die Oberfläche ist metallic matt, mit integriertem Display. Smart-Funktion, hat Faruk ihm versprochen. Aber was bitte ist ein Kühlschrank mit Smart-Funktion? Zeigt er bei jedem Öffnen an, wie viel Geld man mit einem normalen Kühlschrank, der dasselbe macht, hätte sparen können?

Tom weiß nicht genau, was drin ist, hofft jedoch auf Bier. Beim Öffnen klirren ein paar Flaschen, ein gutes Zeichen. Er findet ein Sechserpack Bier in der ersten Ablage, in der zweiten liegen eine Packung Käse und eine Packung Wurst, daneben Butter. Er reißt eine Flasche aus dem Karton, öffnet sie und setzt sich an den Küchentisch. Selbst unsere Kühlschränke sind mittlerweile smarter als wir, denkt er. Vielleicht eine gute Textzeile, die muss er sich merken. Tom versucht, eine Melodie zu den Worten zu finden, als ihm auffällt, dass die Luft in der Küche wie ein Neuwagen riecht. Er steht auf und öffnet ein Fenster, um sie zu vertreiben.

Draußen liegt Köln in seinem eigenen Dreck und schläft. Die Häuser stehen dicht aneinandergequetscht Schlange, als würden sie darauf warten, dass endlich eine zweite Kasse eröffnet wird. Die wenigen freien Flächen zwischen den riesigen Betonblöcken werden von Autos verstopft.

Was für eine hässliche Stadt, denkt er, so wie er es, seit er aus Hamburg hergezogen ist, mindestens einmal am Tag tut. Er nippt wieder an seinem Bier, aber verschluckt sich fast daran, als er die Werbetafel an der Hauswand gegenüber entdeckt. Gestern zeigte sie noch Werbung für eine Versicherung an. Doch jetzt erstrahlt auf ihr ein unterwürfig lächelnder Hund. *Bello – Ein Hund für alle Fälle! Freitags 20:15 Uhr* schreit das Plakat. Tom versteht einfach nicht, was alle an diesem Köter finden. Eine Fernsehserie zur besten Sendezeit und ein extrem erfolgreicher Kinofilm. Bald zwei … Wie Simon Bello wohl findet? Wahrscheinlich liebt der Junge den Hund noch mehr als Toms Musik. Alle lieben den Hund.

Er dreht die Bierflasche in der Hand. Einen Kompromiss hat Faruk es genannt. Und Kunst war schon immer kompromissbereit. Michelangelo hat schließlich nicht einen Haufen Kirchendecken bemalt, weil er die Kirche so geliebt hat, sondern weil die ihn bezahlt haben. Aber wie viel Geld muss Tom denn noch verdienen, bis sie es »geschafft haben«, bis Faruk zufrieden ist? Erst war es der Erfolg seines ersten Albums, dann der seines zweiten Albums, jetzt ist es der Film, irgendwas ist immer der nächste Schritt. Und je mehr Geld Tom macht, desto mehr Geld brauchen sie. Größere Wohnungen, größeres Team, das Einzige, das weniger wird, ist seine Verantwortung. Mit steigendem Einkommen hat Tom immer mehr Dinge einfach abgegeben. Mittlerweile gießt er nicht einmal mehr seine eigenen Blumen selbst. Tom mag Pflanzen, aber er schafft es nicht, sie am Leben zu halten. Sie sterben mit solch einer Sicherheit in seiner Obhut, dass es locker als Beihilfe zum Mord gewertet werden könnte, wenn jemand ihm eine Pflanze schenkt. Wahrscheinlich düngt er nicht genug oder zu viel oder gießt zu oft oder zu selten oder mit zu viel oder zu wenig Wasser. Er wird es nicht herausfinden, denn er muss es nicht mehr herausfinden. Die Putzkraft, die er engagiert hat, übernimmt das jetzt für ihn. Wenn er könnte, würde er sich um nichts mehr selbst kümmern, und sogar Menschen bezahlen, damit sie für ihn aufs Klo gehen, so wie Udo Lindenberg. Der hat zwar nicht wirklich fremde Klo-Gänger, aber er lebt seit über zwanzig Jahren in einem Hotel, und das ist schon sehr nah dran. Tom greift nach seinem

Handy, da fällt ihm der Zettel in seiner Hemdtasche ein, den Lanzinger ihm zugesteckt hatte. Er fischt ihn wieder raus. Eine Handynummer, darunter steht *Emma* und ein kleines Herz. Tom lächelt beschämt. Worüber beschwert er sich eigentlich? Er darf Tom sein. Nicht nur für einen Tag, sondern für alle Tage. Was, bitte, könnte man sich mehr wünschen?

3

Eigentlich ist Marie nicht in der Verfassung zu arbeiten, sie ist immer noch völlig erschöpft von dem gestrigen Anfall. Aber das gesteht sie sich selbst nicht ein. So schlimm ging es ihr schließlich nicht. Außerdem ist sie ja nicht *wirklich* krank. Das sagt sie sich zumindest immer wieder, obwohl es dadurch nicht wahrer wird. Und so erscheint sie, trotz allem, pünktlich zu ihrem Job als Teamassistentin bei der Steuerberatung Gröhne.

Die Kanzlei beschreibt sich selbst als Familienunternehmen, dabei ist sie mit sechsundzwanzig Mitarbeitenden gar nicht so klein, und verwandt ist hier auch niemand.

Der Job ist nicht gut, aber auch nicht schlecht. Marie mag die Büroarbeit, und sie mag es, Dinge zu organisieren. Nicht im Sinne von Events, sondern eher von Excel-Tabellen. Ordnung reinbringen, Übersicht.

Eigentlich wollte sie nach ihrem Bachelor in BWL nur ein wenig Berufserfahrung sammeln, bevor sie ein Masterstudium beginnt, aber … Sie musste sich so sehr durch das Studium quälen, ehrlich gesagt will sie nie wieder zurück. Nicht, dass es bei Gröhne so toll wäre. Aber es ist wahrscheinlich weniger schlimm.

Und viel mehr erwartet Marie vom Leben gar nicht. Bei ihr ist nichts wirklich richtig gut, sehr vieles ist einfach nur weniger schlimm. Der Job ist zum Beispiel schlecht bezahlt, aber sie hat hier ein eigenes Büro, und das ist wesentlich weniger schlimm als ein schlecht bezahlter Job ohne eigenes Büro.

Sie kauert in der Körperhaltung einer Garnele vor ihrem Computer und lässt den Mauszeiger langsam über die Buchstaben ihrer gerade verfassten E-Mail schweben. Dabei liest sie jedes Wort sorgfältig mit. Zum siebten Mal. Versteht man, was sie will? Ist sie zu aggressiv? Sie liest den Text noch ein achtes Mal, diesmal laut.

Hey, Sandra, danke für die Termineinladung! Leider ist Heiner an dem Tag von 12 bis 15 Uhr in einer Konferenz. Ich habe den Konferenztermin, so wie Heiners weitere Termine für diese Woche, im Firmenkalender eingetragen, da siehst du auch seine noch freien Slots (hier der Link zum Kalender). Welchen freien Termin soll ich für dich reservieren?

Eigentlich würde sie gerne schreiben: *Hey, Sandra … bist du dumm?! Machst du zum ersten Mal einen Termin mit Heiner aus?! Schau in den scheiß Kalender (DEN ICH EXTRA DAFÜR EINGEFÜHRT HABE) und mach einen vernünftigen Vorschlag, du Trottel!*

Marie hat dauernd das Gefühl, dass alle um sie herum völlig verblödet sind und gleichzeitig total überlegen, auch wenn diese emotionale Gleichung mathematisch keinen Sinn ergibt. Soll sie die freien Termine noch auflisten, aus denen Sandra wählen kann? Sie entschließt sich, ihr zumindest ein wenig Selbstständigkeit zuzusprechen, und schickt die Mail ab. *Komm schon, Sandra, ich glaube an dich!*

Zehn Minuten für eine Mail, für die andere vermutlich zehn Sekunden brauchen. Sie schämt sich ein wenig, ist aber auch froh, dass das weg ist. Eine Mail durch, noch etwa zweihundert to go …

Eine Tasse Kaffee würde ihr jetzt bestimmt guttun, aber dann müsste sie in die Kaffee-Küche und sich der Gefahr aussetzen, einem anderen Menschen zu begegnen. Und das möchte sie in ihrer aktuellen Fassung nur in Kauf nehmen, wenn es sich absolut nicht vermeiden lässt.

Stattdessen greift Marie nach ihrem Handy und sucht darin nach Ablenkung.

Emil hat sich immer noch nicht gemeldet. Aber anders als gestern türmen sich ihre Gedanken dazu nicht mehr sofort auf. Es ist okay, sagt sie sich, er wird sich melden, sobald sein Handy repariert ist oder er ein neues hat.

Sie muss sich endlich zusammenreißen. *Lockerer* werden. Das hat er schon häufig von ihr gefordert. Marie kommt eine Erinnerung, aber sie durchlebt sie nicht, denn es ist eine Erinnerung an eine Erinnerung. Die Erkenntnis, dass sie da ist, irgendwo in ihrem Hinterkopf. Die Tatsache, dass sie Emil einige Monate nach ihrem ersten Date, als sie längst zusammen waren, fragte, ob er das nächste Wochenende zu ihren Eltern mitkommen wolle. Und wie Emil daraufhin sauer wurde und ihr vorwarf, viel zu viel von ihm zu verlangen. Dass sie sich mal *locker* machen müsse, immer viel zu verkrampft sei. Und dass er ihre Eltern niemals treffen wolle, weil Eltern für ihn ein schwieriges Thema seien. Denn er selbst habe keine mehr. Und darum wolle er mit dem Thema an sich nichts zu tun haben. Marie hätte gern alles darüber gewusst, aber zwang sich, nicht zu fragen. Zwang sich, *locker* zu sein und Emil seinen Freiraum zu lassen. Und auch jetzt zwingt sie sich zu denken: Zwei Tage ohne Kontakt sind kein Grund, jemandem die Tür einzurennen. *Sei locker.*

Ihr Handy hat keine Nachrichten von Emil, aber dafür vier verpasste Anrufe von ihrer Mutter gesammelt. Das ist leider normal, ihre Mutter ruft sie fast jeden Tag an und will mit ihr sprechen. Marie hat schon mehrfach versucht, ihr klarzumachen, dass sie nicht immer Zeit (und Lust) hat. Aber Anna leidet an selektiver Schwerhörigkeit, sie kann nichts hören, was sie nicht hören will. Darum ist Marie irgendwann dazu übergegangen, die Anrufe ihrer Mutter zu ignorieren und sie ein- bis zweimal die Woche selbst anzurufen, wenn sie Zeit hat (und keine Lust, aber hey, man kann nicht alles haben). Anna wirft ihr deswegen ständig vor, dass Marie sie vernachlässige, und ruft außerdem konstant weiterhin an. Dabei gibt es gar nichts zu bereden! Die Telefonate sind einstündige Monologe über nichts. Und außerdem sehen sie sich dieses Wochenende persönlich, so wie jedes zweite Wochenende, wenn Marie ihre Eltern besucht. Auch wenn sie absolut keine Lust darauf hat. Allein der Gedanke daran bereitet ihr schlechte Laune, und sie steckt das Handy wieder weg.

Ihr Kalender erinnert sie an den *Jour fixe mit Heiner*, der in zehn Minuten stattfindet, und zur schlechten Laune kommen Bauchschmerzen hinzu, ihr Magen krampft sich zusammen. Jeden Dienstagmorgen spricht sie mit Heiner und bringt ihn auf den neuesten Stand. Marie ist auf den Termin gut vorbereitet. All ihre To-dos der vergangenen Woche sind erledigt, und das, was noch offen ist, ist nicht ihre Schuld. Sie hat noch ein paar Urlaubstage aus dem letzten Jahr übrig, die bald verfallen, wenn sie die nicht nutzt, aber das wird sie nicht ansprechen. Zumindest nicht heute. Marie sammelt ihre Sachen zusammen, und ihr Magen kneift sie noch einmal heftig. Gestern hatte sie einen Anfall wegen einer Mail von Heiner, heute soll sie ihm gegenüberstehen und mit ihm reden, natürlich möchte ihr Körper das nicht. Er schreit: »Sag SOFORT alle Termine ab und öffne nie wieder eine Mail von dem!« Ihr Körper weiß offensichtlich nicht, was »Grund zur Kündigung« bedeutet.

Wenn im Fernsehen jemand Depressionen hat, dann geht es meistens um Leben und Tod. Dann hat sie ein Kommissar, der gefährliche Serienmörder jagt und jeden Tag bis an seine Grenzen gehen muss. Der langsam an Dingen zerbricht, an denen jeder Mensch zerbrechen würde. Maries »Leichen«, Maries »Serienmörder« sind Telefonanrufe oder Meetings mit dem Chef. Alltägliche Dinge, die ihr keine Angst machen sollten, aber es trotzdem tun. Es ist nicht spannend, es ist einfach nur demütigend und nervig.

Marie tapst über den Teppichboden des Flurs, möglichst schnell und leise, um niemandem aufzufallen und ja keinen Small Talk halten zu müssen, bis vor die Bürotür von Heiner. Ihr Magen zieht sich noch einmal zusammen. Sie will da nicht rein. Ihr Herz pumpt schneller, ihre Hände werden schwitzig, der Magen grummelt. »DU BIST IN GEFAHR«, schreit ihr Körper. Sie weiß, dass das Unsinn ist, aber das hilft nicht. Es fühlt sich trotzdem so an. Nur weil man versteht, dass es sich um eine optische Täuschung handelt, werden die Linien nicht plötzlich gleich lang. Sie könnte genauso gut kurz davor sein, in den Käfig eines Löwen zu treten, das Gefühl wäre nicht anders. Und wenn es sich genauso anfühlt, wo ist dann der Unterschied?

Sie klopft an der Käfigtür und wartet auf ein Zeichen vom Löwen, dass sie eintreten darf. Was, wenn Heiner sie gleich ausschimpft, weil sie die letzten Tage im Homeoffice war? Was, wenn er ihr schon längst etwas Superwichtiges auftragen wollte, das aber nur persönlich tun kann und bereits seit Tagen darauf wartet, dass sie endlich mal wieder vor Ort ist? Die letzten Worte der Mail von gestern hallen durch ihren Kopf. *Dann ENDLICH persönlich.* Was, wenn Heiner ausgerechnet hat, wie viele Tage Marie im Homeoffice war, und es ihr vorhält? Von hinter der Tür kommt ein grimmiges »Herein!«, vermutlich schon zum zweiten Mal. Marie ignoriert ihren Bauch, öffnet die Tür und tritt in den Löwenkäfig.

Heiner hängt auf seinem Schreibtischstuhl wie ein Sack voll Pudding. Er ist knapp vierzig Jahre alt, hat jedoch die Haut eines pubertierenden Teenagers. Wenn sich seine Pausbäckchen beim breiten Lächeln verengen, spiegelt sich auf ihrer öligen Oberfläche das Licht, was sein Gesicht zum Glitzern bringt. Er strahlt, aber nicht auf eine angenehme, metaphorische, sondern eher auf eine unangenehme, buchstäbliche Art. Er riecht wie ein teurer Parfümladen und hat den Körper immer in etwas zu bunte, aber stilsicher gewählte Markenkleidung gehüllt. Seine Hemdkragen sind meistens riesig und ihre Enden ans Hemd geknöpft. Auch heute trägt er ein grün kariertes Hemd mit einem Kragen, der größer ist als Maries Gehaltscheck.

»Ah!«, ruft er, als er sie sieht. »Ist es schon zehn?«

Marie setzt sich auf den Stuhl vor seinem Schreibtisch, wie sie es bei jedem Jour fixe mit ihm tut. Heiner klickt noch etwas an seinem Rechner herum, bevor er sich ihr zuwendet. Sein Büro ist recht klein für den Chef eines Unternehmens. *Familie*, korrigiert Marie ihren Gedanken automatisch. Heiner würde die Steuerberatung Gröhne niemals als Unternehmen beschreiben.

»Tut mir echt leid, Marie, aber ich habe hier gerade ein wenig Land unter. Meinst du, wir können das heute ausfallen lassen? Oder gibt es was wirklich Wichtiges?«

Marie ist leicht überrumpelt von der Frage und muss zugeben: »Eigentlich nicht.«

»Dann halt mich doch auf dem Laufenden, falls was ist, und wir updaten uns einfach nächste Woche wieder!«

Marie ist einverstanden und verlässt das Büro so schnell wie möglich. Sie huscht durch den Flur zurück an ihren Platz. Heiner hat ihr Homeoffice-Verhalten mit keiner Silbe kommentiert. Das ENDLICH in der Mail hatte nichts zu bedeuten, vermutlich hat er gestern genau drei Sekunden an Marie gedacht. Sie kommt sich lächerlich vor, als sie zurück in ihrem eigenen Büro ist. Heiner hat sechsundzwanzig Mitarbeitende zu leiten, ein ganzes Unternehmen am Laufen zu halten, natürlich hat er keinen Überblick darüber, wer wann genau im Homeoffice ist. Warum sollte ihn das überhaupt interessieren? Wahrscheinlich ist ihm nur aufgefallen, dass sie sich lange nicht gesehen haben, und er wollte höflich sein und zeigen, dass er sich darauf freut, sie zu sehen (was vermutlich nicht mal stimmt, da es ihm egal ist).

Sie hat sich komplett umsonst gesorgt, der Termin ging kurz und schmerzlos vorbei. Das tun diese Termine meistens, das *Davor* ist jedes Mal wesentlich schlimmer als das Treffen selbst. Wie beim Sprung vom Zehnmeterturm im Freibad. Das Schlimme ist nicht der Fall, fallen ist einfach. Es ist der Aufstieg, die Überwindung zu springen, die einem Magenschmerzen bereitet, die *Antizipation*. Ganz egal, wie oft Marie erlebt, dass der Fall an sich nicht schlimm ist, die Angst davor kommt trotzdem, manchmal schon Tage vorher.

Mit einem hellen *Pling* bekommt sie eine Mail. Von Sandra. Auch ihr neuer Terminvorschlag ist nicht mit Heiners Kalender abgeglichen. Marie beißt sich auf die Lippen und haut wütend in die Tasten. *Hey, Sandra …*

Der nächste Tag ist Maries »freier« Tag. Als sie angefangen hat zu arbeiten, hat sie sich dafür geschämt, dass sie nur eine Zweiunddreißig-Stunden-Stelle hat, und gehofft, bald auf vierzig Stunden aufstocken zu können. Aber zwischen Haushaltskram und anderen Verpflichtungen schmilzt ihr »freier« Tag jede Woche einfach weg, und Marie ist sich nicht sicher, wie sie jemals mit vierzig Stunden klarkommen würde. Sie rennt durch die Wohnung und kontrolliert zum vierten Mal die Herdplatten.

»Aus, aus, aus, aus«, sagt sie laut, als spräche sie mit einem unartigen Hund, und wieder »aus, aus, aus, aus«. Sie kommt zu spät zur Therapie, aber kann sich einfach nicht vom Herd lösen. Schließlich holt sie ihr Handy hervor und fotografiert die Schalter als Beweis. Dann endlich kann sie das Haus verlassen. Sie läuft im Stechschritt über die Straße, während sie das Foto vom Herd checkt (immer noch alles aus, aus, aus, aus). Sollte sie plötzlich sterben, und man fände ihr Handy, wäre das wahrscheinlich eine höchst interessante Folge für einen True-Crime-Podcast. *Es scheint ein gewöhnlicher Herzinfarkt gewesen zu sein, aber was bis heute Fragen aufwirft, sind die unzähligen Bilder von ausgeschalteten Herdplatten auf ihrem Handy. Der Herdplatten-Fall bringt ganz Deutschland zum Rätseln.* So was in der Art. Vielleicht ist sie aber auch gar nicht die einzige Person, die so viel Angst davor hat, den Herd angelassen zu haben, dass sie einen Haufen Herdplatten-Bilder auf dem Handy hat, und ihr Tod wird genauso dröge wie ihr Leben.

Die Therapie findet in einem ganz normalen Wohnhaus statt, in dem ihre Therapeutin eine kleine Zweizimmerwohnung als Praxis für die Sitzungen angemietet hat. Marie klingelt nervös. Sie ist zu spät, und sie hat ihre »Hausaufgaben« nicht gemacht. Dass sie die Therapie so stresst, ist ein bisschen, wie wenn jemand einen Autounfall hat, weil er sich von diesen »Aufmerksam im Straßenverkehr!«-Schildern hat ablenken lassen.

Die Tür surrt und lässt sie hinein. Marie ist noch nie einem anderen Patienten begegnet. Auch nicht, wenn sie pünktlich kam. Manchmal war sie sogar zu früh und hat trotzdem niemanden gesehen. Oben in der Wohnung begrüßt sie ihre Therapeutin, Frau Merkenich. Sie hat aschgraues Haar, das zu einem Dutt zusammengebunden ist. Ihre Gesichtszüge werden von kleinen, feinen Falten unterstrichen. Auf ihrer Nase sitzt eine eckige Brille, die etwas zu groß ist, als wäre sie in der Hoffnung gekauft worden, noch reinzuwachsen.

Frau Merkenich führt Marie ins Therapie-Zimmer. Es ist vielleicht zwanzig Quadratmeter groß und sehr gewollt gemütlich eingerichtet. Überall liegen Kissen, und die Bücherregale sind voll mit Plüschtieren, die einen Kontrast zu den alten, ernsten Büchern über Psyche und Seele bilden. Die drei Stühle im Raum sind aus dünnem Holz und wirken wie ein bewusstes Understatement. Marie und ihre Therapeutin sitzen sich gegenüber und müssen sich anschauen. Bereits nach wenigen Sätzen enttäuscht Marie Frau Merkenich zum ersten Mal. Das versucht die sich natürlich nicht anmerken zu lassen und hält ihr Gesicht so neutral wie möglich. Wie jemand, der nicht zugeben will, dass ihm das Essen nicht schmeckt. Aber Marie durchschaut sie. Sie hat ihr von ihrem Anfall erzählt und erwähnt, dass sie mit den neuen Medikamenten eigentlich schon lange keine Anfälle mehr hatte. Aber Medikamente zu erwähnen war ein Fehler. Für die ist nämlich nicht Frau Merkenich zuständig, sondern ihr Psychiater, Herr Reinhardt.

»Die Medikamente betäuben Sie, und kurzfristig ist das vielleicht gut, aber langfristig hilft es Ihnen mehr, wenn Sie die Situationen durchleben und dann bearbeiten«, erklärt sie.

Bearbeiten, das ist der Lieblingsbegriff von Frau Merkenich. In Filmen liegen Menschen während einer Therapie auf einer bequemen Couch, starren Löcher in die Luft und quatschen einfach so vor sich hin. Maries Therapeutin sitzt ihr direkt gegenüber und verlangt andauernd von ihr, dass sie Dinge bearbeitet. Denn Therapie ist Arbeit. Sie treffen sich einmal die Woche, dies ist ihre siebte Sitzung. Ohne ihren »freien« Tag wäre es für Marie unmöglich, die Therapie und die Arbeit gleichzeitig zu jonglieren, ohne dass einer der beiden Bälle herunterfiele.

»Schreiben wir es auf«, sagt ihre Therapeutin und reicht Marie Stift und Zettel.

Marie notiert sich die einzelnen Punkte, die sie mittlerweile auswendig kann:

1. Auslösende Situation
2. Das augenblickliche Gefühl
3. Identifikation des Schemas
4. Realitätsprüfung
5. Handlungsalternative

Es gibt in der Psychotherapie verschiedene Behandlungsansätze. Maries Therapeutin praktiziert die Schematherapie. Dabei werden Verhaltensmuster in verschiedene Schemata unterteilt, wodurch sie besser identifiziert und entsprechend behandelt werden können. »Sie müssen das Denken neu lernen«, hat ihre Therapeutin bei ihrem ersten Treffen erklärt. So, wie man eine neue Sprache lernt, nur dass man gleichzeitig die alte vergessen muss. *And now in rationale Gedanken please.* Später soll Marie fähig sein, bereits in den Situationen selbst anders zu denken und nicht erst im Nachhinein ihre negativen Gedanken in produktivere zu übersetzen. So hat sie es zumindest bisher verstanden. Sie hat zum ersten Mal von Schematherapie mit dem Beginn ihrer ersten Stunde gehört. Der einzige Grund, warum Marie sich für eine Therapeutin mit genau diesem Ansatz entschied, war derselbe wie bei ihrem Psychiater. Frau Merkenich hatte die kürzeste Wartezeit.

Depressionen sind zum Glück behandelbar, und in Deutschland hat jeder Mensch auch ein Recht auf eine Behandlung. Wann man diese bekommt, ist aber eine Frage des Glücks (und ob man Kassen- oder Privatpatient ist). Nicht nur die Wartezeit auf einen Therapieplatz kann sich ziehen, auch die Behandlung selbst, egal, ob therapeutisch, medikamentös oder in Maries Fall beides, ist eine langfristige Angelegenheit. Bei einer Krankheit, die so akut sein kann wie Depressionen, nicht gerade tolle Aussichten für Betroffene. Für Marie war es damals in der schlimmen Phase so, als würde sie buchstäblich in Flammen aufgehen, und von der Gesellschaft kam nur zurück: »Die zuständige Feuerwache hat gerade leider keine Zeit, aber du bist auf 'ner Warteliste für ein Glas Wasser. Dauert so zwei bis zwölf Monate. Denk in der Zwischenzeit doch an was Kaltes und versuch, einfach nicht zu brennen.«

Marie kritzelt auf ihrem Zettel herum und versucht, mit Frau Merkenich ihren Hoffnungslosigkeits-Anfall zu *bearbeiten*, aber sie ist nicht ganz bei der Sache. Ihre Gedanken landen mal wieder unfreiwillig bei Emil, was Frau Merkenich natürlich sofort auffällt.

»Gibt es noch etwas anderes, das Sie beschäftigt?«

Tageslicht fällt durchs Fenster und lässt etwas Staub glitzern, der durch die Luft segelt. Marie streckt den Rücken leicht, und der Stuhl knarzt laut, als würde er sich ebenfalls strecken. Sie möchte es eigentlich nicht erzählen, aber hat das Gefühl, wenn sie es nicht tut, wird Frau Merkenich ihren Kopf ergreifen, die Stirn aufklappen und einfach nachsehen.

»Mein Freund Emil hat vor drei Tagen einfach den Kontakt abgebrochen. Ich weiß nicht, warum.«

»Sie hatten keine Aussprache?«, fragt Frau Merkenich skeptisch. »Haben Sie schon versucht, sich der Situation zu stellen und mit ihm zu reden?«

Marie schweigt, was Frau Merkenich als Antwort genügt.

»Es gibt verschiedene Bewältigungsstrategien«, erklärt sie nicht zum ersten Mal. »Manche Menschen neigen zum Beispiel dazu, anderen die Schuld zu geben, wenn etwas falsch läuft, oder aggressiv zu werden, und schalten auf Angriff. Oder aber sie versuchen von Anfang an, bestimmte Situationen zu vermeiden. Zum Beispiel, indem sie Gefühle unterdrücken oder sich komplett zurückziehen. Konflikten radikal aus dem Weg gehen. Flüchten. Das hilft aber nur kurzfristig. Denn die Situationen werden nicht weggehen. Das ganze Leben besteht aus solchen Situationen. Sie müssen sie bearbeiten, damit Sie ihnen nach und nach gewachsen sind. Wie beim Sport. Man muss trainieren, um besser zu werden. Und nach ein paar Wochen oder Monaten des Trainings wirken Aufgaben, die einen vorher noch komplett überfordert haben, plötzlich ganz leicht.«

»Und was«, stammelt Marie, »wenn mich die Aussprache mehr verletzt als die Ungewissheit?«

»Ungewissheit ist eine Wunde, die niemals heilt. Sie können solchen Situationen nicht ausweichen, ohne sich langfristig zu schaden.«

Marie atmet tief aus. »Okay«, sagt sie, und die Therapeutin ist zufrieden. Aber eigentlich ist gar nichts okay.

Als sie etwas später die Praxis verlässt, überkommt Marie eine gewaltige Angst. Frau Merkenich hat recht, denkt sie panisch, ich hätte längst zu Emil gehen sollen. Was, wenn er einen Unfall hatte? Drei Tage! Wie kann sie drei Tage abwarten und einfach ignorieren, dass er nicht mehr erreichbar ist? Ihr Vorsatz, *locker* zu sein, zerbricht, wirkt im Nachhinein geradezu lächerlich. Wovor hat sie Angst? Dass er sie nicht mehr sehen will? So ein Unsinn, sie hätte Angst davor haben sollen, dass er einen Unfall gehabt hatte. Denn natürlich hat Emil einen Unfall gehabt! Natürlich liegt er gerade in seiner Wohnung und verblutet, und sie ist schuld daran, dass er keine Hilfe bekommt.

Die Angst wird zu Panik und treibt Marie an, direkt auf Emils Wohnung zu. Je näher sie ihr kommt, desto sicherer ist sie, jeden Moment Polizeiabsperrungen zu sehen. Und einen Krankenwagen, der einen leblosen Körper davonfährt. Sie weiß es einfach, und sie kann sich nicht erklären, wieso die Erkenntnis erst jetzt kommt. Von wegen, er *will* mich nicht sehen! Wie konnte ich nur so selbstbezogen sein? Warum sonst sollte er von einem Tag auf den anderen nicht mehr erreichbar sein? Er braucht Hilfe!

Als sie in seine Straße abbiegt, ist kein Polizeiauto in Sicht und auch kein Krankenwagen. Neben der Tür von Emils Haus hängt eine dürre Frau aus dem Fenster und raucht, als wäre es ein Spitzensport. Marie kennt die Frau, sie hängt dort jedes Mal, wenn Marie vorbeikommt, und zieht so leidenschaftlich das Leben aus ihren Zigaretten wie diese aus ihr. Also alles wie immer. Marie versucht, den gewohnten Anblick der Raucherin in eines ihrer Horrorszenarien von Emils Tod einzuordnen, und ist so vertieft darin, dass sie dem Mann vor der Haustür beinahe in den Rücken läuft. Im letzten Moment erkennt sie ihren Kollisionskurs, bremst ab und tritt einige Schritte zurück. Der Mann inspiziert die Klingelschilder. Unter seinem linken Arm klemmt eine Akte. Er hat kreisrunden Haarausfall und eine dicke Hornbrille, Marie schätzt ihn trotzdem auf dreißig. Er pfeift nervös vor sich hin, während er die richtige Klingel sucht. Als er sie endlich findet, erstarrt Marie. Sie hat genau diese Klingel selbst schon häufig gedrückt.

Nach nur wenigen Sekunden knackst die Gegensprechanlage, und eine Stimme meldet sich: »Dritter Stock, die Wohnung links.« Sie gehört dem Menschen, dessen Name an der Klingel steht und dessen Wohnung hinter der Tür im dritten Stock auf der linken Seite liegt. Emil Ratkevski. Die Haustür rasselt, und der Mann mit der Akte unter dem Arm drückt sie auf. Mit nur einem Bein im Haus, die Tür noch nicht ganz aufgerissen, hält er kurz inne.

»Du schaffst das!«, sagt er zu sich selbst, bevor er im Haus verschwindet und die Tür krachend zufällt.

»Was zur Hölle?!«, schreit Marie. Oder vielleicht hat sie es auch nur gedacht. Das, was da aus der Gegensprechanlage kam, war ganz sicher Emils Stimme. Und sie klang nicht so, als wäre er tot. Oder verletzt. Höchstens gelangweilt. Aber wer ist der Mann? Warum ist er so nervös? Und was ist das für eine Akte? Emil hat ihn offensichtlich erwartet, so schnell und nüchtern, wie er »Dritter Stock, die Wohnung links« gesagt hat. Was geht hier vor?

Die Antworten auf diese Fragen sind nur ein Klingeln, drei Stockwerke und ein Gespräch entfernt. Doch Marie klingelt nicht. Stattdessen weicht sie noch ein paar Schritte von der Haustür zurück, dreht sich um und eilt so schnell nach Hause, dass es aussieht, als würde sie wegrennen.

Etwas extrem Eigenartiges geht hier vor sich. Und sie will nicht herausfinden, was es ist. Denn die Antwort darauf, das weiß sie ganz sicher, wird ihr mühselig wieder aufgebautes Leben von Neuem umwerfen.

4

Vor Tom liegt das Drehbuch zum Film *Bellos Bauernhof*. Obwohl er bereits seit Mittag über dem Text brütet, fühlt er sich für den ersten Drehtag morgen früh nicht bereit. Denn mit seinen holzvertäfelten Wänden und der Einrichtung im Jugendherbergsstil scheint das Zimmer in dem Gasthaus, in dem er für die Dauer der Dreharbeiten untergebracht ist, jegliche kreative Energie zu ersticken. In der Szene, die für morgen auf dem Plan steht, überzeugt Bello Tom gerade davon, den Bauernhof, den er von seinem Opa geerbt hat, doch nicht aufzugeben. Was sind schon Hunderttausende Euro Schulden, wenn man die Kraft der Freundschaft hat? Sie finden bestimmt einen Weg, den Hof zu retten! Gemeinsam! Dieser absolut weltfremde Schwulst zieht sich über Seiten hinweg.

Tom stöhnt. Wie soll er das jemals glaubwürdig rüberbringen? Das Schlimmste am Schauspielern ist wahrscheinlich, dass man nicht denken darf. Selbst die kleinste Reflexion darüber, wo man gerade ist und was man tut, bricht die Illusion. Daran zu denken, was gleich als Nächstes passiert, verrät, dass es einen Plan gibt, und verdirbt die Szene. Angeblich lernt Anthony Hopkins seinen Text nie bewusst auswendig, sondern liest das komplette Drehbuch Hunderte, Tausende Male, bis er es wenige Tage vor dem Dreh zur Seite legt und einfach darauf vertraut, dass die Wörter zur richtigen Zeit ganz automatisch kommen. Wer auswendig lernt, schauspielert nicht, sondern rezitiert. Obwohl *Bellos Bauernhof* keine Oscar-Ambitionen hat und Tom eigentlich keine schauspielerischen, gibt er sich große Mühe, nichts auswendig zu lernen. Er will die Szene, in der ihn ein Hund überredet, seinen Bauernhof nicht aufzugeben, *fühlen*. So wie er Songs fühlt.

Tom schließt die Augen und gibt sich große Mühe, irgendetwas wahrzunehmen. Aber das Einzige, was er spürt, ist Frust. Als sich ihm die Szene nach einigen Minuten immer noch nicht emotional erschließt, gibt er auf. Da kein Hund kommt, der ihn mit traurigen Blicken umstimmen kann, wirft er das Drehbuch wie ein Handtuch zur Seite und greift stattdessen zum Handy. Er muss die Dreharbeiten dokumentieren, Storys für Instagram produzieren, den Algorithmus bedienen mit Content, Content, Content – dauernd und mit jedem Atemzug. Draußen dämmert es bereits, und Tom hat noch nichts gepostet. Er ärgert sich, dass er das erste Treffen mit Bello nicht dokumentiert hat. Den Hund hat er beim Einzug ins Gasthaus heute Morgen kurz gesehen. Bello hat zur Begrüßung mit der Schnauze sanft an Toms Hand geschnüffelt und dann freudig mit dem Schwanz gewedelt, als wollte er ihm zeigen, dass er ihn mag. Das fleckige Fell, das treuherzige Grinsen, die treuen Augen – mit einem Mal hat Tom verstanden, was alle an diesem Hund lieben. Er hat sich hingekniet und ihn ausgiebig gestreichelt, was Bello mit einem glücklichen Hecheln quittiert hat. Dabei hätte Tom das Handy zücken und die Begegnung filmen sollen. Das wäre eine gute Story geworden!

Faruk beobachtete von Anfang an den Aufstieg seiner Followerzahlen wie einen Aktienkurs. Tom hat sich lange dagegen gewehrt, dem Ganzen irgendeine Bedeutung zuzusprechen. Einen erfolgreichen Social-Media-Kanal zu betreiben, ist schließlich ein eigener Job. Und Tom hat bereits einen Job. Er ist Musiker. Künstler. Warum darf er nicht einfach Musik machen? Ein Schreiner muss schließlich auch nicht nebenbei noch einen zweiten Job ausüben. Die Musik sollte für sich sprechen, sollte das Einzige sein, das bewertet wird und zu Erfolg oder Misserfolg führt. Doch schließlich hat Tom verstanden, dass er mit diesen Ansichten ein wenig so wirkt wie Bello, wenn er Tom davon zu überzeugen versucht, dass die Kraft der Freundschaft einen verschuldeten Bauernhof retten kann. In einer perfekten Welt reicht das vielleicht. Aber in der echten Welt muss Tom eben schauspielern und Social-Media-Kanäle betreiben, um als Musiker Erfolg zu haben. Darum überprüft er seine Followerzahlen mittlerweile ebenfalls stündlich. Und obwohl es ihm absolut keine Freude bereitet, zwingt er sich jeden Tag, Content für Social Media zu generieren.

Gerade als er sich dazu überwinden will, eine »Room-Tour« durch sein Zimmer zu filmen, schiebt sich eine Nachricht von Emma auf sein Display, was ihn zum Lächeln bringt. Es ist gerade einmal zwei Wochen her, dass Lanzinger ihm ihre Nummer zuschob. Und obwohl er so etwas normalerweise nicht tut, schrieb Tom Emma noch am selben Abend eine Nachricht. Sie antwortete sofort. Aus Nachrichten wurden Anrufe, aus Anrufen wurden Dates. Emma ist auch Musikerin und Tom mag ihre Musik wirklich sehr.

Denke an dich!, schreibt Emma. *Und ich hasse Bello dafür, dass ich dich jetzt zwei Wochen nicht sehen kann.*

Er liest die Nachricht noch einmal und muss schon wieder lächeln.

Ich auch, versichert er und schickt eine Emoji-Kombination aus Pistole und Hundegesicht. *Dämlicher, unfassbar süßer Hund!*

Emma quittiert die Nachricht mit einem roten Herz. Tom muss unvermittelt an ihr wallendes Haar denken, wobei er eine Schwerelosigkeit im Magen fühlt, die man Liebe nennen könnte. Er kann nicht aufhören zu grinsen, wirklich alles fügt sich. Das Puzzle seines Lebens ergibt ein Bild, und das Bild gefällt ihm sehr. Mit leichtem Schritt verlässt er das Zimmer, um unten in der Bar nach Content für einen unnötigen Socia-Media-Post und WLAN für ein unbedingt nötiges FaceTime-Gespräch zu suchen.

Das urige Gasthaus, in dem sie untergebracht sind, liegt so weit abseits von der Zivilisation, dass die nächsten Nachbarn bereits eine neue Postleitzahl haben müssten. Aber der Bauernhof des Hauses ist gleichzeitig der Drehort des Films, und so hat Tom zumindest einen sehr kurzen Arbeitsweg. Außer ihm wohnen in dem kleinen Fachwerkhaus für die Dauer der Dreharbeiten noch der Regisseur und der Trainer von Bello. Bello selbst hat eine eigene Hütte auf dem Gelände. Der Rest der Crew ist im nächsten Motel untergebracht und braucht jeden Morgen für die Anfahrt länger, als manche Fliegen zu leben haben. Tom steigt die knarzige Holztreppe hinunter zum Restaurant, das diesen Namen eigentlich nicht verdient. Er kennt Wartezimmer, die größer sind.

Es gibt bestimmt Menschen, die den abgelegenen, vereinsamten, 3-Mbit-Schleich-WLAN-Charme des Gasthauses großartig finden. Die nach ihrem Aufenthalt noch monatelang ungefragt davon schwärmen, wie wohltuend es war, mal *abzuschalten*. Diesen Menschen könnte man aber wahrscheinlich selbst einen Gefängnisaufenthalt als teuren Hipster-Urlaub verkaufen: »Endlich Zeit für Sport und zum Lesen und *die Menschen*, die sind so ehrlich, so authentisch, das erdet einen tooootaaal. Wenn ihr die Chance dazu habt, geht unbedingt mal zwei Wochen ins Gefängnis!«

Der Wirt sitzt hinterm Tresen und starrt aufs Handy. Er ist ein alter Mann um die sechzig mit roten Bäckchen und großen blauen Kulleraugen. Die Bar ist voll besetzt, das heißt, am einzigen Tisch sitzen die einzigen Gäste des Hauses: Martin, der Regisseur, und Rakete, der Trainer von Bello. Tom weiß nicht, ob Rakete ein Spitzname ist oder seine Eltern einfach große Fans der Raumfahrt sind, und mittlerweile ist es auch zu spät, um ihn danach zu fragen. Dabei hat Faruk ihn vor den Dreharbeiten darauf eingeschworen, sich mit beiden anzufreunden. Sie würden in Zukunft bestimmt noch öfter zusammenarbeiten. Tom grüßt die Runde und verschiebt seine FaceTime-Pläne vorerst, um sich dazuzusetzen.

Martin ist ein bärtiger, massiver Mann, der so aussieht, als wäre er gerade frisch aus einem Moshpit gestiegen. Seine Haare sind etwas zu lang und etwas zu fettig, und er ist einer von den Menschen, die bei jedem Wetter kurze Hosen tragen. Diese sehr weiten mit den großen Seitentaschen. Er dreht sich grummelnd eine Zigarette und wirkt ziemlich schlecht gelaunt. »Alles okay, Martin?«, fragt Tom besorgt und macht schnell ein Foto vom Bier für Instagram. Das ist nicht gerade originell, aber immerhin Content. Kurz bevor er das Foto postet, kommt ihm schließlich noch der Einfall, auf einem der Biere Bello zu markieren, wodurch die Story doch noch etwas an Humor gewinnt. Vielleicht repostet Rakete das Bild über Bellos Account sogar, das würde Tom bestimmt eine Menge neuer Follower bringen.

»Ach«, meint Martin, »ich hab Streit mit dem Studio. Die wollen ein paar Dinge ändern. Es soll mehr ›virale‹ Momente geben. Kurze Tanzeinlagen oder so, die die Kids zu Hause nachtanzen können. Was weiß ich.« Martin nimmt einen großen Schluck von seinem Bier.

»Das ergibt schon Sinn«, meint Rakete. Mit seinem markanten Kinn, der perfekten Haut und den strahlenden Augen sieht er nicht aus wie jemand, der hinter die Kamera gehört, sondern davor. »Ist doch bei dir und deiner Musik auch so, oder Tom? Der Trend geht ja zum TikTok-Song, das wirst du wahrscheinlich im nächsten Album auch beachten.«

»TikTok-Song?«, fragt Tom vorsichtig.

Rakete grinst breit, ein charmantes, einnehmendes Lächeln, das jeden Gebrauchtwagen der Welt verkaufen könnte.

»Na, Songs, die darauf ausgerichtet sind, auf TikTok zu funktionieren: mit einem klar ausklammerbaren Part von zehn bis fünfzehn Sekunden, der viral gehen kann. Wahrscheinlich wird das der nächste Trend in der Musik, Songs, die nur noch diese fünfzehn Sekunden lang sind. Das wäre ja auch viel effizienter.«

Martin stöhnt gequält. »Und darum geht es schließlich bei Kunst, dass sie effizient ist.« Er schleckt sein Zigarettenpapier ab, bevor er es fest zusammendreht. »Ich werde nie verstehen«, sagt er, »warum in Deutschland Inhalte schaffen und über Inhalte entscheiden zwei verschiedene Jobs sind, mit zwei komplett unterschiedlichen Karrierewegen. Die meisten Produzenten könnten genauso gut Brötchen verkaufen. Die haben keine wirkliche Leidenschaft für Kunst, aber sie dürfen über sie entscheiden. Und dann kommt so eine Scheiße raus wie Fünfzehn-Sekunden-Songs. Statt Talente zu fördern und aufzubauen, nehmen die den mit dem größten Namen und hoffen, dass er was von seiner Reichweite abgibt. Auch die Öffentlich-Rechtlichen, keine Ahnung, warum.

Die können zwar kein Geld verlieren oder machen, tun aber so als ob. Lieber kurzfristig Reichweite statt langfristige Kunst- und Kulturförderung. Und es geht auch nie um die *Qualität* der Reichweite, immer nur um die *Quantität*. Ein Film, der zehntausend Menschen erreicht, aber deren Leben verändert, wird eher abgesägt als einer, der hunderttausend Menschen erreicht, die ihn dann aber nach dem Mittagessen schon wieder vergessen haben. Nichts für ungut Tom, aber das ist auch der einzige Grund, warum du hier bist. Du bist nicht das beste Talent für die Rolle, du hast einfach nur am meisten Reichweite. Das ist das Einzige, worauf es ankommt.«

»Mhmm«, sagt Tom abwesend. Bisher konnte er die Aufmerksamkeit zwischen Gespräch und Handy gut aufteilen, aber jetzt muss er sich kurz auf sein Smartphone konzentrieren. Er postet die Story. Währenddessen schreibt er weiterhin mit Emma, die sich mit sehr vielen Herzchen-Emojis ins Bett verabschiedet, also doch kein FaceTime-Gespräch mehr. Martin grunzt und trinkt sein Bier leer. Dann steckt er sich die fertig gedrehte Zigarette in den Mund und steht auf. »Ich geh eine rauchen und dann ins Bett.«

Rakete bestellt sich noch ein Bier und schaut Tom fragend an.

»Ich sollte nicht so viel trinken«, meint Tom, »ich muss noch Text lernen«, aber beißt sich dann auf die Zunge, denn er hat direkt seinen Vater im Ohr. Faruk würde ihm jetzt bestimmt erklären, dass er diese Chance nutzen und sich mit Rakete anfreunden muss. Denn Rakete ist quasi Bello. Und Bello hat eine Wahnsinns-Reichweite, die Toms Karriere sehr helfen würde. »Wobei«, korrigiert Tom sich daher, »eine Runde geht bestimmt noch!«

Rakete lächelt zufrieden und gibt die Bestellung auf. Kurz darauf stellt der Wirt zwei Bier auf den Tisch und zaubert noch zwei Schnäpse dazu.

»Aufs Haus« grummelt er.

»Oh, danke«, sagt Tom, »na, dann aufs Haus!« Sie stoßen an, und der Kräuterschnaps fließt Tom brennend den Rachen hinunter. Kurz darauf folgen mehrere große Schlucke Bier. Tom spürt, wie beides in seinem Magen brodelt und langsam Richtung Kopf steigt.

»Ich hab Bello in einer Story verlinkt«, sagt er vorsichtig.

»Hab ich gesehen, ich reposte es nachher«, meint Rakete.

Eine unangenehme Stille senkt sich über sie herab. Tom überlegt, ihn endlich zu fragen, ob Rakete sein richtiger Name ist, um ein Gespräch zu starten, aber entscheidet sich schließlich dagegen. Es ist ihm doch zu unangenehm.

»Wie kam das eigentlich alles mit Bello?«, fragt er den Tiertrainer stattdessen.

»Ach, das weiß ich selber nicht so genau«, sagt Rakete. »Ich mochte Tiere schon immer, aber einfach Tiere zu besitzen, ist kein Job, also habe ich angefangen, Hunde zu züchten. Dann zu trainieren und schließlich für Film und Fernsehen zu verleihen. Seit einigen Monaten probiere ich auch mit anderen Tieren herum. Ich habe mittlerweile gut zwanzig Stück. Die meisten davon sind Kaltblüter – Leguane, Chamäleons, so was …«

»Und die kann man auch trainieren?«

»Ne, da geht's eher um die richtige Auswahl. Es gibt Tiere, die eignen sich besser fürs Geschäft als andere. Wenn die schnell nervös werden zum Beispiel oder keinen Stress abkönnen, dann sind die nicht zu gebrauchen. Bei etwas schlaueren Tieren, wie Hunden, kann ich versuchen, das denen abzutrainieren. Aber meistens sortiere ich die einfach aus.«

»Und Bello?«

»Bello war von Anfang an perfekt! Den großzuziehen war, wie im Lotto zu gewinnen. Der ist gefügig, ruhig, stressresistent und süß. Ich mein, hier, schau dir den mal an!«

Rakete drückt auf seinem Handy herum und zeigt Tom eine Reihe von Fotos. Auf einem liegt Bello in einem Bett und schläft friedlich. Zwischen seinen braun-weiß gefleckten Pfoten ist ein kleines Kuscheltier, das Bello an sich drückt. »Pipo, sein Kuschelhase, den hat er, seit er klein ist, und schläft nie ohne!«, erklärt Rakete. Auf dem nächsten Foto ist Bello noch ein Welpe, nicht größer als eine geballte Faust. Der kleine Hund sitzt im Napf, begraben von Trockenfutter. Die blauen Augen schauen direkt in die Kamera, der Kopf ist leicht geneigt und der Blick verwirrt, als würde er fragen: »Hä, wie geht noch mal essen?« Tom muss unweigerlich an seinen Nachbar Simon denken.

Bestimmt würde Bello ihn auch mit »Herr Tom« anreden, wenn er sprechen könnte.

»Mein erster Star, der richtig Geld nach Hause bringt«, sagt Rakete stolz. »Und weißt du, was das Beste ist?«

Tom weiß es nicht.

»Normalerweise sind Filmhunde gut ersetzbar, Schäferhunde oder Collies zum Beispiel sehen alle gleich aus. Ich glaube, es gab drei Kommissar Rex und sogar fünf verschiedene Lassies. Aber Bello … Bello ist ein Mischling. Ein Labrador-Australian-Sheperd-Mix – und dann auch noch mit ganz besonderem Fellmuster. Das haben die nicht bedacht, als sie den ersten Film gedreht haben. Hätte ja auch niemand ahnen können, dass der so erfolgreich wird. Jedenfalls, es gibt ein paar Hunde, die so ähnlich aussehen wie Bello, aber nicht ähnlich genug, dass man ihn einfach austauschen könnte. Darum müssen die so viel aus ihm rausholen, wie in einem Hundeleben produzierbar ist. Denn wenn er stirbt, haben die keinen Ersatz, dann ist Schluss mit Bello. Heißt für mich: Daueraufträge! Ein Dreh nach dem anderen. Wird dir auch bald so gehen, als neuer Partner von Bello.« Rakete prostet ihm gönnerhaft zu.

»Na ja«, meint Tom, »erst mal mach ich nur diesen einen Film. Ich bin ja eigentlich Musiker …«

»Auch wenn du nicht willst, die werden dich mit Geld erpressen! Ich bin sicher, wir sehen uns noch häufiger.« Rakete fordert mit Gesten zwei weitere Schnäpse und neues Bier. Tom protestiert nicht.

»Vielleicht willst du ja mal vorbeikommen«, schlägt Rakete vor, »und meine anderen Tiere kennenlernen?«

»Ja gerne«, lügt Tom. Die anderen Tiere interessieren ihn natürlich überhaupt nicht, aber der Deal ergibt Sinn. Tom hilft den unbekannteren Tieren von Rakete bei ihrer Karriere, und dafür hilft Bello ihm bei seiner. Rakete lächelt wie zur Bestätigung des Gedankens. Es ist wieder dieses etwas verschlagene, aber bestechend charmante Grinsen. Tom ist froh, dass Rakete es ihm so einfach macht, sich anzufreunden, und entspannt sich. An Raketes linker Hand blitzt ein Ring auf, als er das Glas für den letzten Schluck hebt.

»Bin verlobt«, meint Rakete, der Toms Blick bemerkt hat. »Direkt nach dem Dreh geht's zur Hochzeit.«

»Oh, Glückwunsch!«

»Danke. Es ging plötzlich alles sehr … schnell.«

Der Wirt bringt neue Getränke und räumt die leeren Gläser ab. Eigentlich wäre das ein guter Zeitpunkt, um die »letzte Runde« zu markieren. Doch der Alkohol fängt an zu schmecken. Tom wünschte, er müsste morgen nicht arbeiten. Nach dem neuen Schnaps meint er: »Irgendwie unfair, dass wir selbst Tieren Jobs geben, oder? Stell dir vor, du bist ein Hund und musst trotzdem morgens zur Arbeit. Und dann kriegt auch noch jemand anderes den Lohn. Ich mein, alles was Bello für den Dreh kriegt, sind ein paar Snacks.«

»Das ist mehr als manche Praktikanten hier«, scherzt Rakete.

»Stimmt«, gibt Tom zu, »und die müssen in einem

Motel schlafen, während Bello seine eigene Hütte hat.«

»Und was für eine! Die hat fünfzehn Quadratmeter, komplett ausgelegt mit Decken, eingebauter Heizung und Wasserspender.«

Tom pfeift anerkennend. »In München zahlt man dafür fünftausend Euro kalt.«

Das bringt Rakete zum Lachen. Tom hebt sein Bier. »Ich wette, der hat sogar eigenes WLAN! Auf Bello!«

»Auf Bello!«

Sie trinken ihr Bier leer. Es ist mittlerweile das dritte. Es folgen noch zwei weitere und außerdem drei Schnäpse. Bis der Wirt schließlich Feierabend macht und sie rausschmeißt.

Als Tom vor den Türen des Gasthauses steht und Rakete beim Rauchen zusieht, stellt er genervt fest, dass der nächste Morgen sehr anstrengend wird, denn er ist extrem betrunken. Rakete ebenfalls. Aber nur einer von beiden muss morgen vor die Kamera.

»Willst du keine Zigarette?«, fragt Rakete zum dritten Mal. Tom schüttelt den Kopf und bringt die Welt damit etwas länger zum Wackeln, als seinem Magen lieb ist.

»Das ist quasi mein Junggesellenabschied«, stellt Rakete traurig fest. »War eigentlich diese Woche geplant, doch dann kam der Dreh.«

»Aber doch nicht so kurzfristig?«

»Kurzfristig genug«, meint Rakete. »Konnte keinen Termin vor der Hochzeit mehr finden, wo alle können, wegen Jobs und so. Und nun ist der Junggesellenabschied nach der Hochzeit. Aber das ist doch Unsinn. Das sollte nicht danach sein. Das sollte heute sein!«

Tom klopft ihm ermutigend auf die Schulter.

»Da fällt mir ein, hättest du nicht Interesse zu spielen? Auf meiner Hochzeit?« Rakete kramt in seiner Tasche und reicht Tom eine Karte. Es ist eine Hochzeitseinladung. »Die Feier wird echt mega!«, schwärmt er.

Tom ist gerührt. Vor einigen Stunden hat er sich noch Gedanken gemacht, wie sie sich anfreunden könnten, jetzt ist er zu Raketes Hochzeit eingeladen.

»Das wäre mir eine Ehre«, sagt er und meint es so. Es gibt vieles, das Tom an sich nicht mag oder gerne verbessern würde. Aber seine Art, so schnell mit Menschen eine Verbindung aufbauen zu können, auf die ist er stolz. Lanzinger, Rakete, Emma … er hat wirklich einen Lauf!

»So«, sagt er schließlich, »jetzt muss ich wirklich ins Bett und ausnüchtern.«

»Warte!«, protestiert Rakete. »Ich will nicht, dass der Abend so endet! Ich will noch irgendwas Aufregendes machen! Irgendwas Besonderes!« Er schnipst mit den Fingern. »Ich hab 'ne Idee. Moment! Gleich wieder da, geh nicht weg!« Er rennt in die Nacht und verschwindet im Dunkeln.

Tom sieht auf die Uhr: kurz nach zwei. Er verlagert sein Gewicht ungeduldig von einem Bein aufs andere.

»Rakete?«, fragt er ins Nichts. Keine Antwort. »Rakete, ich muss ins Bett!«

Gerade als er ins Gasthaus zurückgehen will, hört er Rakete in der Ferne lachen. Ein schwacher Lichtstrahl kommt auf Tom zugeschossen und schneidet sich durch die Dunkelheit. »Was zur …?«

Rakete bremst den Golfkart, mit dem die Crew Ausrüstung auf dem riesigen Bauernhof-Gelände transportiert, abrupt ab und kommt kurz vor Tom zum Stehen. »Der Schlüssel hat noch gesteckt. Drehen wir eine Runde?« Tom zögert. »Was soll schon passieren«, meint Rakete. »Wir sind mitten im Nirgendwo. Es ist mein Junggesellenabschied!«

Gegenverkehr müssen sie tatsächlich nicht befürchten, stellt Tom fest. Nicht einmal Bäume wachsen in der näheren Umgebung. Außerdem würde diese gemeinsame Erinnerung ihrer neuen Freundschaft bestimmt gut stehen. Er sieht die Anekdote schon als lustige Antwort auf eine Interviewfrage. Oder zumindest als Content fürs Internet. Ob Rakete die Story mit Bello bereits repostet hat? Die kriegt bestimmt eine gute Interaktionsrate.

Tom steigt vorsichtig auf den Beifahrersitz und will Rakete auf die Story ansprechen, doch stellt dann eine etwas dringendere Frage: »Wie schnell fährt denn so ein Ding?«

Rakete lacht so unbeschwert, wie es sonst nur Kinder können.

»Finden wir es heraus!«

Er drückt die Pedale durch, und der Kart beschleunigt. Erst mühsam, dann immer aggressiver. Die Scheinwerfer sind mit der ländlichen Dunkelheit völlig überfordert. Das Licht verschmiert sich im tiefen Schwarz der Nacht. Je schneller sie werden, desto heftiger ruckelt es. Denn das Gelände ist überzogen mit kleinen Hügeln, als hätte der Boden Akne. Große Findlinge stellen sich ihnen immer mal wieder in den Weg, an die hat Tom bei seiner Risikoberechnung nicht gedacht. Der Kart muss eine scharfe Kurve nach der anderen fahren und droht, in jeder davon umzukippen. Durch den Alkohol haben Toms Augen sowieso schon Schwierigkeiten, irgendwo Halt zu finden, alles springt hin und her, wackelt, ist verschwommen.

»Nicht so schnell!« Der Fahrtwind rauscht ihm um die Ohren, vor ihnen zieht sich ein kleiner Bach. »VORSICHT!«, ruft Tom, und Rakete reißt das Lenkrad herum. Der Wagen macht einen Satz, vor ihnen ertönt lautes Gebell. Rakete will das Lenkrad noch einmal herumreißen, doch es ist zu spät. Ein Zaun knistert, der Kart schlägt heftig nach oben, und das Bellen wird zu einem kurzen, schrillen Winseln zerquetscht. Es kracht, der Wagen verliert den Halt, dreht sich auf die Seite und landet mit einem dumpfen Knall auf dem Rasen. Tom schlägt hart auf dem Boden auf. Sein erster Atemzug bringt ihn beinahe zum Kotzen.

»SCHEISSE! VERDAMMTE SCHEISSE!«, heult Rakete, und seine Stimme droht zu zerspringen. Tom schafft es erst nur auf alle viere, dann richtet er sich mühselig auf. Der Kart liegt auf der Seite, zwei Räder in der Luft, eines davon kann Tom sich noch drehen hören. Alles, was sich nicht unmittelbar im Lichtkegel der Scheinwerfer befindet, ist schwarz. Toms Kopf pulsiert, und er weiß nicht, ob das die heftigen Schläge seines Herzens sind oder das Anschwellen seines Gehirns. Unter seinem Fuß quietscht etwas. Es ist ein kleines Fellbündel. Tom bückt sich langsam und hebt es vorsichtig auf. Ein kleiner Stoffhase? An den Ohren des Kuscheltiers klebt Blut. Tom lässt es erschrocken fallen.

Das Licht der Scheinwerfer zeigt die Ruinen einer zerfallenen Holzhütte. Toms Blick folgt dem Licht zu zwei Holzscheiten. Etwas ragt zwischen ihnen hervor. Rakete stolpert ins Licht und versperrt Tom die Sicht auf die zusammengebrochene Hütte. Sein Gesicht ist zu einer Maske des Schmerzes verzogen. Er hält die Hände hoch, als wären sie frisch desinfiziert und er ein Chirurg kurz vor dem Eingriff. Aber das, was an ihnen klebt, ist kein Desinfektionsmittel, es ist Blut.

»Fuck!« Tom tastet sich ab, scheint jedoch unverletzt zu sein, dann schaut er wieder zu Rakete, der mit blutigen Händen auf ihn zukommt. »Hast du dich verletzt?! Geht's dir gut?!«

»Bello!«, ruft Rakete. »Das ist das Blut von Bello!«

Tom versteht erst nicht, was er meint. Rakete ist jetzt direkt vor ihm und packt ihn mit seinen blutigen Händen an den Schultern. »Er ist tot. Bello ist tot!« Tom will zurückweichen, aber Raketes Griff ist zu fest.

»Bist du dir sicher? Vielleicht …«

»ICH BIN MIR SICHER!«, schreit Rakete. Toms Würgereiz meldet sich wieder, ihm wird schwindelig. Rakete lässt ihn los. »Bello! Mein Bello!«, jammert er. »Was soll ich nur ohne den tun?!«

Tom übergibt sich.

»Das ist deine Schuld!«, sagt Rakete entschieden.

»Meine?! Du bist gefahren! Ich wollte das gar nicht, ich wollte nicht mal trinken ...«

»Hättest du nicht panisch ›Vorsicht!‹ geschrien, hätte ich das Lenkrad nicht rumgerissen!«

Tom sucht nach Worten, findet aber nur seinen Würgereflex, den er diesmal jedoch unterdrücken kann.

»Wir müssen jetzt entscheiden, was wir machen«, sagt Rakete und wirkt plötzlich gefasst. »Ich sage, wir hauen ab!«

»Was? Aber ... Bello ...«

»Bello ist tot! Wenn wir dem noch helfen könnten, würde ich das sofort tun! Aber es ist vorbei. Wir müssen jetzt an uns denken! An dich!«

»Und dann?! Hier leben drei Menschen im Gasthaus! Natürlich kommt raus, dass wir das waren!«

»Ja, aber kann man das beweisen? Und selbst wenn das hier alle denken, solange nichts nach außen dringt, ist doch alles gut! Du hast bestimmt einen Manager, der sich um so was kümmern kann. Public Relations, der kann dafür sorgen, dass die richtigen Leute schweigen. Dann heißt es nach außen: Bello ist bei einem Unfall am Set gestorben, und das war's dann. Du bist fein raus!«

»Und du auch«, meint Tom.

»Wir müssen nur dichthalten! Okay? Ich verspreche dir, ich sage nichts! Und du sagst auch nichts«, beschwört ihn Rakete. »Wenn wir uns gegenseitig decken, haben wir nichts zu befürchten.« Er greift sich Tom wieder. »Abgemacht!«, fordert er und zieht Tom mit sich in die Dunkelheit. »Geh jetzt auf dein Zimmer und schlaf dich aus!«

Sie hasten zurück in die Gaststätte, und Rakete schiebt Tom auf sein Zimmer. Tom verschließt die Tür und will durchatmen, aber diesmal gewinnt sein Würgereflex. Er schafft es gerade noch rechtzeitig, sich vor das Klo zu kauern, als der erste Stoß aus seinem Magen kommt. Wenige Sekunden später folgt der zweite. Tom keucht und wartet auf den dritten. Seine Muskeln verspannen, die Kehle öffnet sich, der dritte und letzte Stoß kommt. Er richtet sich langsam auf und dreht den Wasserhahn auf. Plötzlich fällt ihm das Blut an den Händen von Rakete ein. Er windet sich im Spiegel und entdeckt die Schmierflecken an den Stellen, an denen er ihn angefasst hat. Tom reißt sich die Kleidung vom Leib, wäscht sich die Hände, klatscht Wasser gegen seinen Oberkörper. Zum ersten Mal seit dem Unfall begreift er, dass sie Bello getötet haben. Den süßen kleinen Hund, der heute Morgen noch seine Hand beschnüffelt hat. Tränen laufen ihm die Wangen herunter, seine Nase füllt sich mit Rotz. Tom hängt sich wieder übers Waschbecken und lässt so lange Wasser über sein Gesicht laufen, bis er sich einigermaßen beruhigt. Noch völlig nass fällt er schließlich ins Bett. Wie zur Hölle konnte das passieren? Sein Herz schlägt ihm die Brust kaputt. Was hat er getan? Nichts! Er hat nichts getan, fällt ihm auf. Er ist nicht gefahren. Das war Raketes Schuld.

Tom wickelt sich in den Gedanken wie in eine warme Decke, und sein Herz beruhigt sich. Ich kann nichts für Bellos Tod, denkt er. Natürlich wird er den Tiertrainer morgen nicht decken. Er wird allen sagen, was passiert ist. Es war nicht seine Schuld, und Faruk wird sich darum kümmern, dass das auch alle verstehen. Tom wird damit sehr schnell nichts mehr zu tun haben. Rakete hingegen hat ein paar anstrengende Wochen vor sich, wahrscheinlich wird er seine Hochzeit verschieben müssen. Tom tut es beinahe leid. Aber auf keinen Fall wird er sich für Rakete aufopfern und sich mitschuldig machen. Rakete hat Bello getötet. Jetzt muss er mit den Konsequenzen leben. Tom wird alles erzählen, und dann regelt Faruk den Rest. Er wiederholt den Gedanken wie ein beruhigendes Gebet, bis er langsam in den Schlaf gleitet. Alles erzählen, Faruk regelt den Rest, nicht meine Schuld … Alles erzählen, Faruk regelt den Rest, nicht meine Schuld …

5

Marie sitzt zwischen zwei Abteilen im Gang auf dem Boden, während der ICE Richtung Dortmund über die Schienen klappert. Eigentlich wollte sie den Zug eine Stunde früher nehmen, aber der ist fünf Minuten vor der geplanten Abfahrt plötzlich ausgefallen (»Wir bitten um Ihr Verständnis«), und nun sitzen zwei ICEs in einem. Entsprechend verzweifelt ist das Gedränge. Auf der Suche nach einem freien Quadratmeter hat Marie sich bis ans Ende des Zuges gekämpft, vorbei an schwitzenden Rücken und aggressiven Schultern, wo sie zur Belohnung tatsächlich eine kleine Oase der Ruhe gefunden hat. Außer ihr sind in dem Zwischengang vor dem letzten Zugabteil bloß eine Frau und ihr Kind, die sich an der gegenüberliegenden Türseite auf den Boden gesetzt haben. Genug Luft zum Atmen, kein Gedränge. Frieden.

Marie hat die Beine zum Schneidersitz verknotet, mit dem Laptop in der Mitte. Sie mag eigentlich keine Actionfilme, aber der, den sie gerade guckt, passt irgendwie zu ihrer Stimmung: *John Wick*. Es geht um einen Auftragsmörder, der aus Rache Tausende Menschen umbringt. Die Gewalt im Film ist so drüber, dass sie abstrakt bleibt und Marie darum überhaupt nicht mitnimmt, sondern eher beruhigt. Gerade als John Wick in einem Nachtclub jeden anwesenden Security-Mitarbeiter mit mindestens zehn Kopfschüssen pro Person zu Tode ballert, bemerkt Marie, dass sie nicht alleine guckt. Das Kind, ein kleines Mädchen, höchstens vier Jahre alt, hat sich zu ihr geschlichen und schaut mit großen Kulleraugen zu. Marie dreht den Laptop etwas weg, aber das Mädchen dreht sich einfach mit. Sie will auch gucken.

»Das ist leider nichts für Kinder«, meint Marie und schaut sich hilflos nach der Mutter um, die in dem Moment mitbekommt, was passiert, und ihre Tochter entschuldigend zur Seite nimmt. Das Kind fängt sofort bitterlich an zu weinen.

»Warum darf ich nicht gucken?«, schreit es.

»Die junge Frau hat recht, das ist nichts für Kinder«, sagt die Mama, aber das Argument erschließt sich dem Kind nicht. Natürlich nicht, denkt Marie und fragt: »Was wäre denn was für Kinder, was sie mit mir gucken darf?« Bevor die Mutter antworten kann, schreit das Kind »PEPPA WUTZ!« und stürzt sich auf Marie.

»Na dann«, sagt Marie, »schauen wir zusammen *Peppa Wutz*.« Sie dreht sich zur Mutter, »also … wenn das okay ist?« Aber die Mutter hat bereits die Hände zum Gebet gefaltet und bedankt sich überschwänglich. Das Mädchen kauert sich an Marie, die die Kopfhörer aussteckt und die Lautstärke so weit runterdreht, dass sie niemanden stören würden, selbst wenn sie nicht alleine in dem Zwischengang wären. Und dann schauen sie die nächsten dreiundvierzig Minuten eine Serie über ein schlecht animiertes, aber sehr freundliches Schwein namens Peppa Wutz. Erst als sie in Dortmund ankommen, merkt Marie, dass das Mädchen an ihrer Schulter eingeschlafen ist und friedlich schnarcht. Die Mutter nimmt sie vorsichtig an sich und flüstert ein letztes »Danke«, bevor sie verschwindet.

Dortmund ist keine schöne Stadt. Außerdem hat es ein Nazi-Problem. Wobei, das stimmt eigentlich nicht, Dortmund hat zwar viele Nazis, aber kein Problem damit. Das ist ja das Schlimme. So kommt es Marie zumindest vor. Vielleicht tut sie der Stadt aber auch unrecht und mag sie nur nicht, weil sie selbst aus Dortmund stammt. Hier ist der Ort ihrer Kindheit, und den kann man ja nur hassen. Laut ihrer Mutter war Marie ein schreckliches Kind, das ihr die vielversprechende Karriere als Anwältin zerstört hat. Es ist eine Mischung aus Schuldgefühlen, Pflichtbewusstsein und dem Wunsch, als Erwachsene eine bessere Tochter zu sein, die sie immer wieder dazu bringt, den Forderungen ihrer Mutter nachzugeben und sie zu besuchen. Obwohl sie ihre Wochenenden viel lieber zu Hause verbringen würde. Vielleicht ist es auch nichts davon, sondern eine Art Fluch, ein Zauberbann, mit dem ihre Mutter sie belegt hat und es immer wieder schafft, dass Marie ihren Wünschen Folge leistet.

Vor der Haustür hält sie inne und atmet durch. Aber ihre Eltern haben sie anscheinend kommen sehen, und noch bevor Marie vernünftig Kraft sammeln kann, klackert schon das Schloss, die Klinke quietscht, und die Tür ächzt auf.

»Sieh an, wer sich mal wieder blicken lässt!«

Ihre Mutter öffnet die Arme, und Marie lehnt sich halbherzig hinein. Aus dem Wohnzimmer heraus späht ihr Vater wie ein Erdmännchen vorsichtig in den Flur und nuschelt ein »Hallo, Marie«. Der enge Flur, der Teppichboden, die vergilbte Tapete, Marie hat sich in ihrem Elternhaus noch nie wirklich wohlgefühlt. Den ihrer Meinung nach einzig schönen Ort, den alten Sessel im Wohnzimmer, auf dem ihre Oma immer saß, hat ihre Mutter direkt nach Omas Tod entsorgen lassen.

Marie legt den vollgepackten Rucksack unter den abschätzigen Blicken ihrer Mutter ab.

»Den kleinen Reisekoffer haben wir extra gekauft, weil wir dachten, dass du den auch mal benutzt, und jetzt steht er nur bei uns im Keller rum! Willst du den nicht haben?«

Marie stöhnt genervt, dieses »Angebot« bekommt sie jedes Mal, wenn ihre Mutter den Rucksack sieht. Dass der Koffer für Marie zu groß, zu schwer und zu hässlich ist und sie ihn auch diesmal nicht mitnehmen wird, spricht sie schon gar nicht mehr aus.

»Billig war der nicht, hätten wir gewusst, dass du den nicht willst, dann hätten wir einen günstigeren gekauft. Der auch praktischer für uns wäre! Dieser passt ja gar nicht, der hat nicht genug Taschen!«

Marie greift sich ihren Rucksack direkt wieder und steigt die Treppe hoch zu ihrem Zimmer.

»Wir essen gleich!«, ruft ihre Mutter hinterher.

Maries Kinder- und späteres Jugendzimmer ist noch weitgehend so, wie sie es vor drei Jahren verlassen hat. Es steht nur jedes Mal, wenn sie wiederkommt, etwas mehr Zeug drin, das ihre Eltern bei ihr »zwischenlagern«. Diesmal begrüßt sie neben einer Kiste mit einem aussortierten Geschirrset auch ein beladener Wäscheständer. Das Zimmer ist vielleicht fünfzehn Quadratmeter groß, und der Wäscheständer beansprucht das bisschen Freifläche, das nicht durch Bett oder Kisten verdeckt wird, komplett für sich. Marie kann nicht mal eintreten. Sie flucht leise und trägt den Ständer vorsichtig aus dem Zimmer.

Sobald er draußen ist, lässt sie sich auf ihr Bett fallen. Es ist anstrengend, zu Hause zu sein, aber auch befreiend. Wie Schulden abbezahlen. Nicht komplett, aber immerhin so viel, dass die Zinsen sie nicht mehr um den Schlaf bringen. Ihr »Schlechte Tochter«-Konto ist wieder belastbar.

Marie holt ihr Handy raus und schaut zum ersten Mal seit Tagen richtig hinein. Mehrere unbeantwortete Nachrichten warten auf sie. Von Studien- und Schulfreunden, die sich in ganz Deutschland verteilt haben und die sie nur noch so selten sieht, dass ihre Freundschaft lediglich durch Erinnerungen und Chats zusammengehalten wird. Die letzten Tage hatte sie einfach keine Kraft dazu, die Nachrichten zu lesen und zu beantworten. Doch jetzt arbeitet Marie sie der Reihe nach ab und hat sogar ein wenig Spaß dabei. Während einer schlimmeren Phase, nach dem Absetzen ihrer ersten Medikamente, stauten sich die unbeantworteten Nachrichten so sehr, dass es ihr richtig Angst machte, nur an ihr Handy zu denken. Sie wusste, dass keine der ungelesenen Nachrichten wirklich wichtig war, trotzdem fühlte es sich so an, als würde sie bedeutende Mitteilungen, die die internationale Sicherheitslage betrafen, einfach ignorieren. Irgendwann verschmolzen die Gesichter hinter den Nachrichten zu einer anonymen Masse, die sauer auf sie war und sie verurteilte. Das Schlaueste, was sie je getan hat, war, ihren Freunden zu schreiben, dass es ihr gerade nicht gut gehe und sie deswegen nicht erreichbar sei. Daraufhin folgten so viel Verständnis und Unterstützung, dass sich all ihre Ängste in Luft auflösten. Sie hatte so große Angst vor dem, was die Menschen denken könnten, und am Ende traf nichts davon zu. Wie bei einem Zaubertrick, hinter dem man übernatürliche Kräfte vermutet, und am Ende zeigt sich, dass für die Illusion nur ein kleiner, gut platzierter Spiegel nötig war. Die Nachricht, dass es ihr gerade nicht so gut gehe, war Emils Idee, fällt ihr ein, und sie kaut auf ihrer Unterlippe herum, die durch diese Angewohnheit bereits stark eingerissen ist. Emil hat sich immer noch nicht gemeldet. Das letzte Lebenszeichen von ihm ist weiterhin die Stimme aus der Gegensprechanlage, die Marie hörte, als sie nach der Therapiesitzung zu seinem Haus lief. Nach dieser eigenartigen Begegnung wusste sie immerhin, dass er weder schwer verletzt war noch vermisst wurde. Was sein Schweigen nicht weniger schmerzhaft oder verwirrend macht, aber dafür weniger dringlich. Es erlaubt ihr Ausflüchte wie »Er wird schon seine Gründe haben« und »Ich hab ja bereits versucht, ihn zu konfrontieren!«. Und so wartet sie, ohne zu wissen, worauf genau. Denn die Hoffnung, dass er sich noch meldet, hat sie nicht einmal mehr insgeheim. Aber sie wartet trotzdem, weil es ihr die Möglichkeit gibt, sich nicht weiter mit den Folgen befassen zu müssen. Es emotional aufzuschieben. Vorerst.

Ihre Eltern haben Emil nie persönlich kennengelernt, aber sie wissen von ihm. Ihre Mutter drängt Marie häufig dazu, ihn endlich mal vorzustellen. Zwischen ihren Bedürfnissen und Emils hat sich Marie immer wie zwischen zwei Mühlsteinen gefühlt. Und sie hat keinem von beiden gerecht werden können. Ihrer Mutter nicht, der sie Emil nicht vorgestellt hat, und Emil nicht, bei dem sie das Thema zwar nach dem ersten Versuch nie wieder angesprochen, der ihr aber trotzdem weiterhin das Gefühl gegeben hat, zu viel von ihm zu wollen. Nicht nur zu viel von seiner Zeit, von der er sowieso ganz wenig hatte. Sondern zu viel von allem. Ständig musste er verreisen, telefonieren, Arbeit, Arbeit, Arbeit. Gleichzeitig hat er ihr aber oft Liebesbekundungen gemacht, sogar angedeutet, dass er sie mal heiraten will. »Ein Haus am Meer, viele Tiere und du! So stell ich mir das vor!« Hat sie sich das alles nur eingebildet?

Vor der Tür kämpft sich Maries Vater geräuschvoll am Wäscheständer vorbei, der nun den Flur komplett für sich beansprucht. Der Ständer gewinnt, ihr Vater gibt auf halber Strecke auf und bleibt eingeklemmt zwischen Ständer und Wand stehen. »Wir essen!«, ruft er durch die Tür. Er spricht selten mehr als zwei Sätze am Stück. Eigentlich verbalisiert er nur Tatsachen, wie eine Info-Durchsage bei der Bahn. Durch sein ständiges Nuscheln ist er auch ähnlich schlecht verständlich. Begleitet wird jeder Satz von einem entschuldigenden Lächeln. Wenn er stirbt, werden seine letzten Worte wahrscheinlich ein lächelndes, genuscheltes »Ich sterbe« sein. Und Marie wird dabei nicht viel empfinden. Ihr Vater ist für sie ein Fremder.

Er wartet zwischen Ständer und Wand auf eine Antwort und hängt wie die Wäsche in der Luft. »Ja, ist gut«, sagt Marie, »ich komme sofort.«

Sie essen zu dritt am Wohnzimmertisch, es gibt Spaghetti mit Tomatensoße.

»Ich hätte gern was Schönes gekocht, aber weil du kommst, kann ich ja kein Fleisch machen«, erklärt Maries Mutter. Marie ist seit über zehn Jahren Vegetarierin, und ihre Mutter ist kulinarisch seit über zehn Jahren davon überfordert. Manchmal versucht sie auch, einen »Kompromiss« durchzusetzen: »Aber das Fleisch ist bio!«, heißt es dann. »Die Tiere waren glücklich!« Das Argument hat Marie noch nie verstanden. Macht es das nicht irgendwie schlimmer? Dass die Tiere ein tolles Leben hatten, bis wir sie getötet haben? Marie sortiert ihre Nudeln auf ihrem Teller.

»Du bist schon wieder ganz blass. Eine richtige Leichenblässe hast du. Gehst du nicht raus?« Marie braucht nicht zu antworten, ihre Mutter tut es für sie. »Du bist viel zu selten draußen an der Sonne. Ich laufe ja jeden Tag mit Sabine. Eine große Runde an der frischen Luft, das würde dir auch guttun!«

Du läufst nicht, du gehst, denkt Marie und ersticht eine Nudel.

»Und wann lernen wir endlich Emil kennen?«

Marie kaut länger an der Nudel als nötig. Ihr Magen krampft zusammen. Sie will es eigentlich nicht sagen, aber ihr fällt einfach keine Lüge ein. Ihre Mutter schaut sie eindringlich an, wie immer klebt leichter Spott in ihrem Blick. Marie schluckt. Irgendeine Lüge? Irgendwas?

»Emil und ich haben keinen Kontakt mehr.« Ihre Mutter lässt empört die Gabel fallen.

»Nein! Warum hat er Schluss gemacht?«

Marie weiß nicht, was sie in dem Moment mehr verletzt. Dass ihre Mutter gar nicht erst auf die Idee kommt, sie könne es gewesen sein, die den Kontakt abgebrochen hat, dass sie direkt davon ausgeht, die Beziehung sei vorbei, oder dass sie damit recht haben könnte.

»Emil war so ein toller Junge!«, ruft ihre Mutter, »Wirklich schade, dass du den vergrault hast!«

Du kanntest ihn doch gar nicht, will Marie schreien, aber sie lässt es. Stattdessen entgegnet sie: »Wir haben nicht Schluss gemacht! Wir haben nur keinen Kontakt mehr. Ich weiß nicht, warum!«

Ihre Mutter hebt skeptisch die Augenbrauen, aber sagt nichts.

»Eigenartig«, fasst ihr Vater treffend zusammen. Und damit ist das Thema beendet.

Im Anschluss an das Essen ist Verdauungsfernsehen angesagt. Die drei sitzen auf dem Sofa wie Hühner auf der Stange. Irgendeine ARD-Quizsendung fängt gleich an. Marie weiß nicht genau, wer von den drei bis fünf weißen Männern, die alle Quizsendungen bei den Öffentlich-Rechtlichen unter sich aufteilen dürfen, diese moderiert. Vielleicht wäre das ja mal ein Konzept für eine Quizshow: Man bekommt den Titel einer neuen Quizsendung in der ARD und muss dann raten, ob sie Jörg, Kai oder Johannes moderieren wird. Ihre Mutter füllt ungefragt ihr Wasserglas auf, angeblich trinkt Marie zu wenig, und angeblich ist das der Ursprung allen Übels in ihrem Leben. Marie könnte sich mit einem Pfeil im Kopf vor ihrer Mutter über Kopfschmerzen beschweren, und ihre Antwort wäre: »Das kommt, weil du nicht genug Wasser trinkst.«

Maries Blick wandert zu der großen Topfpflanze, die ihre Mutter genau dort hingestellt hat, wo früher mal der Polstersessel stand, in dem sie sich so weit nach hinten lehnen konnte, dass sie das Gefühl bekam, sie würde fallen. Ihre Oma saß damals stundenlang in diesem Sessel. Marie kann sich noch daran erinnern, wie sie sich an ihn geklammert hat, nicht mehr im Ganzen, aber in Details. Sie erinnert sich an den Geruch, sie erinnert sich an ihre Hände, an ihren Ring. Den Ehering ihrer Oma. Er hatte ihr mal gepasst, aber die Demenz hatte sie so ausgezehrt, dass der Ring nur noch lose um ihren Finger hing. Marie verbrachte als Kind Stunden auf ihrem Schoß und spielte mit dem Ring, sie stupste ihn an und versuchte, ihn so viele Umdrehungen um den Finger machen zu lassen wie möglich. Ihre Mutter hielt das nicht lange aus. Sie verscheuchte Marie immer wieder mit irgendeinem Vorwand von Omas Schoß. »Deine Großmutter ist ein Monster«, predigte sie ständig. Marie verstand es nie, ihre Oma war faltig und gebrechlich und wortkarg. Wenn sie redete, dann nur in Fragmenten. Doch sie war so lieb zu ihr. Marie konnte sich nicht vorstellen, dass sie nicht schon immer eine Oma gewesen war, sondern davor die Mutter ihrer Mutter und davor selbst ein Kind.

»Sie ist nur nett zu dir, um mich zu ärgern«, behauptete Maries Mutter. »Sie will mich eifersüchtig machen! Nur darum geht's!« Auch das hat Marie nie verstanden.

Eines Tages, als Marie wieder auf ihrem Schoß saß, zog ihre Oma sich den Ring plötzlich ab und gab ihn Marie. Sie wusste nichts damit anzufangen, aber ihre Oma wollte ihn nicht zurücknehmen. Einige Tage darauf verstarb sie, und der Sessel verschwand. Alles von ihr verschwand, ihre Mutter entsorgte es erbarmungslos. Marie hätte gerne mehr über sie gewusst, aber ihre Mutter weigert sich seit jeher, etwas zu erzählen. Nur der Ring, der gehörte Marie. Es war das Letzte, was von ihrer Oma übrig blieb, und sie hielt daran fest, obwohl ihre Mutter dauernd betonte, wie wertlos und hässlich er sei. Marie befestigte ihn an einer Kette, die sie ständig trug. Als sie alt genug war, dass ihr der Ring passte, wanderte er an ihren Finger. Aber dadurch dachten alle immer, sie sei verheiratet. Das nervte sie irgendwann so sehr, dass sie ihn wieder an einer Kette um ihren Hals trug. Zumindest bis …

»Nächste Woche kommt Sabine vorbei«, berichtet ihre Mutter, »zum Spieleabend! Du bist fest eingeplant.«

Marie stöhnt heimlich. Sie hasst Spieleabende und mit Sabine sogar noch mehr als sonst. Sabine ist eine der wenigen Freundinnen, die ihre Mutter hat. Leider lebt sie alleine, was bedeutet, dass sie zu Spieleabenden meistens einen Menschen zu wenig haben, zumindest nach Auffassung ihrer Mutter. »Rummikub« zu dritt funktioniert zwar auch, macht aber laut ihrer Mutter nicht so viel Spaß.

»Ich kann nächstes Wochenende nicht kommen«, meint Marie, »das müsst ihr verschieben.«

»Was hast du denn nächstes Wochenende?«, fragt ihre Mutter leicht säuerlich.

EINFACH MAL ZEIT FÜR MICH, will Marie schreien, aber lügt: »Arbeit.«

Ihre Mutter lacht bitter. »Arbeit … Ich hätte es damals in der Kanzlei nach ganz oben geschafft, wenn du nicht gewesen wärst. Ich hätte meine eigene Kanzlei haben können, so gut war ich. Aber ich hatte einfach keine Zeit, weil ich ein Baby hatte. Ein Kind! Gott, wie anstrengend du warst!« Ihre Mutter trinkt einen Schluck, so als reichte allein die Erinnerung an Maries Kindheit aus, um sie zu erschöpfen. Sie stellt das Glas wieder ab und blickt Marie an. »Du hast einen ganz normalen Bürojob, keine Kinder, wie kannst du keine Zeit für deine eigene Mutter haben, die so viel für dich geopfert hat?«

»Es tut mir leid«, sagt Marie wie auswendig gelernt, und dann geht die Quizshow im Fernsehen los.

Später liegt Marie im Bett. Es ist erst acht Uhr, unten schauen ihre Eltern noch laut Fernsehen, und draußen glüht der Abend vor sich hin, aber Marie möchte den Tag einfach nur beenden. Sie hat die Rollläden fest zugezogen, die einzige Lichtquelle im Zimmer ist ihr Handy, das mit seinen kalten blauen Strahlen direkt in ihr Gesicht scheint, während sie apathisch durch die Welt scrollt. *Das ist Flucht, Marie,* hört sie ihre Therapeutin sagen. Aber manchmal muss man halt flüchten. Marie *will* flüchten.

Auf TikTok fließen innerhalb von Sekunden kleine Videos an ihr vorbei. Als sie anfing, die App zu nutzen, sprang sie vom Krieg in Afghanistan zu einem süßen Katzenvideo, zu einem lustigen Song, zu einem Meme von der FDP für die FDP, zu einer KIA-Werbung, zu … Es war eine endlose Schleife von komplett zusammenhanglosen Reizen. Aber mittlerweile haben Marie und ihr Algorithmus eine perfekte Mischung für sie gefunden, und das Handy präsentiert eine handverlesene Auswahl an Videos und Nachrichten, die Marie unterhalten und interessieren. Ein feines Sieb, durch das sie die Realität fließen lassen kann, bevor sie bei ihr ankommt. Natürlich hat sie noch andere Zugänge zum Weltgeschehen, aber manchmal sind ihr die ungefilterten Nachrichten einfach zu viel. Dann zieht ihre Schwere Marie endgültig in die Tiefe, runter ins Dunkle, zur Hoffnungslosigkeit. Es wäre toll, wenn man am Anfang der Tagesschau aussuchen könnte, wie viel Prozent Realität man gerade verträgt. »Heute will ich zwanzig Prozent, erklär mir nur kurz die größten Probleme unserer Welt, und dann ein süßes Katzenvideo bitte.« Momentan hat Marie den Regler dauernd bei null eingestellt, sie könnte dank ihrer Filterblasen den gesamten Stammbaum von Harry Potter aufzählen, aber nicht mal vier amtierende Minister. Das kann nicht gut sein für eine Demokratie, denkt Marie. Aber das war mit Sicherheit auch nicht die Priorität bei der Entwicklung der App. Die Priorität war, Marie und ihre Aufmerksamkeit zu binden, damit sie möglichst lange in der App bleibt, und das funktioniert hervorragend. Aus fünf Minuten werden fünfzehn, werden fünfundzwanzig, werden fünfunddreißig, ohne dass sie es merkt oder merken will.

Kritik an sozialen Netzwerken dreht sich häufig darum, wie peinlich es sei, dass alle dauernd ihr Essen abfotografieren, was in etwa so ist, als würde die Kritik an Nestlé damit beginnen und aufhören, dass zu viel Schokolade schlecht für die Zähne ist. Marie erinnert sich an einen Blick, den sie von einem älteren Mann im Zug beim *Peppa-Wutz*-Schauen abbekommen hat. Es war ein missgünstiger Blick, gefolgt von einem unverständlichen Murmeln, das sie nicht einordnen konnte. Der Mann verschwand im Abteil, und sie dachte nicht mehr darüber nach. Doch jetzt wird ihr klar, worum es in dem Gemurmel wahrscheinlich ging. Denn die zweite Form von Kritik an moderner Mediennutzung lautet häufig, dass sie für alle Menschen unter zwanzig brandgefährlich sei und grundsätzlich verboten werden müsse. Ein kleines Kind, das von seiner vermeintlichen Mutter mit dem Laptop beschäftigt wird, war für den Mann (der mit Sicherheit selbst noch nie länger als drei Minuten mit einem Kind allein sein musste) wahrscheinlich ein Beweis von schlechter Erziehung. Kindern die Mediennutzung zu verbieten, ist für Marie ein lächerlicher Gedanke. Einige Dinge sind Trends, die man aussitzen kann. Aber manchmal verschwinden auch einfach Pferde für immer aus dem Straßenverkehr, und es gibt Autos. Kindern zu sagen: »Nutzt das nicht, das ist gefährlich«, ist, als würde der Fahrlehrer sagen: »Die sicherste Art zu fahren ist, einfach gar nicht zu fahren.« Danke für den Tipp, aber ich bin mit hundertachtzig auf der Autobahn, das bringt mir genau nichts. Marie schnaubt und wünscht sich, sie hätte dem Mann einen verächtlichen Blick zugeworfen, während sie weiter durchs Internet scrollt.

Erst als ihr Handy über zu wenig Akku klagt, legt sie es weg und schließt es an das Ladegerät. Dann geht sie aus dem Zimmer und schlurft ins Bad, um sich die Zähne zu putzen. Im Flur steht noch immer der Wäscheständer wie eine Straßensperre. Auf dem Rückweg kann sie ihre Mutter unten im Wohnzimmer telefonieren hören, während sie sich wieder am Wäscheständer vorbeikämpft. »Wir machen einen schönen Spieleabend nächste Woche! Super, freut mich, Sabine. Genau, Marie ist auch da, dann passt das von der Zahl her. Sie kommt ganz sicher!« Marie lässt sich mit dem Gesicht zuerst aufs Bett fallen. Warum zählt nie, was sie will?!

Sie dreht sich um und starrt an die Decke. Gedanken an ihre Kindheit und an Emil hängen in der Dunkelheit. Der Raum wird stickig, die Luft klebrig. Marie dreht sich hin und her und fällt in eine Erinnerung.

Vor einem halben Jahr.

Marie ist auf einem kleinen Pferdehof, es ist Frühling, und alles blüht. Emil ist bei ihr. Sie streckt die Hand über einen brusthohen Zaun, und ein Pferd kommt angetrabt.

»Das ist Ross Anthony«, sagt Emil, und Marie schnaubt abschätzig, als wäre sie selbst ein Pferd.

»Was?«, fragt er gespielt empört. »Ich find's lustig.«

Emil trägt ein weißes Hemd, das ihm verdammt gut steht. Neben dem Pferd sieht er aus wie auf einem Cover von diesen erotisch-romantischen Hausfrauen-Groschenromanen, die es an Bahnhofskiosken gibt. Marie streichelt Ross Anthony und kann seinen warmen Atem auf der Hand spüren.

»Als ich ein Kind war, hat mein Vater einen Bauernhof vermietet, der seit Generationen in unserem Familienbesitz war. Die Mieter waren ein altes Paar, Lotte und Hermann, zumindest kamen sie mir damals unglaublich alt vor, wahrscheinlich waren sie um die fünfzig. Ich hab fast jede Sommerferien bei ihnen auf dem Hof verbracht, bis ich sieben Jahre alt war. Das waren immer die besten Wochen des Jahres. Der Hof war voller Tiere.«

Er lächelt, aber die Erinnerung scheint ihm Schmerzen zu bereiten. Marie ist ganz still und lauscht. Emil erzählt selten von seiner Vergangenheit. Oder generell von sich.

»Sie hatten auch Pferde. Zwei Stück. Silver und Goldie. Ich hab sie mir immer als altes Pärchen vorgestellt, so wie Lotte und Hermann.«

»Was ist aus dem Hof geworden?«, fragt Marie.

»Hermann ist bei einem Unfall verstorben. Lotte kam in ein Heim. Mein Vater hat versucht, den Hof wieder zu vermieten, aber keine Mieter gefunden.«

Emil hält inne und beißt sich auf die Lippen, als hätte er bereits zu viel erzählt, dann lächelt er wieder und streichelt Ross Anthony.

»Ich überlege, die Pferde hier zu kaufen …«

»Oh, wow …«, meint Marie beeindruckt. »Aber … ist deine Wohnung nicht etwas eng für die?«

Emil grinst. »Ach, warum? Wenn ich den Tisch im Wohnzimmer zur Seite schiebe …« Sein Handy vibriert, er schaut aufs Display, und seine Stimme ebbt ab: »Sie bleiben natürlich hier auf dem Hof. Aber sie gehören dann mir …«

Das Handy hat nun seine ganze Aufmerksamkeit: »Sorry, da muss ich rangehen.« Er entfernt sich und nimmt das Handy ans Ohr.

»Wichtige Gespräche«, erklärt sie Ross Anthony, »wichtiger als du und ich.«

Marie kann nicht verstehen, was er redet, aber sein

Gesicht wirkt ausdruckslos. Etwas zu angestrengt ausdruckslos, denkt sie. Als trüge er eine Maske. Auch Marie gegenüber hat er diese Maske manchmal auf, und sie muss sich eingestehen, dass sie nicht besonders viel über ihn weiß. Er arbeitet beim Film. Seine Eltern sind verstorben. Er liebt Tiere. Er liebt Tomaten. Und er liebt Marie. Und manchmal, wenn er telefoniert, versteinert sein Gesicht. Marie glaubt, dass er Angst hat, andere könnten merken, wie verletzlich er ist, und dass er darum diese Maske anzieht. Dass sie ab und an sehen darf, wie verletzlich der Mensch hinter dieser Maske ist, erfüllt sie peinlicherweise mit Stolz. Es erfüllt sie mit dem Gefühl, jemand Besonderes für ihn zu sein.

Emil legt endlich auf und kommt zurück.

»Ich muss wieder für ein paar Tage weg«, sagt er.

»Aber ich feier doch nächste Woche meinen Geburtstag!«

»Weiß ich. Aber was soll ich tun?«

Marie senkt traurig den Blick.

»Ich wünschte doch auch, ich könnte immer Zeit für dich haben! Glaubst du nicht, dass ich das will? Aber irgendwer muss Ross Anthony das Futter bezahlen.«

Das berühmte Emil-Lächeln legt sich über seine Lippen und wärmt ihr Herz. Marie kommt eine Idee. Sie nimmt ihre Kette ab und reicht sie Emil. Am Ende der Kette baumelt ein alter Ring, der ihr sehr viel bedeutet. Der Ring ihrer Oma.

»Hier«, sagt sie, »wenn du den trägst, sind wir immer zusammen.«

Er betrachtet die Kette und nimmt sie widerwillig an sich. »Danke«, sagt er, aber meint es nicht so. Die Wärme wird zu Kälte, wird zu einer Maske.

Marie reißt sich aus der Erinnerung und schnellt hoch.

Sie ist nass geschwitzt, das Handy sagt, es ist bereits zwei Uhr nachts. Es ist nicht das erste Mal, dass sie mit Gedanken an Emil panisch aufwacht. Aber es wird das letzte Mal sein, entschließt sich Marie. Es reicht. Sie wird erfahren, was zur Hölle los ist. Warum Emil von heute auf morgen den Kontakt zu ihr abgebrochen hat. Sie wird ihm die Maske herunterreißen und die Wahrheit verlangen. Sie legt sich wieder ins Bett und fühlt sich so entschlossen wie schon lange nicht mehr. Der Schweiß trocknet und kühlt ihre Haut. Gleich Montag, wenn sie zurück ist, wird sie Emil finden und das Rätsel lösen. Endlich die Ungewissheit beenden. Ganz egal, wie sehr sie die Wahrheit verletzen könnte. Und sollte die Beziehung wirklich vorbei sein, dann wird sie sich ihren verdammten Ring zurückholen!

6

Tom schreckt hoch. Er weiß nicht, wo er ist, und für einen kurzen Moment nicht einmal, wer. Jemand schlägt seine Tür, als würde sie ihm Geld schulden.

»Polizei! Bitte aufmachen!«

Die Worte holen ihn zurück in die Realität. Sein Handy zeigt 10:00 Uhr morgens an, so viel kann noch nicht passiert sein. Er greift sich frische Klamotten aus dem Kleiderschrank, während es weiter klopft, als wäre er unter Beschuss. »Aufmachen!«

»Ja! Sofort!«, brüllt Tom zurück und zieht seine Hose hoch. Den Pullover noch halb überm Kopf, macht er endlich die Tür auf. Vor ihm stehen ein Polizist und eine Polizistin, beide schlank und riesig. Tom zieht verdutzt den Pullover zurecht. »Kommen Sie bitte mit uns«, fordert der Polizist ihn auf. »Wir hätten da ein paar Fragen.«

Die Panik steht jetzt so dicht hinter ihm, dass er ihren feuchten Atem im Nacken spüren kann. »Was … was ist denn?«, stammelt er, die Augen groß und unschuldig. Aber er kennt die Antwort, noch bevor der Polizist sie ausspricht.

»Es geht um den Hund. Bello.«

Tom zwingt sich, den angespannten Kiefer zu lockern und durchzuatmen. Ich habe nichts zu befürchten, sagt er sich, Rakete ist an allem schuld.

Er folgt den Polizisten nach unten. Sie kommen am Restaurant vorbei, aus dem lautes Schluchzen dringt. Die Polizisten wollen Tom nach draußen führen, aber er wirft einen Blick hinein, um zu sehen, wer dort weint. Um den einzigen Tisch in dem kleinen Raum stehen drei Menschen. Zwei von ihnen kennt Tom nicht, einer ist Martin. Sie trösten einen vierten Mann, der über dem Tisch gebeugt in seine Arme weint. Mit einem lauten Schniefen hebt er den Kopf, und Tom erkennt, dass es Rakete ist. Seine Augen sind verquollen, die Nase voller Rotz.

Als er Tom sieht, reißt Rakete die Augen weit auf und schreit: »Da ist er ja!« Er zeigt mit dem Finger auf Tom. »Du Monster!«

Bevor Tom versteht, was los ist, springt Rakete hoch und will auf ihn losgehen. Zum Glück hält ihn jemand gerade noch so zurück. Er windet sich, will sich aus den Griffen befreien und fletscht die Zähne: »DU MONSTER!«, er schafft es jedoch nicht, sich loszureißen.

Tom tritt zwei Schritte zurück. »Hey!«, schreit er. »Was soll denn das?!«

»Du hast das Produktionsfahrzeug geklaut!«, brüllt Rakete. »Ich wollte dich davon abhalten, aber du hast mich bedroht, also bin ich gegangen und habe dich fahren lassen! Ich hätte ja nicht ahnen können, dass du Bello totfährst! Ich hätte dich aufhalten sollen …«

»WAS?!«, schreit Tom. »DU bist gefahren! Ich war

nur Beifahrer! Und ich hab versucht, DICH davon abzuhalten!«

Rakete gibt den Kampf gegen die zahlreichen Arme auf, die ihn festhalten, und schluchzt.

Tom schaut in angewiderte, fast schon mitleidige Gesichter. Niemand glaubt ihm. Die Polizisten ziehen ihn aus dem Raum, und er lässt es zu. Toms Hände zittern.

Das kann doch nicht wahr sein, denkt er und ballt die Fäuste. Was für ein dreckiges Arschloch!

Er wird zum Polizeiauto geführt, und kurz bevor er einsteigt, kriegt er einen hellen Blitz ab. Die Presse ist also auch schon hier. Das wird ein ganz schönes Durcheinander, das sie auflösen müssen. Er hätte längst Faruk anrufen sollen, noch gestern Nacht! Tom ist fassungslos. Wie konnte er zulassen, dass Rakete ihn so reinlegt?

Stunden später ist Tom in der Agentur seines Vaters. Faruks Büro befindet sich im dritten Stock eines Altbaus. Die Inneneinrichtung ist sehr reduziert und steht im Kontrast zur Geschichtsträchtigkeit des Hauses: Graffitikunst an den Wänden, ein Schreibtisch im Industrial-Look und eine alte, gemütliche Ledercouch, auf der Tom liegt wie ein Patient. Seine Augen sind vor Erschöpfung rot unterlaufen, aber weit aufgerissen. Er zuckt ununterbrochen mit den Beinen, um den Energieüberschuss irgendwie loszuwerden, der ihn innerlich auffrisst. Sein Körper fühlt sich an, als hätte Tom nach drei Tagen Schlafentzug eine ganze

Kanne starken Filterkaffee getrunken. Er beleckt die trockenen Lippen und dreht den Kopf zu Faruk, der skeptisch auf seinen Computerbildschirm blickt. Neben Tom betreut sein Vater noch insgesamt zehn andere Künstler. Darunter nicht nur Musiker, auch kleinere Internet-Stars und einige Moderatoren.

Einer hat eine eigene Late-Night-Show, bei der Tom bereits zu Gast sein durfte. Im Gegenzug dafür hat der Moderator bestimmt auch irgendwas von Faruk bekommen. Sie werden wie Puzzleteile immer wieder neu zusammengesetzt und ziehen sich dadurch gegenseitig hoch. Doch angefangen hat alles mit Tom. Vor sieben Jahren. Kurz nachdem sich seine Eltern getrennt haben und sein Vater vom Musiker zum Manager wurde.

»Ich hab der Polizei genau erzählt, wie es passiert ist«, sagt Tom, aber Faruk scheint nicht zuzuhören. Er hat den Blick weiter auf den Bildschirm gerichtet. Die Lüftung surrt, draußen fährt eine Sirene kreischend vorbei, das Ledersofa schmatzt bei jeder Berührung von Toms Beinen, die unablässig hin und her wippen. Schließlich antwortet Faruk.

»Das Label hat dein nächstes Album erst mal auf Eis gelegt.« Er dreht sich um und sieht Tom endlich an. »Die bereiten gerade ein Statement vor, dass sie die Zusammenarbeit mit dir pausieren, bis die Sachlage geklärt ist.«

»Okay. Was glaubst du, wie lange das dauern wird? Bis die …«, Tom malt Gänsefüßchen in die Luft, »›Sachlage‹ geklärt ist?«

Tom ist nicht schuldig, darum ist er sich sicher, dass sich alles klären wird. Sie sind im Recht, also wird ihnen doch auch recht gegeben werden. Doch Faruk schüttelt den Kopf.

»Tom … ich glaube … Ich glaube ehrlich gesagt … das war's fürs Erste.«

Tom richtet sich auf. »Aber ich hab doch nichts getan!«

»Das ist leider egal. Jetzt kommt erst mal ein langer Rechtsstreit, es steht Aussage gegen Aussage, da können wir nichts machen.«

»Wie, da können wir nichts machen? Wird nicht dauernd irgendwelchen Künstlern sexuelle Belästigung oder so vorgeworfen? Und da steht es nicht mal Aussage gegen Aussage, sondern Aussage gegen Aussage, Aussage, Aussage, Aussage, Aussage, Aussage … Und die gehen trotzdem zwei Monate später ganz normal auf Tour, als wäre nichts gewesen!«

»Tom! Da geht's nur um Frauen, hier geht's um einen Hund!«

Faruk verzieht angestrengt das Gesicht und massiert sich die Schläfen. »Offensichtlich …«, sagt er, »ist das nicht meine persönliche Meinung. Natürlich sind Frauen nicht weniger wert als Hunde. Aber hier geht es nicht um meine Meinung, sondern um die Meinung der Öffentlichkeit, um die Meinung des Marktes.«

Tom lässt die Schultern hängen. »Die Meinung des Marktes? Es geht doch nicht um irgendwelche Aktien … hier geht es um mich!«

Faruk atmet tief aus. »Weißt du, wie ich nach Deutschland gekommen bin?«, fragt er müde. Tom weiß es erstaunlicherweise nicht. Es wurde ihm nie erzählt, und er hat nie nachgehakt. Er ist immer davon ausgegangen, dass sein Vater einfach eingewandert ist.

»Wir haben von Djerba aus mit einem kleinen Boot nach Sizilien übergesetzt. Ich kann mich nicht an viel erinnern, ich war noch ein Kind. Meine Mutter hat mich die ganze Zeit so fest umklammert, dass ich kaum atmen konnte. Und ich hatte schrecklich Durst. Alle haben geschrien.« Faruk schüttelt den Kopf, als wollte er die Erinnerung abschütteln. »Ich weiß noch, dass wir beinahe gestorben wären. Wir hatten einfach nur Glück.«

Tom schluckt.

»Auf derselben Strecke sterben noch heute jeden Tag Menschen, die weniger Glück haben«, sagt Faruk. »Es gibt Küstenwachen, die sie zurück ins Meer drängen. Die rammen die Boote, setzen Wasserwerfer ein, damit sie kentern. Da ertrinken Menschen! Und jetzt schau dir mal die Kommentare unter Berichten dazu an. Schadenfreude, Häme, die Leute freuen sich richtig darüber, dass da Menschen sterben. Und weißt du, was diese Leute gemeinsam haben? Schau's dir einfach mal an, klick bei Facebook auf die Profile von denen, die sich öffentlich über Berichte von toten Flüchtenden freuen. Was haben die auf ihren Bildern? Hunde! Guck dir die Profile an! Das sind zum Teil engagierte Tierrechtler! Ich versichere dir, wenn übers Mittelmeer keine Menschen, sondern Hunde kämen, dann würde die ganze Welt sich zusammentun und den Tieren helfen!« Faruk lehnt sich noch tiefer in seinen Stuhl. »Was ich sagen will, ist … Hunde … haben einfach eine starke Lobby. Frauen, Ausländer, Flüchtende, dagegen kommt man irgendwie an. Aber Hunde? Ich seh da keine Möglichkeit für dich.«

»Aber ich habe doch nichts getan!«, fleht Tom.

Faruk dreht den Computerbildschirm herum. Unter den Stichworten »Tom Musiker« hat Google zahlreiche Nachrichtenseiten aufgelistet, die alle das Foto von Tom zeigen, wie er gerade zum Polizeiauto eskortiert wird. Die Schlagzeilen dazu sind eindeutig: »Sänger Tom (›Lieb dich wie kein Zweiter‹) tötet Bello!«

»Es geht nicht darum, was du getan hast oder nicht«, sagt Faruk, »es geht darum, was die Plattenfirmen denken, was die Öffentlichkeit glaubt. Nein, eigentlich geht es darum, was sie denken, was die Öffentlichkeit dir verzeiht! Dass du den Hund getötet hast, ist jetzt in der Welt. Wir können mit Anwälten dagegen vorgehen, Gegendarstellungen verlangen, ganz egal, das ist in der Welt.«

»Aber es ist nicht wahr!«

Faruk seufzt bitter. »Tom«, sagt er, »Deutschland hat einen buchstäblichen Nazi zum Kanzler gewählt. Georg Kiesinger, 1966. Der war NSDAP-Mitglied. Und trotzdem hatte der genug Unterstützung, um Kanzler zu werden. So was funktioniert nicht nach deiner oder meiner Moralvorstellung, das hat seine eigenen Regeln. Du kannst Nazi sein und später Bundeskanzler werden. Du kannst Frauen belästigen und zwei

Monate später auf Tour gehen. Aber du kannst keinen Hund töten und einfach ein Album aufnehmen, als wäre nichts passiert. Das Label wird dich kicken. Weil die nicht mehr daran glauben, dass dich nach der Geschichte noch jemand hören will. Ich mache diese Regeln nicht.«

»Dann veröffentliche ich die Lieder halt ohne die!«

»Das geht nicht, die Musik gehört dir nicht.«

»Was soll das heißen, die gehört mir nicht … Das sind meine Songs! Meine Gefühle!«

»Und du hast sie an das Label verkauft. Was glaubst du, wofür du das Geld bekommen hast? Das sind deren Songs, und wenn die entscheiden, dass die Songs nicht veröffentlicht werden sollen, dann werden sie nicht veröffentlicht.«

»Das kannst du doch nicht zulassen!«

Tom sitzt aufgeregt auf der Kante der Couch und schaut Faruk erwartungsvoll an. Es dauert drei tiefe Atemzüge, bis der endlich antwortet.

»Okay, Tom«, sagt er kraftlos, »ich werde mit dem Label reden. Überlass auch die Presse mir, sprich erst mal mit niemandem. Ich besorge dir einen Anwalt, der sich noch heute bei dir meldet. Geh du bitte einfach nach Hause und ruh dich aus.«

Sich ausruhen ist Tom noch nie so schwergefallen. Er hängt über dem Küchentisch mit einer angenuckelten Bierflasche in der Hand und wartet auf den Anruf von Faruks Anwalt.

Auf Instagram vibriert sein Postfach im Sekundentakt, und unter seinem aktuellsten Post stauen sich die Kommentare. »Hundemörder! Hundemörder!«, skandiert die Menge. Es ist nicht das erste Mal, dass Tom negative Nachrichten bekommt, aber das erste Mal, dass es in so einer Masse, in so einer Geschwindigkeit passiert. Faruk hat ihm mal geraten, solche Nachrichten nicht an sich heranzulassen, aber wie soll das gehen? Nicht er lässt die Nachrichten an sich ran, die Nachrichten kommen zu ihm! Die gefühlte Distanz ist nicht echt, kein anderes Medium ist schneller, kein anderes Medium ist direkter. Einen persönlichen Brief an die private Hausadresse von Tom zu schreiben, hätte mehr Distanz als eine Direktnachricht über Instagram. Natürlich kann Tom ignorieren, wenn irgendwer irgendwo auf der Welt denkt, dass er ein Arschloch ist. Aber wenn ihm das jemand ins Gesicht sagt, dann wird es schwer, einfach wegzuhören. Und genau das sind diese Nachrichten – wildfremde Menschen, die ganz nah an ihn rankommen und ihm Dinge ins Gesicht sagen wie: »Ich wünsche dir, dass du von Hunden zerfleischt wirst!« Es sind Leute, die ihn nicht kennen und einen Tom verurteilen, der nichts mit ihm zu tun hat. Das ist vor allem bei den vielen rassistischen Nachrichten der Fall, die im Moment ebenfalls wie eine Welle über ihn hereinbrechen. Tom sei schon immer dieses und jenes gewesen und denke darum auch dies und das, und dafür gehöre er mindestens zehnfach erstochen. Nicht nur die Worte sind voller Gewalt; der ganze Akt, das Fremddefinieren seiner Person, ist in sich gewalttätig. Entsprechend fühlt er sich nach dem Lesen nicht so, als hätte er gerade ein paar negative Worte gehört, sondern als wäre ihm wirklich Gewalt angetan worden. Er ist erschöpft und aufgewühlt zugleich, verletzt und gedemütigt. Tom überlegt kurz, das Konto einfach zu deaktivieren, aber das würde wie ein Schuldeingeständnis wirken. Stattdessen richtet er es zumindest so ein, dass ihm niemand Neues mehr Direktnachrichten schicken kann. Die öffentlichen Kommentare unter seinem Post könnte er ebenfalls ausstellen, aber auch das wäre wie ein Schuldeingeständnis.

Warum muss er überhaupt einen Kanal haben? Früher durften Schauspieler einfach nur Schauspieler und Musiker einfach nur Musiker sein, heute müssen alle immer auch Influencer sein. Als wäre das etwas, das man nebenbei machen könnte. Dabei hat Social Media Toms komplettes Leben unterwandert. Egal, ob er im Restaurant etwas zu essen bekommt, einen schönen Himmel sieht oder auf der Gitarre einen Song anstimmt, sein erster Gedanke ist nicht: Oh, *das sieht lecker aus*, oder: Oh, *der Himmel ist wunderschön heute*, oder: Oh, *ich liebe diesen Song*, sondern immer: *Kann ich einen Post daraus machen?* Keine Erfahrung, kein Erlebnis darf für sich stehen, alles wird im Zweifelsfall zu Content. Es ist die selbst gemachte Hölle. Plötzlich bleiben seine Augen an einem Kommentar unter seinem aktuellsten Beitrag hängen.

Nein, denkt Tom, das kann nicht sein, und drückt auf das Profil, von dem der Kommentar stammt, in der Hoffnung, er würde es verwechseln. Aber das tut er nicht. @EmmaMusic2000. Seine Emma. Sie schreibt: »Der Skandal ist so groß, dass man fast vergisst, wie scheiße seine Musik ist.« Über eintausend Likes. Soll das ein Witz sein? Tom versucht zu lachen, aber es kommt nur ein verzerrtes, irres Winseln. Sein ganzer Körper verkrampft sich. Das muss ein Witz sein! Er überprüft es vierfach und zweifelt trotzdem. Der Kommentar kann einfach nicht von ihrem Profil stammen. Tut er aber. Dann kann dieses Profil nicht ihres sein. Ist es aber. Er ruft sie an, doch das Tuten bleibt unbeantwortet. Tom versucht es wieder und wieder und wieder, wobei er aufgeregt durch die Wohnung läuft. Bis sie endlich drangeht.

»Emma!«, ruft er verzweifelt. »Was …«

»Du löschst jetzt diese Nummer, sonst kommt zu Hundemord noch Belästigung dazu, hast du verstanden?«

»Emma, ich habe nicht … Es steht Aussage gegen Aussage! Bitte glaub mir, ich bin unschuldig!«

Emma seufzt, es klingt traurig.

»Tom«, sagt sie etwas versöhnlicher, »ich kann mir das trotzdem nicht erlauben mit dir. Meine Karriere fängt gerade erst an. Dir muss doch bewusst gewesen sein, dass das zwischen uns auch was mit Karriere zu tun hatte.«

»Ja … klar«, lügt Tom und kämpft gegen Tränen.

»Ich meine, du bist süß und lieb, aber das geht einfach nicht mehr. Es ist aus, okay?«

Tom sucht nach Worten, aber es macht keinen Unterschied mehr, was er zu sagen hat, Emma legt auf. Eine imaginäre Hand ballt sich um sein Herz und drückt zu, er kriegt kaum noch Luft. Von einem Moment auf den anderen fehlt der Boden, Tom ist im freien Fall. Eine unglaubliche Angst überkommt ihn, und er presst die Lider zusammen, als könnte er sich so vor der Welt verstecken. Ihm wird schwindelig, doch Tom will die Augen nicht öffnen, möchte die Realität nicht sehen. Lieber im Dunkeln bleiben als zurück in eine Welt, in der er Emma nichts bedeutet, vielleicht niemals etwas bedeutet hat. Er schnappt nach Luft, und ein Reflex zwingt die Lider, sich doch wieder zu öffnen. Tränen brennen ihm in den Augen, aber Tom lässt sie nicht fließen. Er versucht, den Kloß, der ihm im Hals sitzt, herunterzuschlucken und greift zur Gitarre wie zu einem Rettungsring. Trauer und Schmerz waren schon immer der beste Brennstoff für gute Musik. Das einfach nur zu fühlen, ohne es zu verwerten, wäre Verschwendung. Und außerdem hilft singen, um mit den Gefühlen fertig zu werden. Es ist wie ein Sofort-Pflaster. Müsste Tom einen Erste-Hilfe-Koffer packen, würde er eine Ukulele und einige Noten reintun.

Er schlägt die Saiten der Gitarre an und singt sich den Schmerz aus der Brust. Langsam wird aus Trauer erst Verzweiflung und dann Wut. Warum geschieht ihm das? Warum tut niemand etwas dagegen? Der ganze Hass ist schließlich gerechtfertigt, aber nicht gegenüber Tom, den sollte Rakete abbekommen! Das ist alles seine Schuld!

Noch während Toms Gitarrenakkorde von melancholisch zu wütend wechseln, klingelt sein Handy.

»Emma?«, bellt Tom.

»Guten Tag«, meldet sich eine aufgeregte Stimme, die klingt, als wäre sie gerade mit frisch gepuderter Nase auf die Tanzfläche gesprungen, »hier ist Manuel Schien von der Anwaltskanzlei Schien und Schnelle.«

»Endlich!«

Tom legt die Gitarre hin und steht auf. »Wie sieht's aus?«

»Ich kann Sie beruhigen! Die Accusatio wird ein klarer Fall von Aussage gegen Aussage! Das wird auf in dubio pro reo hinauslaufen! Es sei denn, Sie haben den Eindruck gewonnen, es gebe vor Ort einschlägige Indizien, die für die Gutachter …«

»Ich versteh kein Wort! Wann können wir Rakete vor Gericht zerren?!«

Manuel Schien grummelt missbilligend angesichts dieser Unterbrechung.

»Rakete … wer?«, schnalzt er.

»Na, der Tiertrainer! Der Typ, der den Hund wirklich totgefahren hat!«

»Ach, der potenzielle Nebenkläger.«

»Ja! Moment … ›neben‹? Wer wäre denn dann der Hauptkläger?«

»Nun, die Staatsanwaltschaft selbstverständlich! Es würde sich schließlich um ein Strafverfahren handeln, nicht um einen Zivilprozess.«

»Ja, okay, meinetwegen. Aber ich will doch auch ihn verklagen! Er hat schließlich den Hund totgefahren. Und hängt es mir an! Wann machen wir das? Wann drehen wir den Spieß um?«

»Eine Widerklage würde ich an dieser Stelle nicht empfehlen, da kommt es zu einem non liquet!«

Tom reibt sich genervt die zusammengekniffenen Augen.

»Zum was?«

Am anderen Ende der Leitung ertönt ein gedämpftes Stöhnen.

»Ganz einfach ausgedrückt: Er kann Ihnen nichts, Sie können ihm nichts. Es gibt keinerlei Beweise. Sitzen Sie die kommende Klage aus.« Manuel Schien atmet tief durch und scheint sich zu beruhigen. »Hier ist, was passieren wird«, erklärt er forciert, aber sanft, als spräche er mit einem Kleinkind. »Juristisch gesehen sind Tiere Gegenstände. Darum kann man Sie nur auf Schadenersatz verklagen. Dafür muss erst einmal festgestellt werden, welche Summe man für das Leben des Hundes fordern kann. Ich denke, der Betrag wird recht hoch sein, weil der Hund in Zukunft viele Einnahmen generiert hätte. Außerdem war das Tier als Welpe recht teuer und die Ausbildung kostspielig. All das wird jetzt genau quantifiziert. Auf jene Summe können Sie im Anschluss verklagt werden. Sobald die Anklage formuliert wurde, wird das Gerichtsverfahren eingeleitet.«

»Okay. Wann?«, fragt Tom ungeduldig.

»Wann … was?«

»Wann wird es ein Gerichtsverfahren geben, wann werde ich unschuldig gesprochen?«

»Ich gehe davon aus, dass die Anklage in drei bis vier Monaten …«

»WAS? Aber ich brauche den Freispruch sofort!

Wenn es in drei bis vier Monaten heißt, ›Tom ist unschuldig‹, interessiert das doch niemanden mehr!«

»Es wird auf in dubio pro reo hinauslaufen, das habe ich bereits gesagt.«

»Was heißt denn das?!«

»Im Zweifel für den Angeklagten natürlich.«

»Aber das klingt ja, als wäre ich schuldig, und Rakete könnte es nur nicht beweisen!«

»Rakete …?«

»DER TIERTRAINER!«, schreit Tom und kämpft gegen den Impuls an, das Handy gegen die Wand zu werfen.

»Ach so.« Manuel Schien atmet laut durch die Nase. »Wenn Sie den unbedingt anklagen wollen, dann höchstens wegen Verleumdung. Das wäre der Fall, wenn er nach dem Urteilsspruch noch öffentlich behaupten würde, dass Sie den Hund getötet hätten. Aber davon werden ihm seine Anwälte hoffentlich abraten. Also, meine Empfehlung lautet: einen kühlen Kopf bewahren und abwarten. Ich werde Sie schnell und sauber aus der drohenden Anklage herausmanövrieren.«

Der Raum fühlt sich immer mehr wie eine Zwangsjacke an.

»Abwarten, bis ich angeklagt werde, so in drei bis vier Monaten, und dann darauf hoffen, dass im Zweifel für den Angeklagten entschieden wird?«

»Es wird ganz sicher so entschieden, ich bin ja nicht erst seit gestern Anwalt. Ich versichere Ihnen, Sie haben juristisch nichts zu befürchten.«

Tom beißt sich auf die Lippe und wünscht sich, es wäre die Kehle von Manuel. Oder von Rakete.

»Ach wie toll«, meint er sarkastisch. »Meine Karriere wird zerstört, und in der Öffentlichkeit werde ich für immer als Hundemörder gelten, aber juristisch muss ich mir keine Sorgen machen.«

»Genau«, sagt Manuel, offenkundig erleichtert darüber, dass Tom es endlich verstanden hat.

»Danke, Herr Schien.« Tom holt aus, um das Handy tatsächlich gegen die Wand zu werfen, aber er kann sich im letzten Moment noch bremsen. Stattdessen legt er es unsanft weg, und atmet schwer ein und aus. Gedankenfetzen hämmern auf ihn ein, zu Emma, zu Bello, zu Faruk, zu …

Tom schaltet den Fernseher an, um sich abzulenken, um nichts denken zu müssen. Doch die Bilder flackern vor sich hin, ohne Tom zu erreichen. Er ist innerlich viel zu unruhig und angespannt, um irgendetwas wahrzunehmen, außer sein eigenes inneres Chaos. Es fühlt sich an, als wäre er in einem Horrorfilm, und die ganze Zeit läuft Spannungsmusik, die deutlich macht, dass jeden Moment das Monster vor die Kamera geschossen kommt – nur dass es nie passiert. Er ist zu Hause, es läuft nichts mehr, vor allem nicht heute. Und trotzdem hat er das Gefühl, als würde jeden Moment das Monster auftauchen. Gefangen im Moment kurz vor dem Jump-Scare. Wie soll er sich da bitte »ausruhen«? Er kann jetzt nicht einfach abwarten, ganz egal, was Faruk sagt. Schon möglich, dass ihnen juristisch nichts anderes übrig bleibt, aber sie müssen doch irgendeine Form von Öffentlichkeitsarbeit leisten? Eine PR-Offensive starten, einen Gegenangriff! Zumindest ein Statement abgeben! Wo bleibt das alles? Wo bleibt Faruk? Tom nimmt wieder sein Telefon zur Hand und ruft ihn an, erreicht ihn jedoch nicht.

Hoffentlich, weil er zu beschäftigt ist, meinen Namen reinzuwaschen, denkt Tom. Er geht seine restlichen Kontakte durch, und sein Daumen bleibt über dem Eintrag »Mama« hängen. Er drückt drauf. Nach nur einem Klingeln hebt seine Mutter ab.

»Tomchen! Ich wollte dich gerade anrufen. Mensch, da hast du dir aber ganz schön was eingebrockt, ich habe es gerade mitbekommen.«

Tom weiß nicht, warum es ausgerechnet jetzt passiert, aber zum ersten Mal seit dem Unfall laufen ihm plötzlich Tränen übers Gesicht. Er wischt sie weg.

»Ich hab damit nichts zu tun!«, sagt er. »Der Typ, dem Bello gehört, der ist gefahren! Der hat mir das angehängt! Das werde ich auch allen erzählen! Ich schreibe gleich ein Statement, und dann melde ich mich bei den wichtigsten Medienseiten! Könntest du das vielleicht auch tun? Oder zumindest mein Statement teilen? Ich bin unschuldig!«

Seine Mutter schweigt.

»Glaubst du mir nicht?!«, ruft Tom.

»Doch, klar, tu ich ja, Spatz!«, sagt seine Mutter. »Aber es ist so … Ich habe mit deinem Vater gesprochen und …«

Tom beißt sich auf die Lippen.

»Ich liebe dich sehr. Und ich bin immer für dich da. Doch ich muss aufpassen, wie mich das beruflich beeinflusst. Du weißt genau, wie schwer es für mich war als Solokünstlerin. Das war nicht wie bei dir, dass es direkt von Anfang an so schnell losging und dauernd aufwärts. Für mich ist das ein ständiger Kampf, nachdem dein Vater und ich uns getrennt haben. Bei mir geht es auf und ab. Du weißt das …«

Tom denkt an die einsamen Abende, die er als Kind daheim verbrachte, während seine Eltern auf Tour waren.

»Es läuft gerade wieder ganz gut«, sagt seine Mutter, »aber das ist alles sehr fragil, ich muss … Das ist nicht so einfach. Aber privat bin ich für dich da! Ich liebe dich und unterstütze dich! Privat! Was immer du brauchst!«

Tom schweigt.

»Kannst du das verstehen, Tomchen?«, fragt seine Mutter. »Ich muss Dinge abbezahlen, ich habe gerade erst ein neues Boot gekauft, und ich bin abhängig davon, wie die nächste Tour wird. Finanziell. Und wenn … dann …«

»Ich verstehe schon«, sagt Tom endlich. »Mach dir keine Sorgen.«

Seine Mutter stöhnt erleichtert. Sie schweigen sich einige Atemzüge lang an. Schließlich sagt sie: »Du, diese Emma … die scheint ja gerade ziemlich gut durchzustarten. Und ihr zwei wart doch … Meinst du, du könntest uns connecten? Wir könnten eine Kollabo…«

»Mama!«, schreit Tom. »Nein!«

»Ist ja gut, okay … Ich frage später noch mal.« Sie seufzt. »Pass auf, Tomchen. Wenn du willst, komm doch zu mir nach Hamburg, ruh dich hier ein paar Tage aus, bis das alles wieder vorbei ist.«

Tom hat keine großen Hoffnungen, dass das mit dem »Ausruhen« in den nächsten Tagen noch irgendwas wird, egal, wie viele Menschen ihm dazu raten.

»Nein danke«, sagt er. »Aber kannst du Papa sagen, er soll mich so schnell wie möglich anrufen, wenn du ihn das nächste Mal sprichst?«

»Natürlich, mein Schatz. Ich glaube, er meinte eben irgendwas in der Art, dass er zum Essen verabredet ist.«

Tom schließt die Augen. Seine Mutter versichert ihm noch mal, wie sehr sie ihm (privat) in dieser schweren Zeit (privat) zur Seite steht (so lange es privat geschieht) und dass sie ihn (privat) sehr liebt, und damit endet das Telefonat. Direkt darauf wählt er Faruks Nummer. Mit jedem unbeantworteten Tuten wird er wütender, bis er aufgeregt das Handy wegsteckt und sich seine Jacke greift. Seit wann spricht seine Mutter wie ein Film-Mafiosi?! *It's not personal, it's strictly business.* So ein Schwachsinn, denkt Tom, alles ist immer beides. Vor allem als Künstler. Es gab kein privates Gefühl, keinen privaten Moment in ihrem Leben, den seine Eltern nicht noch mal danach durchforsteten, ob sich daraus ein Song machen ließe. Aus Toms Geburt haben sie ein ganzes Album gemacht. Und er hat dasselbe getan. Er hat buchstäblich seine Gefühle verkauft, und jetzt hält das Musiklabel sie in Geiselhaft.

Tom nimmt seinen Schlüssel. Er muss mit Faruk sprechen, sofort. Und er weiß auch genau, wo er ihn findet.

Er stürmt aus der Tür und stolpert über eine Tüte im Hausflur. Sie kippt um und ein Haufen CDs schlittern über den Boden. Tom bückt sich, um sie aufzuheben, und stellt fest: Es sind seine alten CDs, die er Simon gegeben hat. Die erste Chart-Single von Elvis, das Album von Simon and Garfunkel und sogar Toms eigenes Album samt Widmung, die der Nachbarsjunge aber bis zur Unkenntlichkeit zerkratzt hat. Und wo ist sein Discman? Er entdeckt ihn einige Meter weiter auf dem Treppenabsatz. Sorgfältig platziert, damit er ihn beim Rausgehen sieht.

Tom hebt ihn vorsichtig auf. Der Discman ist komplett zerstört. Mutwillig zertreten. Immerhin weiß er nun, wie der Nachbarsjunge Bello findet. Und was er jetzt von Tom hält.

7

Marie schaut sehnsüchtig auf die Uhr im Büro und feuert innerlich die Zeiger an, wie ein übermotivierter Elternteil sein Kind beim Minikicker-Turnier. *Na los, Großer, du schaffst das! Noch zwei Umdrehungen! Ich glaube an dich!* Heute ist *der* Tag. Heute wird sie all das tun, was sie schon ewig aufschiebt. Oder na ja, zumindest zwei Dinge davon. Zum einen wird sie Heiner endlich nach ihrem Urlaub fragen, und zum anderen wird sie heute Emil konfrontieren.

Marie schaut wieder auf die Zeiger. Bis zum Termin mit Heiner sind es noch zwei Stunden. Es ist ihr einziger Termin heute. Ihr einziger offizieller, sie hat noch einen geheimen Termin, von dem niemand etwas erfahren darf, den wird sie in der Mittagspause wahrnehmen, direkt nach dem Termin mit Heiner. Und im Anschluss daran wird sie Emil konfrontieren. Sie steht in den Startlöchern, will endlich loslaufen und alles erledigen. Aber der Startschuss ist noch zwei Stunden entfernt.

Langweilig wird ihr in der Zeit nicht, schön wär's. Marie mag das Gefühl der Langeweile, kann es aber nur selten genießen. Meistens gibt es irgendeinen Stressfaktor, der ihr die Langeweile verdirbt. Wie der

Druck, sich wieder bei ihrer Mutter melden zu müssen, oder eben ein bevorstehender Termin mit Heiner oder gar nichts. Manchmal braucht es nicht mal einen Faktor für den Stress, sondern er ist einfach da. Dann fühlt sich Marie so wie früher als Kind mit einer schlechten Klassenarbeit im Ranzen. Egal, was an dem Tag passiert, die Gedanken driften immer wieder zu der Fünf, die man später beichten muss, und verdunkeln jede Sekunde. Es ist nicht nur Stress, es ist eine Mischung aus Stress und Angst. Strangst? Wie auch immer man es nennen mag, Marie trägt es dauernd mit sich herum, obwohl sie seit Jahren keine Klassenarbeit mehr schreiben, geschweige denn diese ihren Eltern vorzeigen musste. Ihr Psychiater Dr. Reinhardt würde sagen, das kommt daher, dass ihr Gehirn unausgeglichen ist. Ihre Therapeutin vielleicht, weil ihre Seele es ist. Aber was, wenn Marie eigentlich so ist, wie ein Mensch sein sollte? Wenn Leid und Stress und Angst eine natürliche Reaktion auf die Grundbedingung der menschlichen Existenz sind, und alle anderen sind einfach abgestumpft? Selbst dann würde Marie sofort und ohne zu zögern mit diesen »anderen« tauschen wollen. Lieber abgestumpft, als was auch immer sie ist.

Zwei sehr langsame Zeigerumdrehungen später sitzt sie endlich bei Heiner und tänzelt um die Frage nach Urlaub herum. Je mehr sie sich ihr nähert, desto schneller schlägt ihr Herz. Heiner trägt heute ausnahmsweise Krawatte. Sie ist grün-schwarz gestreift und so breit, dass man mit ihr segeln könnte.

»Für das Treffen mit den Winkler-Leuten nächste Woche hast du uns den großen Konfi gebucht, richtig?«

Die »Winkler-Leute« sind wichtige, das heißt reiche Klienten.

»Konfi ist geblockt, Snacks werden bereitstehen«, bestätigt sie. Damit haben sie alles besprochen, wenn sie überhaupt noch kommen soll, muss sie die Frage nach Urlaub jetzt gleich stellen. Marie knibbelt nervös an der Nagelhaut ihrer Finger herum.

Heiner scheint sie in Gedanken bereits entlassen zu haben. Er beschäftigt sich konzentriert mit seinem Laptop. Marie macht den Mund auf, aber aus ihrem trockenen Hals kommt nur ein leichtes Krächzen.

Der Urlaub steht mir zu, ermahnt sie sich, mach jetzt nicht wieder ein viel größeres Ding draus, als es ist!

Sie versucht es noch einmal, und endlich hat sie eine Stimme.

»Ich hätte da noch etwas anderes«, sagt sie entschuldigend. »Ich weiß, es ist ziemlich spontan, aber ich habe noch Urlaub aus dem letzten Jahr, der bald verfällt. Ich würde mir daher gerne nächste Woche freinehmen.«

Heiner grunzt unzufrieden und sieht auf.

»Die Reportings für den Winkler-Account kommen erst nächste Woche rein«, sagt er, »die müssen aber unbedingt noch vor dem Meeting gecheckt und in die Präsi eingearbeitet werden.«

»Also keinen Urlaub …?«

Heiner lacht, als wäre allein die Vorstellung obszön.

»Nein«, sagt er, »kein Urlaub, tut mir leid. Gott, wann hatte ich denn das letzte Mal Urlaub?«

Marie versinkt in ihrem Stuhl.

»Ich brauche dich nächste Woche für die Präsi. Es ist wirklich dringend, tut mir leid. Danach können wir noch mal über deinen Urlaub sprechen.«

»Kann denn nicht jemand anders …?«

»Wer denn?« Heiner lacht wieder, als rede er mit einem Kind, das die einfachsten Zusammenhänge nicht versteht und gerade fragt, wer dem Postboten die Post bringt. »Das ist dein Job, Marie. Warum sollte den ein anderer erledigen? Falls du Überstunden machst, kannst du dir die natürlich notieren und dann ausgleichen.« Heiner lehnt sich vor. »Marie«, sagt er mit sanfter Stimme. »Ich würde nicht fragen, wenn's keine Krise wäre, wir haben gerade echt Personalmangel. Aber wir sind hier eine Familie. Und wenn jemand in der Familie krank ist und Hilfe braucht, sagt man ja auch nicht: ›Sorry, ich kann heute nicht, ich wollte in den Urlaub.‹«

Marie nickt, und Heiner scheint zufrieden.

»Außerdem hast du doch die Wochenenden frei. Das ist übrigens ein ziemlich neues Konzept«, sagt er. »Früher hat man auch am Samstag durchgearbeitet. Im Mittelalter wurde sogar die Zeit, die Arbeiter auf dem Klo verbringen, berechnet und an einem zusätzlichen Tag im Jahr nachgearbeitet. Aber na ja … Also?«

Heiner schaut Marie an, als hätte sie eine Wahl.

»Okay«, sagt sie geschlagen.

Heiner lächelt wohlwollend. Marie steht auf und geht geknickt zur Tür.

»Daher kommt übrigens Scheißtag«, sagt Heiner. Marie bleibt stehen und dreht sich um.

»Wie bitte?«

»Der Begriff Scheißtag«, meint er. »So hieß der Tag im Jahr, den die Angestellten nacharbeiten mussten, um ihre Toilettenzeit auszugleichen. Damals gab's dafür nicht mal Lohn.« Heiner lächelt wieder, als mache er einen Witz. »Und du kannst so oft auf Klo, wie du willst, und schreibst dir sogar Überstunden auf.«

Zurück in ihrem Büro weiß Marie nicht genau, was sie über das Treffen denken oder fühlen soll. War das jetzt gut, weil sie für sich eingestanden ist? Oder schlecht, weil sie nicht genug für sich eingestanden ist? Sie verschiebt die Evaluation, die *Bearbeitung*, auf später, greift sich ihre Sachen und macht sich auf in die Mittagspause. Zu ihrem geheimen Termin.

Marie war schon einige Male in diesem Wartezimmer und ist trotzdem immer wieder aufs Neue überrascht, wie unterschiedlich die Menschen sind, die ihr hier begegnen. Alt, jung, Mann, Frau, als sähe man sich im Bus um. Ihr erstes Antidepressivum bekam sie während des Abiturs von ihrem Hausarzt verschrieben. Hundertfünfzig Milligramm Venlafaxin. Das brachte sie recht stabil durchs Studium, aber mit der Zeit bekam sie immer stärkere Magenprobleme. Obwohl in den Beipackzetteln von Antidepressiva die Spalte »Nebenwirkungen« so lang ist wie ein Wörterbuch, dauerte es eine Weile, bis sie die Verbindung zog. Ihr Hausarzt riet ihr daraufhin, das Medikament einfach langsam abzusetzen, wenn sie sich mental sicher fühle. Sie reduzierte ihre Dosis nach und nach, und innerhalb weniger Wochen waren die Verdauungsprobleme verschwunden. Aber dafür stürzte sie in die größte Krise ihres Lebens. Mittlerweile weiß Marie, dass es eine absolute Kompetenzüberschreitung ihres Hausarztes war, ihr das Medikament zu verschreiben und vor allem, sie es dann einfach wieder absetzen zu lassen. Das war in etwa so, als hätte der Hausarzt ihr übers Telefon einen entzündeten Blinddarm attestiert und würde dann sagen: »Schneid ihn dir doch einfach vorsichtig raus. Kannst dich bei Fragen immer melden, viel Glück!« Marie setzte das Venlafaxin damals zu schnell und zu unvorsichtig ab, und ihr ganzer Körper stürzte ins Chaos. Schwindel, Übelkeit, Schmerzen. Außerdem konnte sie keinen klaren Gedanken mehr fassen, immer wieder fuhren Blitze durch ihr Gehirn wie Messerstiche. Panik lauerte hinter jeder Ecke. Und Hoffnungslosigkeit. In diesem Zustand einen Psychologen, einen Therapeuten, eine Behandlung zu organisieren, schien unmöglich. *Sie brauchen dringend einen Rollstuhl, weil Ihre Beine nicht mehr funktionieren? Kein Problem, steigen Sie einfach die Treppen hoch in den fünften Stock, da gibt's welche!* Sie weiß bis heute nicht, wie sie es geschafft hat. Es hat sie beinahe das Leben gekostet.

Die Tür des Arztzimmers öffnet sich, und eine alte Frau kommt heraus. Dr. Reinhardts Stimme donnert ihr hinterher: »Genau, dann machen Sie vorne einen neuen Termin!« Außer Marie sind drei andere Menschen im Wartezimmer, die aber alle kurz nach ihr gekommen sind. Marie hat noch dreißig Minuten Mittagspause, wenn sie direkt drankommt, schafft sie es rechtzeitig zurück. Die alte Dame kriecht an Marie vorbei zum Empfang, und Dr. Reinhardt streckt den Kopf hinter der offenen Tür hervor. Er brüllt: »Frau Haas!« Das ist Marie. Sie steht erleichtert auf und verschwindet im Zimmer.

Es gibt Menschen, die zwei Meter groß sind und trotzdem zierlich wirken können, Dr. Reinhardt gehört nicht dazu, er wirkt gewaltig. Er hat Hände, so groß wie Autoreifen, und wenn er einem beim Tanzen auf die Füße tritt, muss man wahrscheinlich auf die Intensivstation. Er wälzt sich hinter seinen Schreibtisch und schaut sich die Notizen zu Marie an, während diese sich auf einen der zwei Stühle vor seinem Tisch setzt und sich in seinem Schatten vorkommt wie am Fuße eines Berges. Diesem Mann vertraut sie seit zwei Jahren ihr Gehirn an. Er wühlt in ihrem Kopf und hat die Macht, mit Medikamenten ihre Persönlichkeit zu ändern. Gleichzeitig würde sie ihn auf der Straße nicht nach dem Weg fragen. Sie weiß nichts über ihn. Der einzige Grund, warum sie ihr Gehirn diesem Mann anvertraut, ist, dass er der Einzige in ihrer Umgebung war, der sie »kurzfristig«, das heißt innerhalb von vier Wochen, als Patientin aufnehmen konnte. Selbst ihren Friseur hat sie sorgfältiger ausgewählt, und der geht ihr nur an die Haare. Dr. Reinhardt hingegen geht ihr an die Synapsen. Sie muss daran denken, wie sauer er damals war, als sie ihm erzählte, dass ihr Hausarzt ihre Medikamente an- und abgesetzt habe.

»Das darf der nicht! Das ist ja unglaublich! Wissen Sie, wie gefährlich das ist!« Es klang, als wäre er sauer auf Marie und nicht auf den anderen Arzt. Sie hätte es besser wissen müssen, aber woher? Die Wahrheit ist, ein weißer Kittel verschafft ähnlich viel Autorität wie eine Waffe. Marie ist sich sicher, dass man damit sogar eine Bank ausrauben könnte. »Ich bin Arzt, ich verschreibe Ihnen, dass Sie mir das ganze Geld geben! Ab jetzt, zweimal im Jahr! Melden Sie sich bitte am Empfang für einen Anschlusstermin!« Natürlich klappt das nicht bei gesunden Menschen, aber über Menschen in einer Notlage (also fast alle, die einen Arzt aufsuchen) hat kaum jemand mehr Macht als ein selbstbewusster Arzt im Kittel. Dr. Reinhardt hätte Marie statt Antidepressiva auch flüssige Butter verschreiben können, und sie hätte sie genommen. Was wäre ihr anderes übrig geblieben?

Dr. Reinhardt ist zufrieden mit seinen Notizen und schnaubt: »Die erhöhte Dosis Escitalopram funktioniert immer noch gut?«

»Ja, ich glaube schon …«

»Glauben tun wir in der Kirche! Hilft's oder nicht?«

»Jaja! Es hilft!«

»Gut. Und sonst auch zufrieden?«

»Ja … eigentlich schon … manchmal habe ich noch so kurze … Anfälle …«

»Panikattacken?«, fragt er ungeduldig. Eine Assistentin klopft und kommt direkt herein. Anscheinend ist Klopfen für sie keine Frage, ob sie eintreten darf, sondern eine Warnung, dass sie es gleich tut. Sie bringt Dr. Reinhardt einen Kaffee an den Schreibtisch. Marie rutscht nervös auf ihrem Stuhl herum. Sie hofft, dass der Doktor sie nicht weiter zu den Anfällen ausfragt und sie zugeben muss, dass das kommt, seitdem Emil sie verlassen hat, denn das wäre ihr vor Dr. Reinhardt irgendwie peinlich. Die Assistentin flüstert ihm etwas zu, und er nickt, während er einen Schluck nimmt. Er stellt den Kaffee sofort angewidert zurück. »*Viel* mehr Milch bitte!«

Die Frau greift nach der Tasse und verschwindet. Noch bevor sie an der Tür ist, wendet sich Dr. Reinhardt Marie zu. »Panikattacken?«, fragt er wieder, diesmal lauter und mit mehr Nachdruck. Er wedelt dabei mit der Hand, um zu unterstreichen, dass sie dran ist mit Reden und bitte weitermachen soll.

»Ja«, nickt Marie, obwohl sie immer noch nicht findet, dass »Panikattacken« so richtig beschreibt, was passiert ist.

»Ich verordne Ihnen auch ein paar Tavor«, bestimmt Dr. Reinhardt. Er kritzelt seine Unterschrift auf das ausgeschriebene Rezept und reicht es Marie. »Das nehmen Sie ab jetzt, wenn Sie spüren, dass eine Attacke bevorsteht.«

Marie kennt Tavor. Sie bekam es in der psychiatrischen Notaufnahme, als es ihr nach dem Absetzen des Venlafaxins plötzlich so schlecht ging. Damals gab man ihr nur fünf Stück, mit dem Hinweis, dass

Tavor süchtig mache. Das Rezept, das Dr. Reinhardt ihr reicht, verschreibt fünfzig. Der Doktor merkt ihr Zögern und wirkt geradezu beleidigt.

»Sie haben eine chemische Ungleichheit im Gehirn!«, erklärt er seine Entscheidung. »Die Ungleichheit muss mit Medikamenten ausgeglichen werden. Die Medikamente, die Sie nehmen, stabilisieren Sie und schaffen einen gesunden Normalzustand. Es kann immer wieder sein, dass dieser Normalzustand kurzfristig ins Wackeln gerät, aber die Medikamente helfen Ihnen zurück. Sie müssen den kurzfristigen Schmerz dieser Ausbrüche nicht aushalten! Dafür ist das Tavor da. Wenn Sie merken, da bahnt sich was an, nehmen Sie es!«

Marie steckt das Rezept ein.

»Alleine, dass Sie das jetzt haben«, sagt Dr. Reinhardt, »und wissen: Im schlimmsten Fall kann ich das nehmen, und mir geht es sofort besser, beugt schon vor. Was glauben Sie, wie viele Leute in der Bahn oder auf der Arbeit in ihrer Handtasche Tavor dabeihaben.«

Es stimmt, das Tavor hat Marie damals sehr geholfen, und bloß dadurch, dass sie einen unerschöpflich scheinenden Vorrat hat, ist sie bereits prophylaktisch beruhigt. Marie versteht, was er meint. Dr. Reinhardt lächelt zufrieden. Damit ist ihre Zeit um.

»Dann beobachten wir mal weiter«, sagt der Doktor, »aber scheint ja alles gut zu sein. Sagen wir in zwei Monaten?«

Marie nickt, aber er sieht es nicht, weil er seine Anweisung bereits aufschreibt. Dabei murmelt er abwesend, als wäre es eine Abschiedsfloskel: »Falls was ist, können Sie natürlich jederzeit anrufen.«

Der Mann am Empfang tippt hektisch herum, und nach ein paarmal hin und her haben er und Marie sich auf einen Tag und eine Uhrzeit in ungefähr zwei Monaten geeinigt.

Seit dem Betreten von Dr. Reinhardts Zimmer bis zum Verlassen der Praxis sind insgesamt zehn Minuten vergangen. Sie hat also noch Zeit für die größte Aufgabe des Tages.

Dass die Praxis so nahe bei ihrer Arbeitsstelle (und auch bei ihrem Wohnort) liegt, ist einerseits ein Glücksfall, weil sie dadurch die Termine in die Mittagspause legen kann.

Andererseits hat sie permanent Angst, dass sie jemand von der Arbeit beim Arzt entdecken könnte.

Draußen strahlt der Himmel in einem wolkenlosen Blau über den Häuserdächern. Marie läuft die Hauptstraße entlang, deren Autolärm zu einem konstanten Rauschen verschwimmt. Als ihr ein Mann mit einem kleinen Pudel an der Leine entgegenkommt, zückt sie ihr Handy, um den Hund unauffällig zu fotografieren. Sie und Emil schicken sich dauernd Fotos von Hunden, die sie zufällig treffen und die der jeweils andere dann bewertet. Das wird eine Neun von Zehn, denkt sie selbstbewusst, als ihr endlich klar wird, dass Emil das Foto nicht sehen wird. Dass sie keinen Kontakt mehr haben. Ihr Lächeln stirbt, sie macht kein Foto, der Hund zieht vorbei. Marie steckt das Handy wieder ein und geht weiter. Den Kopf gebeugt, um sich vor den Blicken von Kollegen, die ihr in die Arme laufen könnten, zu schützen.

Dass sie ihre Krankheit auf der Arbeit verheimlicht, liegt nicht nur daran, dass sie sich schämt (obwohl sie weiß, dass sie das nicht tun sollte), sondern auch daran, dass sie Angst vor Konsequenzen hat. Theoretisch dürfte es die nicht geben. Rein praktisch würde Marie wegen ihrer Krankheit keine Berufsunfähigkeitsversicherung bekommen. Und verbeamten lassen könnte sie sich auch nicht. Gut, das hat sie sowieso nicht vor, und eine Berufsunfähigkeitsversicherung möchte sie ebenfalls nicht abschließen. Aber allein, dass sie es mit einer diagnostizierten Depression nicht *könnte*, zeigt das Problem: Depressive gelten als Risiko für Unternehmen. Und ein Risiko stellt man nicht ein. Das Absurde ist, dass jeder fünfte Mensch in Deutschland im Laufe seines Lebens Depressionen bekommt. Wenn die alle nicht arbeiten würden, hätten Unternehmen ein Problem.

Marie biegt in die nächste Straße ein und bekommt plötzlich ein ganz ungutes Gefühl. Als würde sie fallen. Dann bemerkt sie, warum. Zwei Straßen weiter wohnt Emil. Sie ist fast da. Es ist so weit.

Marie läuft durch die Gasse wie über heiße Kohlen, bis zum Haus von Emils Wohnung. Ihre Atmung geht flach und schnell, und sie erlaubt sich nicht, darüber nachzudenken, was sie gleich tun wird.

In dem Haus gibt es mindestens zwölf Wohnungen.

Neben den Klingeln sind die Schlitze der Briefkästen aufgereiht. Aus dem von Emil schaut die Spitze eines Briefes hervor. Marie versucht noch einmal, tief durchzuatmen, schafft es aber nicht, sie fühlt sich wie in einem Eisbad. Bevor ihr Magen sich verkrampft, lehnt sie sich mit ihrem ganzen Körper nach vorne und drückt endlich auf die Klingel mit Emils Nachnamen. Ratkevski. Erst nur ganz kurz, wie ein Nadelstich, dann etwas stärker, und als sie sich sicher ist, dass er nicht zu Hause ist, lang und ausgiebig. Ein paar Sekunden horcht sie noch auf eine Antwort, aber dann ist endgültig klar, dass es keine geben wird. Emil ist nicht da.

»Zu wem wolln Se denn?«

Marie geht einige Schritte zurück und sieht zu der Frau auf, die aus dem Fenster lehnt und Rauch in die Luft bläst. Ihre Zigarette ist fast bis auf den Filter heruntergebrannt, und die Glut glimmt gefährlich nah an ihrer Haut.

»Zu Emil Ratkevski«, sagt Marie.

Von Nahem sieht die alte Frau gar nicht mehr so alt aus, höchstens fünfzig. Sie steckt sich eine frische Zigarette in den Mund, hält den Stummel der alten daran und zieht kräftig. Schließlich, als die neue Zigarette entzündet ist, sagt sie: »Der's ausgezogen.«

»Wie jetzt?« Eleganter kann Marie ihre Verwunderung nicht ausdrücken.

»Der's fott«, sagt die Frau ruhig, »die letzten Tage kamen ein Haufen Menschen. Die haben bestimmt die Wohnung besichtigt. Ja, und gestern hat er sein'

Kram ins Auto gepackt und ist weg. Viel war dat nicht zu packen.«

Ein Telefonklingeln ruft die Frau zurück in die Wohnung. Sie lässt die Zigarette angezündet auf der Fensterbank liegen, vielleicht, um sie gleich weiterzurauchen.

»Ausgezogen«, wiederholt Marie ungläubig. Das würde auch den eigenartigen Mann erklären, dem sie beinahe in den Rücken gelaufen wäre. Er kam zur Wohnungsbesichtigung. Vielleicht brauchte er die Wohnung sehr dringend (wer tut das nicht) und war deswegen so nervös. Und die Akte unter seinem Arm war vermutlich eine Mappe, gefüllt mit Schufa-Auskunft, Einkommensnachweis und was man sonst so alles vorweisen muss. Also kein mysteriöser Beamter, sondern ein potenzieller Nachmieter. Ist doch vollkommen klar!, schimpft sie mit sich selbst. Warum habe ich das nicht gleich verstanden? Wie kann man nur so dumm sein? Sie beißt sich auf die Unterlippe.

Aber warum ist Emil so plötzlich ausgezogen? Und wohin? Und warum hat er Marie nichts davon erzählt? Ist er auf der Flucht? So ein Unsinn, tadelt Marie den letzten Gedanken, aber andererseits ergibt nichts von alledem Sinn. Sie schaut zu den Briefkästen an der Hauswand. Aus dem Schlitz über dem Namen »Ratkevski« ragt die weiße Ecke eines Briefes hervor wie ein Eisberg. Und dann folgt sie einem Gedanken, der so undefiniert ist, dass man ihn eigentlich als Gefühl bezeichnen müsste. Sie zieht den Brief aus dem Schlitz, steckt ihn in die Tasche und eilt mit großen, stelzigen Schritten davon.

8

Tom haut auf den Fahrstuhlknopf für die Tiefgarage und wartet ungeduldig darauf, dass sich die Türen schließen, aber es tut sich nichts. Er presst den »Türzu«-Knopf in die Wand, obwohl er sich sicher ist, dass dieser ausschließlich über den Placebo-Effekt funktioniert. Endlich schließen sich die Türen, und der Fahrstuhl fährt surrend in die Tiefgarage. Nach wenigen scharfen Schritten ist Tom bei seinem Auto angekommen. Er knallt die Tür zu und blafft die Displays am Armaturenbrett an, als würde er ein Kind ausschimpfen: »Na-vi-gie-re zu Lanzingers!«

Das Auto braucht ein paar Sekunden, aber dann versteht es den Befehl und schmeißt die zuständige App an. Gerade mal acht Minuten Fahrzeit, eigentlich könnte er auch in die Bahn springen oder einfach ein Taxi nehmen, aber er will jetzt los. Selbst zwei Minuten auf ein Taxi zu warten, erscheint ihm unerträglich. Denn von allen Gefühlen, die gerade in ihm brodeln, schafft die Bewegung ein Ventil für das unerträglichste: Verzweiflung. Mit jeder Aktion kann sie ein wenig verdampfen.

Tom schaltet die Gänge hoch und schießt aus der Tiefgarage.

Das Lanzingers ist das Hinterzimmer, in dem Hinterzimmer-Deals geschlossen werden. Vermutlich schüttelt sein Vater gerade in diesem Moment zahlreiche Hände von Studiobossen und Labelchefs, den Menschen, die die Entscheidungen treffen. Er glättet die Wogen an den richtigen, den wichtigen Stellen und holt sich Unterstützung, bevor Tom sich öffentlich äußert. Wahrscheinlich hat sein Vater ihm einen Gefallen damit tun wollen, ihn aus all dem rauszuhalten. Aber es hat genau das Gegenteil bewirkt, Tom hat den Kopf dadurch nicht frei bekommen, er hat sich eingesperrt gefühlt. Ihm ist egal, wie viel oder wenig sie heute bewegen können und wie viel oder wenig er dabei helfen kann. Allein das Gefühl zu haben, etwas bewegt sich, auch wenn es nur Tom selbst ist, hilft bereits. Mehr als das, es gibt ihm Hoffnung. Tom ist es beinahe peinlich, dass er an seinem Vater gezweifelt hat. Sie sind ein Team! Natürlich tut Faruk etwas, natürlich wird Tom das alles mit seiner Hilfe überstehen!

Ein Radfahrer rast an der Ausfahrt der Garage vorbei, und Tom bremst unsanft. Kein Hass ist so groß wie der von Autofahrer auf Radfahrer, außer vielleicht der von Radfahrer auf Autofahrer. In Köln ist es besonders schlimm, die Fahrradwege enden plötzlich im Nichts oder ziehen sich quer über die Straße und zwingen die beiden Parteien förmlich dazu, sich gegenseitig in den Weg zu fahren. Von wegen Freeclimbing oder Base-Jumping, wer echten Extremsport erleben will, fährt in Köln Fahrrad.

Tom navigiert die Straßen entlang und nimmt bereits die letzte Kurve. Der Straßenrand ist vollgestopft mit Autos, aber Tom hat Glück und findet nach nur wenigen Minuten eine Lücke, gerade groß genug für seinen Wagen. Das grenzt an ein Wunder, normalerweise braucht man dafür Jahre. *Können Sie die Lücke in Ihrem Lebenslauf erklären? Ja, da habe ich einen Parkplatz in der Innenstadt gesucht.*

Draußen haben sich die Wolken zugezogen, es riecht nach Sommergewitter. Tom verzichtet auf ein Parkticket, bei den Preisen ist es günstiger, sich einfach abschleppen zu lassen, eigentlich ist es sogar günstiger, sich einfach jedes Mal ein neues Auto zu kaufen.

Das Lanzingers hat eine große Fensterfront, durch die es so aussieht, als würde das Restaurant seine Gäste zum Verkauf ausstellen. Tom betritt das Lokal. Lediglich ein rotes Seil trennt den Tischbereich vom Empfangsbereich, das ganze Restaurant ist ein einziger, länglicher Raum. An einem kleinen Pult, einige Schritte das rote Seil entlang, bewacht eine Kellnerin den Zugang zu den Tischen. Sie begrüßt Tom und bittet ihn, einen Moment zu warten. Tom leistet Folge und bleibt vor dem Pult stehen. Das Gesicht der Kellnerin zerfällt vor Überforderung. Das Restaurant ist wie gewohnt komplett voll, und Tom kann spüren, wie immer mehr Blicke an ihm haften bleiben und an den Tischen getuschelt wird. Es ist kein freundliches Tuscheln, und es sind auch keine freundlichen Blicke. »Ich glaube … ich muss … Ich weiß nicht, ob …«, stammelt die Kellnerin, und Tom wird nervös.

»Mein Manager ist schon hier«, sagt er, »ich will nur

zu ihm.« Er sieht sich nach Faruk um, aber entdeckt nur Lanzinger, der zu ihm eilt wie ein Feuerwehrmann zum Brandherd. Ein siegessicheres Lächeln kann Tom sich nicht verkneifen, und er sagt mit mehr Schadenfreude, als ihm lieb ist: »Ich würde mich willkommen heißen, sonst gibt's Ärger vom Chef, der kommt schon angerannt. Wir sind gute Freunde.«

Ich hätte mich gar nicht erst von ihr aufhalten lassen und einfach mit einem »Ich bin hier immer willkommen! Lanzingers Worte« durchlaufen sollen, denkt Tom.

Als der Österreicher endlich in Hörweite ist, öffnet Tom die Arme, um ihn zu empfangen. Aber Lanzinger lässt die Umarmung aus und flüstert nur: »Was machst du hier?«

Er packt Tom am Ellenbogen und zieht ihn sanft zurück am roten Seil in Richtung Ausgang.

»Wie, was mache ich …?«

»Heute ist geschlossene Gesellschaft, Tom. Tut mir leid.«

Draußen hängt kein Schild. Und die Gesellschaft, die gerade anwesend ist, scheint nicht zusammenzugehören.

»Ist Faruk nicht hier?«, fragt Tom etwas unsicher.

Der muskulöse Österreicher hat ihn mittlerweile bis zur Tür gedrängt. »Ich mein's ernst, Tom, du solltest nicht hier sein.«

Zwei andere Gäste betreten das Lokal, und Lanzinger lächelt sie nervös an, während die beiden an ihnen vorbei zum Empfang laufen.

»Teil der geschlossenen Gesellschaft?«, fragt Tom spöttisch.

»Mach das hier nicht schwerer, als es sein muss.«

Die neuen Gäste lassen auch am Empfangspult nicht den Blick von ihnen ab. Und sie sind nicht die Einzigen. Fast niemand isst mehr, das ganze Lokal beobachtet sie. Tom sucht hinter Lanzingers Schultern verzweifelt nach seinem Vater und findet ihn endlich. Er ist der einzige Gast, der angestrengt versucht, sie nicht zu sehen.

Lanzinger festigt den Griff um Toms Arm.

»Und jetzt raus! Wir töten hier keine Tiere!«, ruft er laut und geradezu stolz, als erwarte er Applaus von den anderen Gästen. Der Satz sticht Tom wie ein Messer in den Rücken.

»Eure halbe Speisekarte besteht aus getöteten Tieren«, protestiert Tom verletzt, während er aus der Tür gedrückt wird. In der Ferne donnert es wieder, das Gewitter kommt näher. »Wo ist Faruk?«, krächzt Tom. Seine Kehle ist staubtrocken. »Lass mich das doch erklären, zusammen mit Faruk!«

Lanzinger will die Tür schließen, aber Tom hält den Fuß dazwischen.

»Lanni! Ich dachte, ich bin ein Freund des Hauses! Ich dachte, wir sind Freunde!«

»Wir sind keine Freunde!«, ruft Lanzinger wieder viel zu laut. »Das habe ich nie gesagt!«

Auf Lanzingers runder Schulter taucht eine Hand auf. Sie gehört Faruk.

»Ich klär das«, sagt er ruhig.

Tom seufzt erleichtert. Endlich. Jetzt wird alles geklärt werden.

»Aber draußen«, meint Lanzinger mürrisch. Tom zieht den Fuß aus dem Türspalt und will seinem Vater um den Hals fallen, lässt das aber natürlich. Das wäre unprofessionell. Die Tür knallt hinter ihnen zu. Faruk zieht ihn zur Seite, weg vom großen Schaufenster und den zahlreichen Blicken.

»Was machst du hier? Ich dachte, du gehst nach Hause und ruhst dich aus? Hat Mama nicht angeboten, dass du zu ihr nach Hamburg fährst?«

»Ich will nicht nach Hamburg, ich will mich nicht ausruhen, ich will das klären. Öffentliches Statement und alles. Ich will dir hier helfen, die richtigen Hände zu schütteln. Wir sind ein Team!«

Faruk schüttelt den Kopf. »Tom … ich glaube …«, er räuspert sich, als stecke ihm etwas im Hals. Schließlich wischt er sich über den Mund und fängt den Satz neu an. »Das wollte ich dir morgen in Ruhe persönlich sagen«, meint Faruk. »Ich kann dich als Manager nicht mehr halten.«

»Was?«

Die Worte treffen Tom wie eine Ohrfeige.

»Hör zu«, sagt Faruk beschwichtigend, »unter uns: Du kannst diesen Kampf nicht gewinnen. Zumindest nicht jetzt. Tauch für ein paar Monate unter, erhol dich, lass Gras über die Sache wachsen. Und dann bauen wir dir ein neues Image auf und holen dich zurück! Neuer Name und alles. Aber bis dahin muss ich erst mal die Verbindung zu dir kappen, sonst gehe ich auch unter.«

Tom schweigt. Er und Faruk haben keinen Vertrag, ihre Zusammenarbeit beruht auf Vertrauensbasis. Weil ihre Beziehung auf Vertrauen beruht, dem Vertrauen zwischen Vater und Sohn, nicht zwischen zwei Geschäftspartnern.

»Aber …«, flüstert Tom und weiß nicht, was er sagen soll.

Faruk streichelt ihm über die Schultern. Tom kann sich noch genau daran erinnern, wann er Faruk zum letzten Mal aus Versehen »Papa« nannte. Es war kurz vor einem Treffen mit ein paar Label-Chefs, vor knapp drei Jahren. »Glaubst du, die mögen meine Musik, Papa?«, fragte Tom damals. Sein Vater packte ihn am Arm und meinte: »Nenn mich Faruk, nicht Papa. Zumindest nicht in der Öffentlichkeit, okay? Das wirkt professioneller.« Und so wurde aus Papa Faruk. Bald auch, wenn sie nur zu zweit waren, und schließlich nannte Tom ihn sogar in seinen Gedanken ganz selten Vater. Wann Faruk ihn zum letzten Mal »Sohn« genannt hat, weiß er nicht mehr.

»Es ist nichts Persönliches«, meint Faruk. Da ist es wieder, denkt Tom: *It's not personal, it's strictly business.* In seiner Stimme liegt Aufrichtigkeit, aber Tom weiß nicht mehr, was er glauben kann und was nicht. Mit einem Mal wird ihm auch bewusst, dass Faruk nicht im Lanzingers ist, um Toms Ruf zu retten, sondern seinen eigenen.

»Glaubst du mir überhaupt, dass ich unschuldig bin?«

Faruk seufzt. »Ja. Aber es macht keinen Unterschied.

Die Story, dass du wahrscheinlich Bello umgebracht hast, war auf jeder Titelseite, die lief im Fernsehen rauf und runter, war überall im Internet. Jedes Medium hat sie verbreitet. Wir müssten einen Weg finden, die Story deiner Unschuld mindestens genauso groß zu verbreiten, damit sie die alte Nachricht überschreibt. Aber wie soll das gehen? Eine Richtigstellung ist langweilig, das titelt niemand. Darum werden es die Leute auch nicht mitbekommen. Solange das der Fall ist, sehe ich keine Chance …«

Tom schaut resigniert zu Boden. Er spürt Faruks Hand auf seiner Schulter. »Lass den Anwalt den Rechtsstreit austragen und tauch in der Zeit irgendwo unter«, meint er. »Geh zu deiner Mutter nach Hamburg. Und falls du jemanden zum Reden brauchst, bin ich für dich da. Ich mein das ernst. Das ist nichts Persönliches, als dein Vater bin ich für dich da. Aber als dein Manager müssen wir kurz auf Pause drücken. Es ist zu deinem Besten.«

Damit verschwindet Faruk wieder im Lanzingers. Tom bleibt ein paar Sekunden apathisch vor der geschlossenen Tür stehen, dann dreht er sich um und geht zum Auto. Die zahlreichen spöttischen Blicke aus dem Schaufenster des Lanzingers kriechen ihm so lange nach, wie sie können, und begleiten ihn auch noch, als er längst im Auto sitzt und von niemandem mehr gesehen wird. Jetzt erst merkt Tom, dass seine Haare verklebt sind und sein T-Shirt völlig durchnässt ist, es hat endlich angefangen zu regnen. Die dicken Tropfen klatschen gegen die Windschutzscheibe, ein langsamer, sarkastischer Applaus. Das hast du ja ganz toll hingekriegt, Tom, scheint er zu sagen. Dabei hat Tom doch nichts getan! Es war nicht seine Schuld! Rakete ist schuld! Er sollte seine Karriere, sein Leben verlieren, nicht Tom! Aber stattdessen feiert er seine Traumhochzeit. Während Tom die Konsequenzen ausbadet, liegt er am Strand und lässt sich die Sonne auf den Bauch scheinen. Während Tom von allen verlassen wird, darf er die besten Tage seines Lebens erleben. Toms Hände ballen sich zu Fäusten.

»Das ist so unfair! Das ist so fucking unfair!«, schreit er das Armaturenbrett an. Der Regen applaudiert gleichgültig weiter. Tom atmet ein paarmal tief durch. »Na-vi-gie-re zur Hansastraße 52, Hamburg Har-ves-te-hude«, befiehlt er angespannt. Vier Stunden und dreiundfünfzig Minuten, wenn er sofort losfährt, dann kommt er noch heute bei seiner Mutter an. Aber was soll er da? Sich »ausruhen«? Das hat er schon versucht, das geht nicht. Das will er nicht. Tom schaut aufs Datum und versucht, sich daran zu erinnern, was Rakete erzählt hat, wann die Hochzeit stattfindet. Er müsste die zerknüllte Einladung noch irgendwo haben …

Tom atmet wieder ein paarmal tief durch, aber das beruhigt ihn nicht, es gibt ihm nur mehr Kraft, um wütend zu sein. Eigentlich müsste die Einladung noch in der Hose stecken, die er an dem Tag anhatte. Tom rammt den Schlüssel ins Schloss und bringt den Motor zum Heulen. Er will sich nicht »ausruhen«, er will Gerechtigkeit. Und wenn er die nicht kriegt, dann zumindest das Nächstbeste. Rache.

9

Auf der Arbeit sitzt Marie vor ihrem Rechner und denkt an das Schreiben, das sie letzte Woche aus Emils Briefkasten gezogen hat. »Meine verrückte Ex-Freundin hat damals sogar meine Post geklaut«, hört sie Emil sagen. Ist sie das? Eine verrückte Ex-Freundin? Technisch gesehen wurde die Beziehung weder von ihm noch von ihr je beendet. Er ist einfach von einem Tag auf den anderen verschwunden. Ist es wirklich so verrückt, herausfinden zu wollen, warum? Hat er Geldprobleme? Musste er deswegen so plötzlich ausziehen? Taucht er gerade unter, um Schuldnern zu entkommen? Hat er den Kontakt zu Marie zu ihrem eigenen Schutz abgebrochen? Nein, bestimmt nicht. Auch wenn in dem Briefumschlag tatsächlich eine Rechnung war. Aber für ein Luxushotel. Anscheinend hat Emil für eine Woche Urlaub in Italien gebucht. Geldprobleme hat er also wahrscheinlich nicht. Marie öffnet den Tab mit der Internetseite des Hotels. Die Texte sind auf Englisch, doch dann klickt sie auf die kleine Deutschlandfahne oben im rechten Eck, und die Seite zieht sich in Sekundenschnelle um:

Monastero Di Validanti Hotel & Spa.

Der Aufenthalt in einem historischen Kloster, das kürzlich in ein Hotel umgewandelt wurde, verbindet den immensen Charme von Validanti mit der Leichtigkeit frischer, moderner Räume. Das Hotel ist mit allem Komfort und den modernsten Einrichtungen und Dienstleistungen sowie dem einzigartigen Vorteil ausgestattet, direkt im Herzen des historischen Zentrums zu liegen, und bietet außerdem eine Tiefgarage.

Sie hat die Wahl, mehr über *Hotel, Umgebung* und *Spa* zu erfahren, und entscheidet sich mit einem Klick für Hintergrundinfos zum Ort.

Validanti, Toskana. Auf der Spitze eines Hügels 500 Meter über dem Meeresspiegel gelegen, mit Blick auf eine harmonische Landschaft über ein großes, von Hügeln eingerahmtes Tal. Hier finden Sie alles, wofür die Toskana berühmt ist: unglaubliches Essen, erstaunliche Weine, faszinierende Geschichte und vieles mehr …

Ein kleines Fenster zeigt die Lage des Hotels auf Google Maps. Marie vergrößert den Kartenausschnitt. Google verrät ihr, dass Florenz nicht weit entfernt ist. Genau 44 Minuten mit dem Auto, 59 Minuten mit der Bahn oder neun Stunden und 2 Minuten zu Fuß. Sie springt zurück zur Homepage und will mehr über *Das Hotel* erfahren.

Monastero Di Validanti Hotel & Spa. Am Rande der schönen Stadt Validanti gelegen, verbindet das Resort Geschichte mit Luxus und … Maries Blick wandert unfreiwillig vom Text zu einer Bildergalerie, die sie anklickt. Der historische Gebäudekomplex ist riesig. So groß wie ein ehemaliges Kloster eben. Der Hauptkomplex wölbt sich wie ein eckiges U um den Garten, in dem ein knallblauer Pool liegt. Das nächste Bild zeigt einen weiteren Pool im Keller. Er wirkt fehl am Platz. Das alte Kellergewölbe sieht aus, als müssten darin Ritterrüstungen oder Weinfässer lagern und nicht beheizte und beleuchtete Becken.

Marie verlässt die *Gallery* und klickt auf den Reiter *Zimmer und Suites*. Die verschiedenen Preisklassen präsentieren sich, *Classic* scheint die günstigste Alternative zu sein. Es erscheint ein Banner, in dem man An- und Abreisedatum eintragen kann und an dessen Ende *Book now!* steht. Wenn Heiner ihr endlich den Resturlaub erlauben würde, dann könnte sie schon nächste Woche Dienstag los und bis Sonntag bleiben. Fast genau der Zeitraum, in dem Emil im Hotel unterkommt, nur einen Tag später. Sie trägt das Datum zum Ausprobieren ein, und das Hotel präsentiert stolz ein »*Economy Zimmer – nur 200 Euro die Nacht!*«.

Für Marie ist das alles andere als »nur«. Andererseits, wofür spart sie Geld an, wenn nicht für Urlaub? Und warum denkt sie überhaupt darüber nach, ob sie es sich leisten kann, sie wird ja wohl nicht Emil hinterherfahren? Dann wäre sie *wirklich* die verrückte Ex. Aber … was ist die Alternative? Anscheinend ist er bereits ausgezogen, Marie weiß nicht, wohin. Diese eine Rechnung ist die letzte Verbindung, die sie zu ihm hat. Danach wird er tatsächlich verschwunden sein, raus aus ihrem Leben, und sie wird nie ihre Antworten bekommen. Und ihren Ring, denkt Marie. Den Ring ihrer Oma, den sie ihm geschenkt hat, sie wird ihn nie wiederbekommen. Es war ein Geschenk, theoretisch hat sie kein Recht darauf, ihn zurückzuverlangen, aber sie dachte irgendwie immer, dass Emil ihn zurückgeben würde, wenn ihre Beziehung beendet sei … Falls sie das überhaupt ist: beendet. Theoretisch könnte alles der Grund für sein Verschwinden sein.

Marie sucht nach Flügen und findet sofort welche nonstop von Düsseldorf nach Florenz für hundert Euro. Dafür kommt sie mit dem Zug nicht mal bis zur nächsten Postleitzahl. Ihr Geldbeutel könnte das verkraften, sie müsste nur ihr Gewissen zum Fliegen überreden. Nein, beschließt sie, das ist verrückt. Sie klickt alle Tabs weg, faltet die Rechnung vorsichtig zusammen und schiebt sie zurück in den aufgerissenen Briefumschlag, den sie tief in ihrer Tasche versteckt.

Ihr Kalender warnt sie davor, dass sie nur noch wenige Minuten bis zum Jour fixe hat. Marie schaut aufs Datum und stellt fest, dass ihre überschüssigen Urlaubstage in zwei Wochen endgültig verfallen.

Heiner ist in keiner guten Stimmung. Während des gesamten Jour fixe mit Marie ist er leicht abwesend, und nachdem sie das Wichtigste besprochen haben, fragt er direkt etwas pampig: »War das dann alles?«

Marie nimmt all ihren Mut zusammen. »Nein«, sagt sie. »Jetzt, wo das Treffen mit den Winkler-Leuten so gut gelaufen und die Präsentation durch ist … Kann ich nächste Woche meine Urlaubstage nehmen? Sie verfallen sonst endgültig.«

Heiner stöhnt genervt. »Aber so spontan geht das doch nicht!«, klärt er sie auf, »Das hätten wir vorher einplanen müssen …«

Marie ist kurz davor, einfach zu nicken und sich zu entschuldigen, aber sie kämpft dagegen an. »Ich hatte das letzte Woche bereits angesprochen …«, flüstert sie.

»Per Mail?«

»Nein, hier im Jour fixe.«

»Ja, das kann ich mir doch nicht alles merken, wenn es nicht per Mail kommt«, wirft Heiner ihr vor. »Das hätten wir entweder schriftlich festhalten oder direkt da beschließen müssen.«

Wieder fühlt sich Marie sofort schuldig, und wieder kämpft sie dagegen an. Heiner scheint es zu spüren, sammelt sich und meint: »Na gut. Dann machen wir Folgendes. Ich kann dich so spontan nicht komplett rausplanen, wir müssen nächste Woche mit den Vorbereitungen für den Quartalsbericht anfangen. Aber ich kann dir anbieten, dass du nächste Woche den Freitag frei machst.«

Präsentationen, Quartalsberichte, Vorbereitungen auf Quartalsberichte, irgendwas ist immer, denkt Marie frustriert.

»Zusätzlich zu dem Tag, den du sowieso schon weniger arbeitest«, fügt Heiner etwas vorwurfsvoll hinzu. »Damit komme ich einen großen Schritt auf dich zu, Marie.« Er widmet sich wieder seinem Rechner. Marie überlegt, was sie sagen kann, aber steht dann einfach stumm auf und geht.

An ihrem Platz angekommen, lässt sie sich auf ihren ergonomischen Schreibtischstuhl fallen und atmet tief aus. War sie hartnäckig genug? Ist sie genug für sich eingestanden? Ein Urlaubstag, wenn ihr eigentlich noch vier zustehen, fühlt sich nicht wie ein Kompromiss an, sondern wie eine Niederlage.

Frau Merkenich lächelt stolz. »Sie sind der Situation nicht aus dem Weg gegangen! Sie haben geklingelt und wollten mit ihm reden, darauf können Sie stolz sein. Noch vor wenigen Wochen hätten Sie das niemals getan.«

Das stimmt, denkt Marie.

»Sie können viel mehr, als Sie denken.«

Marie ist sich sicher, dass das nicht nur an der Therapie, sondern auch an der erhöhten Medikamentendosis liegt, aber das verschweigt sie. Wichtig ist, dass ihre Therapeutin recht hat, und viel wichtiger ist, dass Marie ihr glaubt. Von der Hotelrechnung und ihrer Überlegung, Emil hinterherzureisen, erzählt sie nichts. Nachdem sie entschieden hatte, dass das Vorhaben verrückt ist, hat sich ihre Meinung noch einige Male geändert. Marie hat sich mittlerweile so häufig durch die Website des Hotels geklickt, dass sie jedes Zimmer und jedes Angebot auswendig kennt. Aktuell hat sie lediglich entschieden, dass sie sich heute Abend entscheiden will, was sie tun wird. Endgültig aufgeben oder tatsächlich hinterherreisen.

Frau Merkenich pustet sich eine Strähne aus dem Gesicht. »Und Sie waren wieder bei Ihren Eltern?«

Marie verzieht das Gesicht, darüber will sie eigentlich nicht reden. Sie wollte als Nächstes von Heiner erzählen.

»Ja«, gibt sie zu, »aber da ist nichts Besonderes passiert, das war wie immer.«

»Sind Sie gerne bei Ihren Eltern?«

»Nein.«

»Warum besuchen Sie die dann so häufig?«

Marie stöhnt heimlich, warum müssen sie denn jetzt darüber reden?

»Na, weil's meine Eltern sind! Ich mag die nicht, und die mögen mich nicht. Oder zeigen es mir zumindest nicht. Aber wir sind Familie. Da ist das doch Pflicht!«

Frau Merkenich sagt nichts und lässt die Aussage in der Luft hängen, bis Marie von sich aus weiterredet.

»Ich war früher nie ein gutes Kind. Ich war sogar richtig schlimm. Eine richtig schlimme Tochter. Das Mindeste, was ich jetzt tun kann, ist, sie regelmäßig zu besuchen.«

»Haben Sie ein Beispiel?«

»Wofür?«

»Dafür, dass Sie eine schlechte Tochter waren.«

»Weiß nicht«, blockt Marie verzweifelt ab. Aber ihre Therapeutin hält die folgende Stille wieder eisern aus, bis Marie nachgibt.

»Der Nachbarsjunge, Anton, hatte zum Beispiel mal ein neues Fahrrad, mit dem ich unbedingt auch fahren wollte. Irgendwann hat er es mir erlaubt, und dann habe ich es direkt kaputt gemacht. Alle waren total sauer. Meine Mutter hat ganz lange mit seiner Mutter telefoniert, und sie hat versprochen, dass ich erst mal nicht mehr Fahrrad fahren darf. Danach musste ich zur Schule laufen.«

Die Therapeutin verzieht das Gesicht, bekommt ihre Muskeln aber schnell wieder unter Kontrolle.

»Ich möchte eine Übung mit Ihnen machen«, sagt sie. »Sie sind jetzt Sie selbst als Kind und erzählen diese Geschichte, als wäre sie gerade passiert.«

Marie zögert. »Okay … Ich habe aus Versehen das neue Fahrrad von Anton kaputt gemacht«, sagt sie verlegen. »Ich kann aber nichts dafür, die Kette ist einfach so gerissen!«

Frau Merkenich nickt.

»Und jetzt antworten Sie sich darauf bitte als erwachsene Person.«

Marie kommt sich albern vor, aber sie versucht es.

»Warum musstest du überhaupt damit fahren?«, schimpft sie. »War doch klar, dass so was passiert. Wie dumm kann man sein?!«

Ihre Therapeutin hebt die Hand. »Moment!«, protestiert sie. »Würden Sie wirklich so mit einem Kind reden?«

»Nein«, sagt Marie, »aber das ist ja nicht irgendein Kind, das bin ich.«

Frau Merkenich lacht bitter. »Eben. Warum reden Sie mit sich selbst schlechter, als Sie mit einem fremden Kind reden würden? Stellen Sie sich mal vor, Sie würden mit Ihren Freunden so reden wie mit sich selbst, wie wäre das?«

Bei dem Gedanken, dass sie einer Freundin ins Gesicht schreit, sie sei eine dumme, tollpatschige Vollidiotin, weil sie etwas Wasser verschüttet hat, muss Marie schmunzeln. Niemals würde sie das sagen. Oder fühlen. Es ist nur Wasser, ist doch völlig egal, kann mal passieren. Also, bei anderen. Als Marie neulich etwas Wasser verschüttet hat, da hat sie in genau diesem Wortlaut mit sich selbst geredet.

»Versuchen Sie es doch bitte noch einmal«, sagt Frau Merkenich. »Reden Sie als erwachsene Marie mit der kindlichen Marie, so wie Sie denken, dass es angemessen wäre.«

Marie atmet tief ein und überlegt. »Das kann passieren«, sagt sie schließlich. »Ich glaube dir, dass die Kette einfach gerissen ist. Natürlich kannst du dafür nichts, so was passiert halt.«

Frau Merkenich scheint zufrieden. »Jedes Kind ist tollpatschig. Jedes Kind macht mal was kaputt«, sagt sie. »Ich bin mir sehr sicher, Sie waren kein schlechtes Kind. Ihnen wurde nur das Gefühl gegeben.«

»Das war bloß ein einziges Beispiel«, protestiert Marie. »Ich habe dauernd meine Mutter in Schwierigkeiten gebracht, die hatte ganz viel Ärger meinetwegen!«

Marie und Frau Merkenich reden noch lange über ihre Kindheit. Über Verbrechen, die für Marie immens scheinen und beim Besprechen plötzlich zu Bagatellen zusammenschrumpfen. Vielleicht war sie wirklich kein besonders schlimmes Kind. Vielleicht war ihre Mutter manchmal ungerecht zu ihr. Marie atmet tief durch. Sie war kein schlechtes Kind. Ihre Mutter war manchmal ungerecht. Diese Erkenntnis klingt banal, aber Marie hat es noch nie in Betracht gezogen. Auf sie wirkt es wie ein gut gemachter Plot-Twist. Es ändert alles, obwohl es beim zweiten Mal

Gucken offensichtlich erscheint und man sich fragt: »Wie konnte ich das nicht sehen?«

Am Abend klickt sich Marie wieder durch die Website des Hotels. Sie kann ihren freien Tag auf Donnerstag schieben und so zusammen mit ihrem neu gewonnenen Urlaubstag am Freitag ein langes Wochenende basteln. Dann könnte sie: Donnerstag anreisen. Freitag den Mut finden, Emil zu konfrontieren. Samstag zurückfliegen. Und Sonntag zu Hause mit ihrem Leben klarkommen. Bevor es Montag wieder zur Arbeit geht.

Falls sie das wirklich durchziehen will, muss sie es aber jetzt entscheiden und buchen, sonst wird es zu spontan, und dann schafft sie es auf keinen Fall. Marie öffnet einen neuen Tab mit Hin- und Rückflug. Die Preise sind gleich geblieben, es kostet weiterhin die Umwelt und ihr Gewissen wesentlich mehr als ihren Geldbeutel. Sie klickt im anderen Tab das Zimmer in den Warenkorb und füllt ihre Angaben aus, aber bucht noch nicht. In dem Moment bekommt sie einen Anruf von ihrer Mutter. Sie will ihn reflexartig wegdrücken, hält dann aber inne und nimmt ihn an.

»Ach, hallo, gehst du auch mal wieder dran?«

Marie überlegt kurz, ob sie zum hundertsten Mal erklären soll, dass sie auch ein Leben außerhalb ihrer Telefonate und Besuche hat und sich nicht jeden Tag stundenlang mit ihrer Mutter befassen kann, aber lässt es dann sein.

»Ich wollte nur Bescheid sagen, dass Sabine auf

jeden Fall am Samstag für den Spieleabend kommen kann. Sie hat extra ihre Chorprobe dafür verlegt.«

»Das ist toll, freut mich für euch«, sagt Marie.

»Toll für uns«, verbessert ihre Mutter sie. Marie schweigt und geht nicht darauf ein. Sie weiß genau, was jetzt folgt. Aber sie will, dass ihre Mutter es ausspricht.

»Du kommst ja am Samstag, richtig?«, fragt sie endlich.

»Warum denkst du das? Ich habe doch ganz klar gesagt, dass ich dieses Wochenende nicht kommen kann!«

»Aber Sabine hat schon ihre Chorprobe verlegt!«, protestiert ihre Mutter. »Und du kannst doch auch von hier aus arbeiten, wenn du so dringend was erledigen musst.«

»Das geht nicht! Ich habe echt viel zu tun, ich muss sogar auf Urlaubstage verzichten …«

»Ich hab damals, als du ein Kind warst, auch verzichtet! Nicht nur auf Urlaubstage, das sag ich dir aber! Damals, als du …«

»Ich komme nicht!«, unterbricht Marie sie. »Finde wen anders für den Spieleabend!«, fügt sie hinzu und legt auf. Ihr Herz klopft aufgeregt, und ihre Magengegend spannt sich an. Doch als ihre Mutter es wenige Sekunden darauf erneut versucht, nimmt sie den Anruf nicht an. Stattdessen öffnet sie den Tab fürs Hotelzimmer. Sie überprüft ihre Angaben zum zehnten Mal und drückt dann endlich auf Buchen.

10

In der Theorie müsste Marie Flughäfen hassen. Tausende Menschen, Hektik, Stress und die ständige Angst, den Flug zu verpassen oder etwas unglaublich Wichtiges vergessen zu haben. Wie den Ausweis oder Flugtickets oder Hosen. Aber irgendwie fühlt sie sich an Flughäfen wohl. Vielleicht, weil es hier jedem so geht wie ihr. Weil alle Menschen völlig irrational drei Stunden zu früh ankommen, um ja nicht ihren Flug zu verpassen, und sechsmal ihre Koffer checken. Hier ist das *normal*. Hier ist Marie normal.

Von zu Hause loszukommen, ist das Allerschwerste, der Urlaub selbst ist auch nicht immer einfach, aber das dazwischen, der Flughafen, das ist schön. Normalerweise. Marie zieht ihren Koffer mühsam hinter sich her und kämpft gegen das Bedürfnis an, stehen zu bleiben und die Fotos von ihrem Herd, dem ausgesteckten Glätteisen und Föhn zu kontrollieren. Kerzen waren auch alle aus, oder? Natürlich, sie waren nie an. Sie greift in ihre Handtasche und kontrolliert die Tabletten. Alle da. Wie vor drei Minuten auch schon.

Marie denkt an ihre Mutter und versucht, kein schlechtes Gewissen zu haben, aber sie fühlt sich trotzdem wie eine Verräterin. Sie stellt sich vor, wie sie traurig »Rummikub« für drei aufbaut und Sabine unter zurückgehaltenen Tränen erzählt, dass Marie abgesagt hat. Was ist sie nur für eine schlechte Tochter!

Im Flugzeug versucht sie, so oft es geht, aus dem Fenster zu gucken und den Ausblick zu genießen, ohne Panik zu bekommen. Die Erde durchzieht ein Karomuster, blasse grüne Quadrate wechseln sich mit Quadraten in verschiedenen Brauntönen ab, was die Welt aussehen lässt wie ein unfertiges Malen-nach-Zahlen-Projekt. Pfützenweise tauchen Städte auf. Dichte grüne Wälder wuchern wie Schimmel auf der Erde.

Sobald Marie bewusst wird, dass das, was sie sieht, keine abstrakte Projektion ist, sondern sie wirklich Tausende Meter in der Luft schwebt, nur durch ein paar Zentimeter Plexiglas vom Tod getrennt, muss sie eine Pause machen, die Augen schließen und sich in den Sitz klammern, als könnte er ihr mit seinem fragilen Gurt bei einem Absturz helfen.

Sie versucht es noch einmal, entdeckt einen See, dessen Wasser im Licht zittert, aber bekommt schließlich wieder Panik und gibt es auf, das Wunder des Fluges genießen zu wollen. Sie steckt sich Musik in die Ohren, schließt die Augen und döst. Wie bei jedem Flug üblich, ist Marie noch mindestens vier Mal bei jeder kleinen Turbulenz für einen kurzen Moment fest davon überzeugt, dass sie sterben wird, bevor sie sicher landen.

Der Captain verspricht per Durchsage siebenundzwanzig Grad Außentemperatur und bittet darum, keine Wertgegenstände liegen zu lassen. Und falls doch, dann bitte solche, die der Crew gefallen würden.

Noch während das Flugzeug über die Landebahn rollt, stehen die Ersten bereits auf und drängen zum Ausgang. Zehn Sekunden früher auszusteigen ist diesen Leuten anscheinend ihre Menschenwürde wert. Marie verlässt als eine der Letzten das Flugzeug. Da sie nur mit Handgepäck reist, muss sie auf keinen Koffer am Gepäckband warten und folgt den Schildern direkt zum angeschlossenen Bahnhof. Um sie herum spricht fast jeder Deutsch, und entsprechend wird viel gestaunt, als der italienische Zug fünf Minuten vor der Zeit ankommt, um dann auf die Sekunde genau abfahren zu können. Durch die Globalisierung bleiben nicht mehr viele Kulturschocks. Wie pünktlich die Bahnen in anderen Ländern sind, ist das letzte bisschen Exotik, das Deutsche aus ihrem Urlaub in Form von Anekdoten mitbringen können. Die Fahrt dauert knapp eine Stunde, dann kommt Marie endlich an ihrem Ziel an. Validanti. Eine Stadt, die sich vor etlichen Jahrhunderten in einen massiven Hügel gegraben hat und dort seitdem zwischen Bäumen und Fels ausharrt. Beim Aussteigen atmet sie die warme, trockene Luft ein und spürt zum ersten Mal seit der Landung, dass sie in einem anderen Land ist.

Sie streift durch die historischen Straßen und zieht ihren kleinen Koffer über das Kopfsteinpflaster klackernd hinter sich her. Hausfassaden aus hell- bis dunkelbraunen Steinen quetschen die Straßen zu kleinen Gassen zusammen. Die alten Häuser, die hier dicht aneinander stehen, haben in ihren steinigen Wänden bereits Generationen an Leben kommen und gehen gesehen. Sie standen schon, als die meisten Menschen dachten, die Erde sei eine Scheibe, und stehen noch heute, wo nur noch manche Menschen denken, die Erde sei eine Scheibe.

Ihre Geschichtsträchtigkeit gibt selbst den unbedeutendsten Kiosken eine gewisse Würde. Die vielen Lädchen wirken wie Museen, die ihre Ware nicht verkaufen, sondern ausstellen, als handelte es sich um Kunstwerke.

Die Trattorias, Osterias und Restaurants schwappen bis auf die Straßen. Marie muss mit ihrem Koffer Stühlen und Tischen ausweichen, an denen Menschen sitzen und Essen und Sonne speisen. Die Eindrücke der Stadt prasseln auf sie ein und verdrängen jeden Gedanken an Emil. Der Lärm von Tausenden Gesprächen, die drückende Hitze, der Geruch von Käse, Wein, Zitronen. Ab und an muss sie den Blick von den Schaufenstern abwenden. Zerfetzte Tierkadaver und große Brocken Fleisch, die aufgespießt von der Decke hängen, drehen ihr den Magen um. Die Gasse öffnet sich zu einem weiten Platz, ein See aus Kopfsteinpflaster, das in der Mitte von einem riesigen Kasten-Gebäude wiederum in zwei Gassen geteilt wird. Das Gebäude ist etwas zu eckig, so als wäre es aus Playmobil, und hat einen hohen Turm mit einer Reihe von Zinnen auf der Spitze und einer großen Glocke direkt darunter. Das Rathaus, vermutet Marie. Auf den breiten Stufen des Gebäudes sitzen ein paar Menschen und starren auf ihr Handy oder ziellos in die Gegend.

Marie nimmt die Gasse rechts vom Gebäude, wie von Google Maps empfohlen, und kommt an den Rand der Stadt. Hier ist der Ausblick nicht von Hauswänden versperrt. In der Ferne erstrecken sich Bergketten, überzogen mit grünen Wäldern, so weit weg, dass sie bereits verblassen.

Marie tut es weh, dass sie nicht zum Urlaubmachen hergekommen ist und dass sie das alles, die jahrhundertealten Häuschen, die lebendigen Straßen, die strahlende Sonne, den unglaublichen Ausblick nicht genießen kann.

Sie läuft die hüfthohe Mauer entlang, die die Stadtgrenze kennzeichnet, und gelangt zu dem Gebäudekomplex, den sie bereits von Bildern aus dem Internet kennt. Monastero Di Validanti Hotel & Spa, umrandet von einer eigenen Steinmauer. Marie läuft sie ab, bis sie an ein großes Tor kommt, das offen steht. Einen Schritt weiter, und sie ist auf demselben Grundstück, auf dem Emil gerade ist, denkt sie. Wahrscheinlich gerade ist. Er könnte auch in der Stadt sein, sie hätte ihm eben begegnen können, er könnte hinter jeder Ecke sein, ihr jeden Moment entgegenlaufen. An Marie kriecht Panik hoch wie tausend kleine Ameisen, und ihre Nackenhaare stellen sich auf. Bisher konnte sie die Realität recht erfolgreich auf Abstand halten, aber jetzt wird ihr die Irrwitzigkeit ihres Planes bewusst. Das ganze Vorhaben wirkt völlig wahnsinnig. Am liebsten will sie direkt umdrehen und zurück nach Deutschland. Ist das *Flucht* – eine falsche Bewältigungsstrategie? Oder eine begründete, normale Reaktion? Das zu unterscheiden, scheint ihr im Moment unmöglich. Wenn jemand in zehntausend Meter Höhe an einem seidenen Faden hängt und Panik bekommt, ist das ja auch kein Anzeichen für irrationale Höhenangst, sondern gesunder Menschenverstand. Hängt sie gerade an einem seidenen Faden? Oder reagiert sie über? Marie wünschte sich, ihre Therapeutin wäre hier, um es ihr zu sagen. Sie fühlt in ihrer Tasche nach den Tavor-Tabletten, die sie mitgebracht hat, aber sie kann spüren, wie ihre Aufregung von alleine nachlässt, und entscheidet sich gegen eine Tablette. Ihre Atmung wird langsamer, ihre Lunge bekommt wieder genug Luft, und Marie geht durch das Tor.

Im Gegensatz zu den Natursteinfassaden außen sind die Wände im Inneren des Gebäudes glatt und weiß. Über ihr wölbt sich die Decke wie in einer Kirche, und ein extravaganter Kronleuchter hängt mitten im Raum. Ein dicker weißer Marmorblock stellt die Rezeption dar, hinter der ein Hotelmitarbeiter Marie anlächelt. Er ist höchstens achtzehn Jahre alt, hat lange schlaksige Gliedmaßen und sieht aus, als flattere er für seinen Zweitjob vor Autohäusern im Wind.

Marie läuft an den vielen grauen Polstersesseln vorbei, die den harten Prunk des Raumes mit ihrer Gemütlichkeit etwas auflockern. Sie überprüft die Uhrzeit und stellt ein wenig stolz fest, dass sie die Rezeption auf die Minute genau zu ihrer angekündigten Ankunftszeit erreicht.

»Check-in?«, fragt der junge Hotelmitarbeiter. Seine

kurz geschorenen roten Haare passen zu den vielen Sommersprossen in seinem Gesicht.

»Ja«, meint Marie und korrigiert sich dann selbst, während sie ihren Personalausweis ungefragt auf den Tisch legt: »Sì!«

Doch das scheint unnötig, der Mitarbeiter lächelt und sagt in akzentfreiem Deutsch: »Herzlich willkommen«, während er auf der Tastatur seines Computers herumtippt. Er trägt eine dunkle Hose und ein dunkles Hemd, an dem ein silbernes Namensschild hängt. Marie versucht, seinen Namen zu lesen, als sie die Schlüsselkarte zu ihrem Zimmer überreicht bekommt. »Ihr Zimmer ist im dritten Stock, hinter Ihnen links durch die Tür finden Sie die Fahrstühle. Um hochzukommen, müssen Sie Ihre Zimmerkarte an den Sensor halten.« Seine Stimme ist sehr freundlich, aber leicht kratzig, so als hätte seine Kehle sich noch nicht vom Stimmbruch erholt, der anscheinend erst vor Kurzem wieder ausgezogen ist. »Frühstück gibt es von acht bis halb elf im Restaurant, das Gebäude gegenüber vom Pool. Falls Sie Lust haben, während Ihres Aufenthalts etwas zu unternehmen, vermitteln wir eine Reihe an Aktivitäten. Stadtführungen, Weinwanderungen, steht alles hier drin. Ich persönlich kann eine Besichtigung der Burg von Validanti sehr empfehlen. Die Aussicht von der Turmspitze ist einfach …«, er küsst die zusammengelegten Fingerspitzen wie ein Chefkoch, der sein Essen beschreibt, »… muah!« Dann reicht er ihr einen Flyer mit einer Stadtkarte und den verschiedenen Angeboten. »Fragen Sie einfach hier in der Rezeption nach, wenn Sie Interesse haben!« Er grinst sie mit einem breiten Lächeln an, das neun von zehn Zahnärzte beeindrucken würde.

»Danke«, sagt Marie und will sich auf den Weg zu ihrem Zimmer machen, hält dann aber inne. »Sorry, eine Sache noch. Ein Freund von mir sollte auch seit einigen Tagen hier sein. Emil Ratkevski.«

»Herr Ratkevski …«, überlegt der Rezeptionist und scheint dann einen Geistesblitz zu haben. Er winkt in Richtung der Fahrstühle. »Klar! Dort ist er ja«, sagt er und ruft: »Herr Ratkevski!«

Marie fällt tausend Meter tief. »NEIN!«, will sie schreien, aber es kommt lediglich ein Flüstern. »Nicht herrufen«, krächzt sie erfolglos. Sie wollte nur wissen, ob er wirklich da ist, nicht mit ihm reden! Sie ist noch nicht bereit!

Der Rezeptionist lächelt fröhlich. »Herr Ratkevski, eine Freundin von Ihnen ist hier!« Marie dreht sich langsam um – und sieht am Fahrstuhl einen älteren Mann stehen.

»Ja?«, fragt er und rümpft die Knollennase. Er ist mindestens siebzig, trägt einen gut sitzenden Anzug und hat volles schneeweißes Haar. Er sieht Marie verwirrt an. »Ratkevski«, sagt er und deutet auf sich. »Und Sie sind …? Kennen wir uns?« Marie versteht die Welt nicht mehr, ihre Kinnlade verliert den Halt und klappt herunter.

»Ähh, das ist«, stammelt sie, »das, äh … Entschuldigung, ich, das muss ein Missverständnis sein. Ich dachte, Sie sind jemand anderes.«

Der alte Mann grunzt abschätzig: »Bin ich ja anscheinend auch.«

Marie greift sich ihren Koffer.

»Das ist der einzige Ratkevski im Hotel«, klärt der Rezeptionist sie auf. »Ihn meinten Sie nicht?«

»Nein, Entschuldigung! Das ist ein Missverständnis!«, ruft Marie erneut und geht im Eilschritt davon. Neben den Fahrstühlen ist ein Treppenaufgang, den sie, ohne zu überlegen, nimmt. Sie springt über die Stufen bis zum dritten Stock, läuft den Flur entlang und flüchtet in ihr Zimmer. Erst als sie die Tür hinter sich zugeknallt hat und aufs Bett fällt, erlaubt sie sich, keuchend zur Ruhe zu kommen. Was war das?! Wer war das?! Sie dreht sich auf den Rücken und fasst sich an die schweißnasse Stirn. Eine Dachschräge mit weiß angestrichenen Holzbalken schiebt sich über ihr durchs Zimmer. Sie grinst vor Verwirrung. Emil ist plötzlich ein alter Mann? Was zur Hölle? Oder ist das sein Vater? Aber seine Eltern leben nicht mehr! Hat Emil zumindest behauptet. Spätestens jetzt sollte klar sein, dass sie nichts mehr glauben kann, was Emil je gesagt hat. Der Gedanke sticht Marie tief in die Brust, aber gleichzeitig ist sie auch etwas erleichtert. Ganz egal, wer der alte Mann ist, es ist nicht Emil. Und da es sich bei dem alten Mann offenbar um den einzigen Ratkevski im Hotel handelt, ist Emil nicht hier. Das war ihre letzte Chance, ihn zu treffen, jetzt wird sie ihn nie wiedersehen. Es ist vorbei. Und was beinahe noch schlimmer ist: Sie wird nie erfahren, warum. Damit muss sie sich abfinden. Das heißt aber auch:

Sie kann nun Urlaub machen oder es zumindest versuchen, wenn der Liebeskummer nicht doch noch durchbricht.

Sie richtet sich auf, steigt aus dem Bett und steckt die Karte in die Halterung an der Tür, wodurch das Zimmer zum Leben erweckt wird. Licht springt an, die Lüftung dröhnt.

Das Bad ist beige gefliest. Marie stellt sich unter die Dusche und versucht, die Verwirrung und die Aufregung abzuwaschen. Sie überlegt, ob sie prophylaktisch eine Tavor nehmen soll. Sich in Nebel hüllen, damit sie den Schmerz, der auf sie wartet, weiterhin nicht sehen muss. Aber noch geht es ihr auch ohne künstlichen Nebel erstaunlich gut. Vielleicht ist es die Erschöpfung der Reise, vielleicht die Verwirrung, vielleicht die kurzfristige Erleichterung, dass es nun endgültig vorbei ist. Wahrscheinlich ein Mix aus allem. Egal. Sie tritt aus der Dusche, und zum ersten Mal an diesem Tag grummelt ihr Bauch nicht vor Aufregung, sondern vor Hunger. Es ist bereits acht Uhr abends, und die einzigen Kalorien, die Marie bisher zu sich genommen hat, kamen von einem Kaffee.

Sie zieht sich an und macht sich auf die Suche nach dem Restaurant. Die Vorstellung, dem Opa von eben im Fahrstuhl zu begegnen, lässt sie erneut die Treppe nehmen. Das Restaurant ist nur über den Innenhof erreichbar. Es ist ein eigenes Gebäude, das wie ein Strich auf der Öffnung des U liegt und es zu einem unsauber gezeichneten Ü macht. Unter dem Vordach des länglichen Gebäudes stehen zahlreiche Tische und

Stühle, falls man im Freien speisen möchte. Aber von der Position aus wird man zwangsläufig von jedem Menschen gesehen, der aus dem Hauptgebäudekomplex zum Restaurant geht, weshalb diese Sitzplätze für Marie nicht infrage kommen. Der Opa läuft schließlich noch irgendwo hier herum, und auch wenn es nicht so schlimm ist, kurzzeitig aufeinanderzutreffen, wie gemeinsam im Fahrstuhl eingesperrt zu sein, möchte Marie liebend gerne darauf verzichten.

Im Restaurant ist es angenehm kühl. Die Wände aus geschichtetem Stein verschlucken das ohnehin schon gedämpfte Licht, das durch die getönten Scheiben fällt, und sorgen für eine Kerzenschein-Atmosphäre, obwohl keine einzige Kerze brennt. Ein paar Gitarrenakkorde schwirren in der Luft, live eingespielt. Der Musiker, der in einer Ecke des Restaurants an seiner Gitarre zupft, summt und brummt dazu, ohne wirklich zu singen. Marie landet auf der Suche nach einem freien Tisch nicht weit von ihm entfernt.

In Urlaubsregionen hat sie beim Essen häufig nur die Wahl zwischen Pizza und Pommes und, wenn sie Glück hat, Nudeln mit Tomatensoße. Aber sonst schleicht sich überall irgendwie Fleisch ein, als wäre es verboten, Gerichte ohne totes Tier zu kochen. Auch teurere Hotels bilden da keine Ausnahme. Nicht, dass sie besonders auf ausgewogene Ernährung achtet, aber nach einer Woche im Urlaub kann sie meistens spüren, wie jede ihrer Arterien, verstopft von Fett und Käse, den Geist aufgibt und ihr Körper nach irgendeinem Vitamin, egal welchem, verlangt. Aber das ist nach einer Woche. An den ersten Tagen, so wie diesem, schmeckt die Pizza Margherita noch fantastisch, und Marie bestellt sie mit großer Vorfreude.

Um nicht an Emil denken zu müssen, während sie auf ihre Pizza wartet, stürzt sie sich in ihr Handy. Eine rote Drei über dem Mail-Symbol warnt sie vor Arbeitsmails. Wie war das noch gleich? Die beste Erfindung der Welt ist das Telefon, denn man ist überall und jederzeit erreichbar; die schlimmste Erfindung der Welt das Telefon, denn man ist überall und jederzeit erreichbar. Marie ist sich nicht mehr sicher, wer diesen Satz gesagt hat, aber er hatte recht. Eine Mail ist von Heiner, er hat sie um halb zwölf in der vergangenen Nacht verschickt. Der Betreff lautet: »DER EINZIGE ZWECK DIESER MAIL IST ZU ZEIGEN, DASS ICH NOCH ARBEITE, SIE HAT NULL INHALTLICHE RELEVANZ, UND ALLES, WAS DARIN STEHT, WIRD MORGEN EH PERSÖNLICH BESPROCHEN.« Nicht wirklich, aber wirklich genug, um ignoriert zu werden. Marie geht die anderen beiden Mails durch, und für ein paar Sekunden schafft es der Arbeitskummer tatsächlich, ihren Liebeskummer auszustechen. Aber dann fängt der Typ an der Gitarre doch noch an zu singen.

Well, since my baby left me …

Er singt und spielt viel langsamer, als das Lied im Original es vorsieht. Mit einer tiefen, klaren Stimme, die wie ein Messer durch die Geräuschkulisse schneidet.

Well, I found a new place to dwell …

Sie nimmt von einem Moment auf den anderen alles im Raum ein. Vielleicht aber auch nur Marie. Sie blickt überrascht von ihrem Handy auf.

Well, it's down at the end of Lonley Street.
That Heartbreak Hotel, where I'll be …

Der Sänger sieht jünger aus, als er klingt, höchstens dreißig. Er hat dunkle Locken und stechend grüne Augen. Der Schmerz in seiner Stimme geht Marie so nahe, dass sie sich nicht sicher ist, ob sie nicht ein Echo ihres eigenen Kummers hört.

I'll be so lonley, baby. Well, I'm so lonley …

Er klammert sich um ihr Herz und drückt erbarmungslos zu.

I'll be so lonely, I could die

Verdammtes Arschloch, denkt Marie und spürt, wie ihre Augen feucht werden. Warum muss er ausgerechnet einen Song über Liebeskummer singen? Und warum dann auch noch so gut?! Ihre Pizza wurde serviert, ohne dass sie es bemerkt hat. Sie reißt sich ein Stück ab, beißt hinein und versucht angestrengt, die Musik auszublenden. Sie schluckt wütend einen Bissen nach dem anderen den Rachen hinunter. Dankbarerweise wird der Gesang wieder zum Gesumme, und das Gitarrenspiel übernimmt. Bis die Musik plötzlich ganz verstummt. Marie sieht überrascht von ihrer Pizza auf.

Ein älterer Mann mit langen grauen Haaren, die zum Pferdeschwanz gebunden sind, hat sich vor den Sänger gestellt. »Chi diavolo sei?«, fragt er, und als der Sänger ihn nicht versteht: »I am the singer for tonight. That's my job! Who are you?«

Der Sänger legt zur Antwort die Gitarre ab, und die Verwirrung des Älteren wird zu Wut: »You don't work here!«, ruft er.

Der Sänger hebt nur die Arme, als würde er sich ergeben. »Jahaaa!«, meint er genervt. »Ist ja gut, Mann!«, und geht davon. Marie lacht ungläubig. Mr. Heartbreak Hotel arbeitet hier gar nicht? Er ist ein Gast? Der einfach so gesungen hat? Ihr rutscht ein Stück nicht fertig gekaute Pizza in die Luftröhre, und sie fängt an zu husten. Als sie es endlich schafft, ihren Hals von dem Pizzastück zu befreien, ist der Sänger bereits verschwunden. Pferdeschwanz schüttelt den Vorfall ungläubig von sich ab und nimmt sich die Gitarre. Er spielt nicht halb so gut wie der Sänger vor ihm.

Zwei Pizzastücke und ein Mal auf die Rechnung warten später macht sich Marie auf den Weg in ihr Zimmer. Sie will diesen Tag endlich beenden, aber kommt nicht weit. Jemand blockiert den Fahrstuhl. Es ist der Sänger von eben, erkennt Marie. Er drückt verzweifelt Knöpfe. Sein Gesang auf Englisch war komplett akzentfrei, aber sein genervtes Deutsch gegenüber dem Pferdeschwanz ebenso. Marie entscheidet sich für Deutsch und schlägt vor: »Du musst deine Karte an den Sensor halten.« Er schreckt auf und dreht sich zu ihr um. Aus der Nähe erkennt Marie, dass seine grünen Augen rot unterlaufen sind. So als hätte er vor Kurzem geweint oder als würde er gleich weinen.

»Hm?«

Marie deutet auf den Sensor über den Etagenknöpfen. »Die Fahrstühle fahren immer runter, aber um hochzukommen, musst du deine Zimmerkarte da dranhalten.«

Der Mann lacht verlegen und bringt seine Locken zum Wippen. »Ah, natürlich, das ergibt Sinn«, sagt er spöttisch. »Fahrstuhlschwarzfahrer sind schließlich ein großes Problem. Fan-tas-tisch, dass dagegen Maßnahmen getroffen werden.« Seine Stimme schwankt ordentlich, wahrscheinlich ist er angetrunken. Er kramt seine Karte hervor, um sie dem Sensor zu präsentieren, aber sie fällt ihm direkt aus der Hand. Er bemerkt es nicht einmal. »In welche Etage muss ich noch gleich?«

Okay, nicht angetrunken, merkt Marie, sondern sturzbesoffen. Sie hebt seine Karte auf und liest von dem Umschlag ab, in das sie eingesteckt ist. »Etage zwei, Zimmer zwölf.« Sie hält die Karte an den Sensor und drückt auf den richtigen Knopf.

»Ich kenn dich«, sagt der Sänger, als sich die Türen schließen und der Raum sich in Bewegung setzt. »Du warst eben im Restaurant. Sorry, dass ich dich mit meiner Musik genervt habe …«, pampt er leicht vorwurfsvoll. »Die Gitarre lag da einfach rum, und ich hatte das Gefühl, wenn ich jetzt nicht singe, dann platze ich.«

»Das hat mich nicht genervt«, protestiert Marie.

»Ach so«, meint der Mann. »Also hast du immer diesen Gesichtsausdruck, wenn dir etwas gefällt?« Er verzieht das Gesicht und tut so, als würde er wütend in eine imaginäre Pizza beißen. »Das bist du«, erklärt er sein Pantomimenspiel unnötigerweise. »Als ich angefangen habe zu singen, hab ich dich genau gesehen.«

Die Fahrstuhltüren öffnen sich wieder, und er steigt aus.

»Das war … Ich war … So hab ich nicht ausgesehen!« Marie läuft ihm hinterher, eher beleidigt über seine Imitation als verlegen.

»Jaja«, meint der Mann nur und bleibt abrupt stehen. »Oh Gott, meinst du, jemand hat den Auftritt gefilmt? Meinst du, das postet jemand?!«

Marie schließt zu ihm auf, aber er läuft bereits weiter. »Das gäbe bestimmt 'ne Schlagzeile …«, sagt er und malt theatralisch einen Strich in die Luft, auf der sie stehen könnte: »Peinlich-Auftritt von Sänger Tom!«

»Sänger Tom …«, wiederholt Marie. Das kommt ihr bekannt vor, aber sie kann es nicht genau zuordnen. Er bemerkt ihre Verwirrung.

»Oh …«, sagt er ertappt, »du wusstest gar nicht, wer ich bin, und jetzt hab ich's verraten, oder?«

Seine Augen kullern ungehalten von links nach rechts. Wenn es wahr ist, dass Betrunkene ihr wahres Ich zeigen, dann ist Toms wahres Ich ein siebenjähriges Kind, das längst ins Bett müsste.

»Vielleicht«, meint Marie.

Sie kommen an seinem Zimmer an.

»Bitte googel mich nicht!«, meint er und sucht nach seiner Karte.

»Mach ich nicht.«

»Versprochen?« Seine Hände wandern durch leere Hosentaschen, ohne etwas zu finden.

»Versprochen«, sagt Marie. Sein Tasten wird immer ungehaltener und leicht panisch. Endlich hält Marie ihm die Karte hin.

Er hört erleichtert auf zu kramen, »Oh!«, und nimmt sie an.

»Danke ... Leee... Jaaaa... Fraaaa... Johaaaannn ...?«

Marie denkt kurz, er hat einen Schlaganfall, aber versteht dann, dass er ihren Namen sucht.

»Louuuuu... Lauuuu... Sussaaaann... Maaaa...«

»Marie.«

»Marie! Sag ich doch! Danke fürs Nachhausebringen, Marie!«

Sie lächeln sich zum Abschied an. Als Marie durch den Flur zurück zum Fahrstuhl geht, hört sie, wie Tom seine Tür schließt. Sänger Tom. Woher kennt sie ihn noch mal?

Das Gewicht des Tages fängt an, ihr auf die Schläfen zu drücken. Kopfschmerzen kündigen sich an, und sie entschließt sich, ihr Versprechen zu halten. Das Einzige, was sie heute noch googeln wird, ist, wie viel Ibuprofen man auf einmal nehmen kann, ohne zu sterben.

11

Der Handywecker reißt Tom aus einem surrealen Traum, um ihn zu warnen, dass er bald das Hotelfrühstück verpasst. Er öffnet die verklebten Augen und hängt noch ein paar Sekunden zwischen den geistigen Aggregatzuständen träumend und wach fest. Bis sich die Erinnerung an den Traum verflüchtigt und nur mehr vage in der Luft schwebt. Da, aber nicht greifbar, wie Kaffeegeruch am Morgen. Irgendwas mit Hunden beim Kacken, denkt Tom und drückt verwirrt auf »Snooze«, um den Wecker zum Schweigen zu bringen. Noch bevor er die Augen wieder schließen kann, ohrfeigen ihn Fragmente des gestrigen Abends. Er war einsam, traurig und frustriert. Aber statt sich einfach auf sein Zimmer zu verkriechen, wie einsame, traurige, frustrierte Menschen mit Würde es tun würden, ist er auf die Bühne gestolpert und hat sich vor dem gesamten Restaurant blamiert. In seiner Erinnerung hört er sich stundenlang mit der Gitarre in der Hand rumschreien. Er sieht Hotelgäste, die angewidert mit dem Finger auf ihn zeigen oder spöttisch lachen. Der Alkohol war schuld! Normalerweise trinkt Tom nicht viel, weil immer irgendetwas ansteht. Auftritte, Drehs, Studiotage. Aber als er gestern im Restaurant saß, musste er zum ersten Mal seit dem Unfall einsehen, dass er nichts mehr hat. Es gab nichts, dass ihn aufhielt, nicht einmal mehr Hoffnung.

Der Wecker klingelt schon wieder, und diesmal drückt Tom auf »Stopp« und hofft, dass damit nicht nur das Klingeln endet.

Er war noch nie gut darin, einen Tag anzufangen. Tom braucht länger zum Aufstehen als ein Windows-Rechner zum Hochfahren. Meistens sind Aufstehen und Aufwachen bei ihm auch zwei unterschiedliche Ereignisse. An diesem Morgen steht er um neun Uhr auf, und eine halbe Stunde später unter der Dusche wird er wach. Tom lässt das Wasser über seinen Schädel laufen und versucht, sich noch einmal an seinen Traum zu erinnern, aber kriegt nicht mehr zusammen als den Gedanken, dass es wahrscheinlich keine Haltung auf der Welt gibt, die einem Lebewesen mehr Würde entziehen kann als die Pose, die Hunde beim Kacken einnehmen.

Nach der Dusche stellt er verwundert fest, dass sich Kopfschmerzen und Übelkeit in Grenzen halten. Er hat keinen bemerkenswerten Kater, vermutlich, weil er so früh ins Bett gegangen ist. Und damit stößt er endlich auf die Erinnerungen an Marie.

Sein verkaterter Kopf kriegt nicht viel mehr zusammen als einen schemenhaften Umriss mit wenigen scharfen Details: wunderschöne Augen, eine kleine, spitze Nase, ein Grübchen auf der linken Seite. Sie war witzig, schlagfertig, clever.

Mit einem Mal fällt ihm ein, dass sie ihm geholfen

hat, sein Zimmer zu finden. Und dass er direkt davon ausgegangen ist, sie würde ihn kennen.

Du arrogantes, peinliches, betrunkenes Arschloch, denkt Tom und verzweifelt vor Scham. Hat er ihr ernsthaft gesagt, dass sie ihn nicht googeln soll?

Tom lässt sich mit dem Gesicht zuerst aufs Bett fallen und versucht, die Erinnerung zu verdrängen. Wenn man ständig davon ausgeht, dass fremde Menschen einen erkennen und hassen, dann ist das normalerweise eine zu behandelnde Wahnvorstellung. In Toms Fall ist es seit dem Tod von Bello einfach Alltag. Er wäre für Psychotherapeuten vermutlich ein frustrierender Patient.

»Wenn Sie davon ausgehen, dass ganz Deutschland Sie hasst, müssen Sie sich klarmachen, dass das Gefühl nicht in der Realität verwurzelt ist, sondern in Ihrer eigenen Unsicherheit.«

»Aber Doc, es steht so auf dem Cover der BILD: Alle hassen Tom.«

»Oh.«

Dabei sind Prominenz und Anonymität so gut vereinbar wie noch nie. Früher wurde ganz Deutschland eine Hand voll Prominente aufgedrängt, und die kannte man dann, ob man wollte oder nicht. Heute darf sich jeder seine eigenen Prominenten suchen. Es gibt Menschen auf TikTok, die eine Million Follower haben, die aber abgesehen von dieser einen Million wirklich niemand auf der Straße erkennen würde. Kurz nach seiner Hit-Single hat Tom jegliches Gefühl dafür verloren, wie prominent er tatsächlich ist. Seitdem vergeht kein Tag, an dem ihn nicht mindestens eine fremde Person erkennt und anspricht.

Er kann sich schon gar nicht mehr richtig daran erinnern, wie es war, komplett anonym zu sein. Es ist wie mit einer verstopften Nase. Erst wenn man nicht mehr vernünftig atmen kann, wird einem bewusst, dass frei zu atmen gar nicht selbstverständlich ist. Dann schnieft man und erinnert sich an die Zeit zurück, als man noch durch beide Nasenlöcher geatmet hat, und denkt sich: »Ach, was war ich dekadent!« Tom bereut es sehr, seine Unbekanntheit nicht mehr genossen zu haben. Er kann jedenfalls nie wieder denken: »Ups, das war peinlich, aber zum Glück kennt mich hier niemand«, zumindest nicht ohne Zweifel. Vorher, als ihn alle geliebt haben, war das gar nicht so schlimm. Aber jetzt macht es ihn fertig. Jetzt muss er sich nicht dauernd fragen, wer heimlich ein Foto von ihm will, sondern wer gerade plant, ihn umzubringen.

Auch als er sich etwas später an dem aufgebauten Frühstücksbüfett im Restaurant bedient, versucht er zu erkennen, wer von den anderen Gästen ihn beobachtet.

Bestimmt kennt ihn hier wieder mindestens eine Person, denkt er. Wie kann er sich gleichzeitig beobachtet und einsam fühlen?

Seit dem Unfall haben sich alle von ihm abgewendet, als hätte er eine ansteckende Krankheit, die sich allein über die Assoziation mit ihm verbreiten könnte. Aber wie einsam er wirklich ist, wurde ihm erst in den letzten paar Tagen klar. Wäre es schon immer so gewesen, würde er eventuell besser damit zurechtkommen. Doch der Absturz von sozialer Dauerbeschallung zu kompletter Isolation war tiefer, als er verkraften kann. Er ist ja schon ungern allein, aber einsam? Damit kommt er genauso wenig klar wie ein Fisch ohne Wasser. Es ist schrecklich. Aber was soll er tun? Was kann er tun?

Tom schaufelt sich ein Spiegelei auf den Teller und seufzt. Da sieht er aus dem Augenwinkel etwas, was seine Synapsen aufleuchten lässt. Nicht etwas, sondern jemanden. Eine Person. Zu seiner Überraschung erkennt er sie sofort. Sie hat lange schwarze Haare und trägt einen dicken Pony, der an den Seiten länger wird und ihr Gesicht einrahmt wie ein Kunstwerk. Ihre spitzen Lippen, die feinen Augenbrauen, selbst die schweren Augenringe passen irgendwie perfekt zueinander. Wie ein Kunstwerk eben, denkt Tom und will sich für seine Kitschigkeit schämen, aber da winkt er plötzlich, ohne dass er es seiner Hand befohlen hätte, und auch seine Stimme macht sich selbstständig: »Hey, Marie!«

Marie ist nach Italien gekommen, um Antworten zu verlangen und die anstrengenden Gedankenschleifen endlich zu stoppen. Stattdessen hat sie nur noch mehr Fragen gefunden, und die Gedankenschleifen sind bloß länger geworden: »Warum hat Emil mich so fallen gelassen?«, »Was habe ich falsch gemacht?«, »Warum zieht er so plötzlich aus?«, »Wer ist der alte Opa, der auch Ratkevski heißt?«. Sie möchte endlich aufgeben und akzeptieren, dass sie die Fragen nicht lösen, die Beziehung nicht retten kann, aber ihr Kopf lässt sie nicht. Es ist wie ein anstrengender Ohrwurm, nur statt Musik hört sie dauernd erniedrigende Dinge über sich selbst. Warum kann sie nicht einfach aufhören zu denken?

Sie nimmt einen tiefen Schluck Kaffee und starrt auf ihr Frühstück. Eine Schüssel Cornflakes. Die bunten Zuckerkugeln weichen in der Milch auf. Sie hat den ganzen Morgen im Bett festgeklebt und es nur geschafft, sich von der Matratze zu lösen, weil sie das Frühstück nicht verpassen wollte. Und jetzt kriegt sie keinen einzigen Löffel runter. Den Rest des Tages wird sie wieder liegend verbringen, entweder im Bett oder, wenn sie es schafft, in der Nähe eines der vielen Pools im Hotel. Normalerweise wäre das ein Tagesplan, über den sie sich freuen würde, aber im Moment ist sie sich sicher, dass sie durch die Ruhe erst so richtig ins Grübeln kommen wird, statt »abzuschalten«.

»Hey, Marie!«

Sie braucht einen Moment, um zu verstehen, dass nicht eine andere Marie gemeint ist. Viel zu spät dreht sie sich um und sucht nach der Quelle des Ausrufs. Sie findet einen jungen Mann mit schwarzen Locken und grünen Augen einige Meter von ihr am Frühstücksbüfett. Auf einer Hand balanciert er einen voll beladenen Teller, die andere Hand winkt ihr sanft zu. Tom, erkennt sie und freut sich. Ohne sagen zu können, warum. Sie winkt zaghaft zurück.

Er scheint ein paar Sekunden darüber nachzudenken, welcher nächste Schritt bei dieser Interaktion der angemessene wäre, und entscheidet sich für den auf sie zu.

»Das gestern war nicht mein bester Abend …«, sagt Tom verlegen, als er an ihrem Tisch ankommt. »Normalerweise bin ich weniger peinlich.«

»Wie viel weniger peinlich denn?«

Tom verengt Zeigefinger und Daumen, um eine ganz winzige Menge anzudeuten, was Marie zum Lachen bringt. Aber durch die Geste gerät der Teller in seiner Hand außer Balance, und ein fettiges Spiegelei flutscht beinahe über Bord.

»Setz dich, bevor du dein Frühstück wegschmeißt«, bietet Marie an, und Tom nimmt tatsächlich Platz.

Die Röte unter seinen Augen ist verschwunden, dass er gestern so betrunken war, kann Marie ihm gar nicht mehr ansehen.

»Ich habe dich übrigens nicht gegoogelt«, meint sie, »wie versprochen.«

Tom versteckt das Gesicht hinter den Händen.

»Das habe ich wirklich gesagt, oder?«, fragt er schmerzerfüllt. »Ich hatte gehofft, das war nur ein Albtraum.«

»Kein Albtraum, sondern ganz reale, peinliche Arroganz.«

Nicht ganz, denkt Tom. Es war Angst. Angst, dass du mich auch hasst, wenn du herausfindest, was ich angeblich getan habe. So wie mich plötzlich alle hassen. Aber das sagt er natürlich nicht.

»Normalerweise bin ich weniger arrogant«, behauptet er stattdessen und deutet wieder eine ganz kleine Menge mit den Fingern an.

»Muss ich mein Versprechen für immer halten?«, fragt sie. »Oder darf ich nachsehen, ob du wirklich prominent bist?«

»Du musst es halten!« Er sticht mit seiner Gabel in eine Wurst. »Katerfrühstück«, meint er, als er bemerkt, dass Marie das Fett-Festival auf seinem Teller anstarrt.

»Ich kann morgens nichts Deftiges essen«, erklärt Marie ihr leicht verzogenes Gesicht. »Ehrlich gesagt … ich kann morgens selten überhaupt was essen …«

Sie werfen beide einen Blick auf ihre Cornflakes, die mittlerweile aufgeweicht sind und die Milch bunt verfärbt haben.

Nach diesem Blick folgt eine unbegründete Stille, die deutlich macht, dass das Gespräch sein natürliches Haltbarkeitsdatum überschritten hat. Tom wird leicht panisch.

Ich will nicht, dass sie geht, denkt er. Ich will nicht wieder einsam sein. Aber ihm fällt kein Grund ein, den er nennen könnte, damit sie mehr Zeit miteinander verbringen. Zumindest kein realer.

»Ich habe eine Stadttour gebucht, willst du dich anschließen?«

Marie zögert. Natürlich zögert sie, was für ein dummes Angebot, denkt Tom und will sich ohrfeigen. Sie hat schon andere Pläne, sie ist im Urlaub! Und zwar ganz sicher nicht alleine!

»Nicht nur du«, versucht Tom, sein Angebot zu retten, »komm gern zusammen mit … mit wem auch immer du hier bist.«

Marie räuspert sich. »Ich bin alleine hier«, gibt sie zu. »Lange Geschichte.«

»Oh, ich auch!«, ruft Tom etwas zu euphorisch. Er fängt sich wieder. »Auch eine lange Geschichte«, sagt er betont nonchalant.

Marie grinst spöttisch. »Wir haben ja sooo viel gemeinsam«, schwärmt sie, was Tom zum Lachen bringt. Ein herzliches, ehrliches Lachen, dessen Klang ihr sehr gefällt. Aber sie hat nicht wirklich Lust auf eine Stadttour. Vor allem nicht mit einem Fremden, denn Freundlichkeit und hübsches Lachen hin oder her, Tom ist ein Fremder. Andererseits … macht ihn das nicht, rein statistisch, ungefährlicher? Bei einem Großteil der Gewalttaten, vor allem gegen Frauen, kommt der Täter aus dem engen Kreis der Familie. Jeder True-Crime-Podcast, den sie hört, hat mindestens hundert Folgen, in denen Väter, Ehemänner, Freunde oder Ex-Freunde die Hauptrolle einnehmen. Fremde spielen selten mit. Eigentlich müsste man Kinder nicht vor Fremden warnen, sondern vor der eigenen Familie. Und wenn Tom tatsächlich kein Mörder ist und sie wirklich nur eine Stadttour machen, hätte sie etwas anderes zu tun, außer zu grübeln. Sie hat zwar keine Lust auf eine Stadttour, aber auf Grübeln hat sie noch weniger Lust. Es klingt nach Ablenkung, und die kann sie gerade sehr gut gebrauchen.

Allein wird sie doch nur im Bett versinken, allein wird es ein verlorener Tag werden voller Dunkelheit und Schmerzen. Von denen hat sie für ein Menschenleben bereits mehr als genug erlebt. Und wenn er sie tatsächlich umbringt … auch okay. Ebenfalls nicht mehr grübeln.

»Gut«, sagt sie, »ich komme mit auf die Tour.«

Tom ist erst überrascht, dann glücklich. Wie ein Kind, das nach einer Extrakugel Eis gefragt hat und tatsächlich eine bekommt. Sie vereinbaren, sich in zwei Stunden in der Lobby zu treffen. Aber kaum lässt Marie ihn alleine, verschwindet Toms Lächeln. Dass es diese Touren gibt, hat er in einem Flyer in der Lobby gesehen, als er vor einigen Tagen eingecheckt hat. Aber er hatte keine Tour gebucht. Er weiß nicht einmal, ob es heute eine gibt.

»Was sollte das denn«, flüstert Tom sich selbst zu, »warum habe ich das gesagt?«

12

Das Kopfsteinpflaster glüht von der Mittagshitze. Marie und Tom streifen durch die Straße auf dem Weg zum Treffpunkt für den Start der Tour. Marie versucht, den angenehmen Wind einzuatmen, der ausschließlich in der Nähe von großen Gewässern wohnt. Ihre Gedankenspiralen drehen sich ungewohnt langsam, die Ablenkung scheint bereits zu funktionieren. Tom wirkt ebenfalls gut gelaunt, er hat ein leichtes Hüpfen in seinem Gang. Gestern Abend hat er so unglaublich traurig ausgesehen, denkt Marie, und jetzt hüpft er durch die Straßen. Sie beneidet ihn regelrecht darum.

Sie schweigen sich bereits den ganzen Weg an, und bevor die Stille zwischen ihnen unangenehm wird, will sie ein Gespräch starten. Sie sucht einen Anfang, wie man bei der Tesafilmrolle nach einem Ansatz zum Abknibbeln sucht, aber findet auch nach mehreren Umdrehungen nichts.

»Und du hast die Tour eigentlich für dich allein gebucht?«, probiert es Marie.

Tom lächelt nervös. Er kann sich noch immer nicht erklären, aus welcher Hirnwindung die Lüge kam. Sobald Marie den Frühstückstisch verlassen hatte, rannte er zur Rezeption. Aber dort hieß es, man habe so spontan keine privaten Touren. Im Internet fand er dann doch noch eine. Sie war mit wenigen Klicks gebucht, gerade noch rechtzeitig. Sonst hätte er Marie beichten müssen, dass die Tour bloß ein Vorwand war, damit sie etwas mehr Zeit zusammen verbringen würden. Erzählen, dass er sich gerade so einsam fühlt wie noch nie in seinem Leben und dass Marie die erste Person seit Langem ist, die ihn nicht hasst oder nur dann mit ihm redet, wenn es ihr beruflich irgendwie weiterhilft. Das klingt erbärmlich, verzweifelt und nach einer ganzen Reihe weiterer Adjektive, mit denen Tom nicht assoziiert werden möchte.

»Die Tour hab ich schon vor einiger Zeit rausgesucht und mich richtig drauf gefreut«, lügt er, »aber meine Begleitung ist abgesprungen. Also passt es super, dass du spontan mitkommst.« Zum Glück stellt Marie keine weiteren Fragen.

Ihr Guide ist eine kleine, aber sehr kräftige Frau namens Annabella. Sie wartet bereits schwitzend vor der Kirche, dem ausgemachten Treffpunkt für den Stadtrundgang.

»Tom e Marie?«, ruft sie fragend, und die beiden winken zur Antwort. Die steinigen Wände der Kirche bieten keinen Schatten, die Sonne steht mittig und brennt ihnen auf die Köpfe. Von Annabellas Stirn regnen dicke Schweißperlen. Hoffentlich spricht sie einigermaßen akzentfrei Englisch, denkt Tom.

Annabella wischt sich den Schweiß mit einem Tuch

von der Stirn, das bereits völlig durchnässt ist. Sie schüttelt den Kopf.

»Abbastanza caldo oggi, ma la città è piuttosto deserta!«, sagt sie, und ihre Stirn ist schon wieder nass von neuem Schweiß. »Bello che tu sia interessato alla storia di Validanti!« Sie zeigt auf die Kirche. »Iniziamo il tour oggi proprio dalla chiesa, poi attraversiamo il mercato e ti mostrerò alcuni degli edifici più importanti. Iniziamo subito?«

Tom schluckt laut. In seiner Panik und unter dem Zeitdruck hatte er anscheinend auf »Buchen« geklickt, ohne zu kontrollieren, in welcher Sprache die Tour gehalten wird. Was nicht wirklich zu seiner Lüge passt. Warum sollte er »aus Versehen« eine Tour auf Italienisch buchen, wenn er sie angeblich schon vor so langer Zeit rausgesucht hat? Während er überlegt, was er sagen kann, ohne dass seine Lüge in sich zusammenbricht, guckt Annabella ihn erwartungsvoll an. Anscheinend galt die Frage ihm. Tom spricht genau drei Worte italienisch. Was jetzt? »Ähhh, sì!«, sagt er. Es scheint die richtige Wahl gewesen zu sein. Annabella lächelt und spricht weiter. Tom versteht kein einziges Wort. Er schaut vorsichtig zu Marie. Die wirkt ebenfalls kurz überfordert, dann jedoch lächelt sie und nickt verständnisvoll. Tom stöhnt erleichtert. Immerhin kann sie Italienisch, denkt er, also alles noch mal gut gegangen. Nur, dass er jetzt erst recht nicht mehr zugeben kann, kein Italienisch zu können und die falsche Tour gebucht zu haben. Vielleicht kommt er damit ja durch. Er muss nur lang genug die

Klappe halten, und es wird niemandem auffallen, dass er nichts versteht. Und dass er Marie heute angelogen und die Tour erst vor wenigen Minuten gebucht hat.

Insgesamt laufen sie knapp zwei Stunden durch die Stadt. Zu Beginn kann Tom den Rundgang nicht genießen, weil er Angst hat, doch noch aufzufliegen, aber nach und nach stellt sich heraus, dass sich sein Gesprächsanteil ohne Probleme auf Nicken und Lächeln reduzieren lässt. Wenn Annabella redet, beobachtet er immer mal wieder Marie, die den Ausführungen hoch interessiert zu folgen scheint. Sie nickt und lächelt ebenfalls sehr viel, erwidert aber nichts. Schade, denkt Tom, er hätte gerne gehört, wie sie Italienisch spricht. Annabella hingegen redet in einem fort. Kein Gebäude, zu dem sie nichts zu erzählen hat, anscheinend kennt sie jeden einzelnen Stein, der in dieser Stadt verbaut ist, beim Namen. Dabei verliert sie so viel Schweißwasser, dass man der Ortschaft einen zweiten See schenken könnte, wenn man es aufsammeln würde. Die arme Frau keucht und japst und schwitzt, aber unterbricht nicht, sondern redet tapfer weiter über Straßen und Gebäude. Ohne dass Tom sie versteht. Immerhin versteht Marie sie, und die arme Frau redet nicht ganz umsonst, denkt er.

»Siamo ora nel centro della città, che nel medioevo fu notevolmente ampliato. Mentre i restanti edifici risalgono probabilmente al periodo etrusco, qui è chiaramente visibile lo stile architettonico più medievale.«

Tom nickt, Marie nickt, und weiter geht's.

»Tutto è incredibilmente ben conservato e la maggior parte degli edifici sono monumenti elencati.«

Annabella hat eine Handtasche, deren Träger ihr beim Reden gelegentlich von der Schulter rutscht. Sie laufen durch kleine Gassen, zwischen denen irgendwelche Kabel träge durchhängen. Die Fenster der Häuser haben Holzklappen statt Jalousien, und die Türen sind aus dickem Holz. Häuser aus altem Stein wechseln sich ab mit neueren Häusern, deren Wände in Pastellfarben gestrichen sind und die unerklärlicherweise älter aussehen als die historischen Gebäude um sie herum. Tom hat das Bedürfnis, jede Ecke zu fotografieren, aber muss nach drei Versuchen feststellen, dass die Fotos die Magie der Realität nicht einfangen können. Keine Technologie der Welt kann die Seelen dieser jahrhundertealten Gassen greifen, sie sind nur vor Ort spürbar.

Nach einigen Abbiegungen kommen sie an einen Marktplatz. Die Stände werden bereits abgebaut. Würste werden wieder eingepackt, und buntes Obst und Gemüse verschwinden kistenweise in Kofferräumen. Sie steuern eine etwas schattigere Ecke an, als Annabella plötzlich ins Stocken gerät. »Non è stato fino al diciottesimo secolo che è venuto … Mi scusi, penso … devo sedermi un momento!« Ihre Handtasche gleitet von ihrer Schulter. Sie wackelt ein paar Schritte, lehnt sich an die Wand und rutscht schließlich auf den Boden. Tom und Marie eilen zu ihr. Annabella sitzt keuchend am Straßenrand, den nassen Rücken gegen eine Hauswand gelehnt. Die arme Frau atmet zwanzigmal pro Sekunde aus. Sie zeigt auf Tom.

»Ho bisogno della mia borsa!«, ruft sie ihm zu. »Ho bisogno della mia borsa!«

Tom schaut Marie panisch an. »Was will sie?!«, schreit er.

Marie friert ein. »Was? Weiß ich nicht! Du verstehst sie doch! Ich kann kein Italienisch!«

»Ich?!«, ruft Tom. »Nein! Du sprichst Italienisch! Nicht ich! Was will sie?«

Annabella reißt die Augen auf.

»Ich weiß es nicht! Ich verstehe kein Wort Italienisch!«, kreischt Marie.

»ICH DOCH AUCH NICHT!«

Währenddessen kriecht Annabella auf allen vieren an Tom vorbei und greift nach ihrer Handtasche, die neben ihm liegt.

»You don't speak Italian?«, fragt sie empört und kramt in der Handtasche.

»I've been talking for two hours and you understood nothing!?«

Sie zieht eine Spritze aus der Tasche und sticht sich in den Oberschenkel. Dann lehnt sie sich wieder gegen die Wand, und ihre Atmung beruhigt sich ein wenig. Tom bietet ihr eine Wasserflasche aus seinem Rucksack an.

»Why didn't you say anything?«, fragt Annabella empört. »Why did you let me talk in Italian all this time?«

Sie greift nach der Flasche und trinkt sie in wenigen Schlucken leer.

»I am so sorry!«, meint Tom, und Marie pflichtet ihm bei. »Sorry! Really!«

»Are you alright?«, fragt Tom vorsichtig.

Annabella rappelt sich auf.

»It was an insulin shock, the pen helped me, I am fine. But the tour is over.«

Trotz der Schuldgefühle schmeckt das Eis fantastisch. Tom und Marie sitzen auf einem kleinen Mauerabschnitt und schlecken sich das schlechte Gewissen weg, ohne miteinander zu reden. Als Tom bei der Waffel ankommt, fängt er an zu kichern.

»Was?«, fragt Marie.

»Warum hast du nichts gesagt?« Tom lacht. »Warum hast du so getan, als könntest du Italienisch?«

»Ich?!«, fragt Marie ungläubig. »Du hast zuerst! Du warst …« Jetzt lacht sie auch. »Das war eigentlich überhaupt nicht lustig!«, sagt sie und lacht weiter. »Die arme Frau!«

Tom spuckt vor Lachen ein Stückchen Eiswaffel aus, was das Gelächter der beiden weiter anfeuert. Es ist extrem befreiend. Sie hören erst nach mehreren Minuten vor Erschöpfung langsam auf.

»Das tat mir so leid«, sagt Marie, und Tom nickt.

»Ja«, meint er und hustet noch einen letzten Lacher aus, »mir auch, die Arme!«

»Wenn du willst, können wir morgen mal eine Tour

auf Spanisch ausprobieren«, schlägt Tom vor. »Oder Taiwanesisch?«

Marie lächelt. »Klingt sehr verlockend. Aber ich muss morgen schon wieder nach Hause.«

»Oh.« Der Ausruf gibt mehr Enttäuschung preis, als ihm lieb ist. »Dann bin ich wieder ganz alleine hier?«

»Tut mir leid.«

Tom schaut über die Kopfsteinpflasterstraße vor ihnen. Die Sonne ist bereits etwas weiter zum Horizont gerutscht, und die Schatten fangen ganz langsam an, sich zu strecken.

»Was ist denn die lange Geschichte?«

»Hm?!«

»Du hast doch gesagt, dass es eine lange Geschichte ist, warum du alleine hier bist.«

»Ah. Du zuerst.«

Toms Kiefer verspannt sich. Sie geht sowieso morgen, denkt er, da kann er es ihr auch erzählen. Außerdem ist nach seiner letzten Lüge gefühlt beinahe ein Mensch gestorben. Vielleicht ist die Wahrheit jetzt mal damit dran, ihm auf die Füße zu fallen.

»Na gut«, seufzt Tom. »Kennst du Bello? Diesen Hund aus dem Fernsehen?«

»Ich glaube … hat der nicht eine Serie oder so?«

»Und einen Film! Einen extrem erfolgreichen Film! Wie hast du das nicht mitbekommen?«

Marie beißt beschämt in ihre Waffel. »Keine Ahnung … ich hab halt meine Filterblasen …«

Dass sie weder ihn noch Bello kennt, gibt ihm eine gewisse Genugtuung. Es macht die Welt, aus der er kommt, mit ihren Lanzingers und Studio-Deals, ihren Managern und Marketingstrategien, ein wenig kleiner. Unwichtiger.

»Jedenfalls«, sagt Tom und stockt. Wäre es nicht viel schöner, wenn Marie niemals von Bellos Tod erfahren würde? Um noch einen Moment länger mit ihr zusammen in einer Welt zu leben, in der all das nicht existiert? Er seufzt. Ja, es wäre schöner, aber sie wird es sowieso erfahren. Da kann er auch zu seinem Wort stehen und es selbst erzählen. »Jedenfalls«, setzt er wieder an, »sollte ich beim nächsten Film mitspielen. Aber der Trainer von Bello hat den Hund totgefahren.«

»Oh mein Gott!«

»Das ist gar nicht der schlimme Part«, meint Tom. »Er … er hat mir den Unfall angehängt. Und jetzt denkt die ganze Welt, ich hätte Bello ermordet.«

Marie verzieht das Gesicht. Gleich wird sie davonstürmen, denkt er. So, wie alle davongestürmt sind. Sein Vater. Emma. Lanzinger. Selbst der Nachbarsjunge Simon. Aber Marie schüttelt nur den Kopf.

»Ich finde den Part, in dem der Hund stirbt, wesentlich schlimmer.«

Er wartet darauf, dass sie noch etwas ergänzt. Etwas wie »Ich möchte trotzdem nichts mehr mit dir zu tun haben«. Aber das ist alles. Das ist ihre gesamte Reaktion auf diese Nachricht. Tom kratzt sich verlegen am Kinn und kommt sich dämlich vor. »Mich hat das alles ziemlich ruiniert«, gibt er zu. »Die Geschichte hat von einem Tag auf den anderen meine Karriere beendet. Ich kann kein Musiker mehr sein.«

»Und was warst du gestern, als du gesungen hast?«

»Das ist was anderes«, meint Tom. »Außerdem wurde ich von der Bühne gejagt, falls du dich erinnerst.«

»Stimmt. Aber du kannst doch auch Musiker sein, wenn du nicht als Musiker arbeitest, oder?«

Tom widert der Gedanke an.

»Und stattdessen arbeite ich als …?«

»Keine Ahnung, in einem normalen Job eben. Arbeit muss einen nicht immer zu tausend Prozent erfüllen …«

»Was soll das für ein Leben sein?«

»Ein realistisches.«

Tom schnaubt.

»Was machst du denn so?«, fragt er.

»Ich arbeite als Teamassistenz in einer Steuerberatung.«

»Und macht dich das glücklich?«

Sie lächelt bitter.

»Könnte schlimmer sein.«

Marie beißt ein großes Stück Waffel ab. Sie hatte eigentlich nach zwei Kugeln gefragt, aber anscheinend wird in Italien Eis nicht in der Einheit »Kugel« bemessen. Statt klaren, runden, messbaren Portionen wurde ihr mit einem Spachtel einfach so viel Eis wie möglich in die Waffel geschmiert, gefolgt von einer zweiten Ladung obendrauf, die noch größer wirkte als die erste. Marie musste die unsichere Konstruktion sofort mit Schlecken korrigieren, damit sie nicht in sich zusammenbrach.

»Das mit dem Unfall erklärt noch nicht so ganz, warum du hier bist«, sagt sie und widmet sich dem letzten bisschen Eis aus der Waffel.

»Stimmt«, sagt Tom und wird wieder etwas verlegen.

»Dieser Trainer hat mir von seiner Traumhochzeit vorgeschwärmt, bevor das mit Bello passiert ist. Ich bin hergekommen, um … na ja … um sie ihm zu versauen.«

Marie hört auf zu kauen.

»Wie … versauen?«

»Weiß ich nicht … versauen halt.« Tom zerbeißt das letzte Stück Waffel. »Ich hatte nicht wirklich einen Plan.«

»Du bist ohne Plan hergekommen? Einfach so?«

»Ja und?«, fragt Tom. »Machst du nie mal was aus 'nem Bauchgefühl heraus?«

»Nein«, meint Marie trocken. »Das einzige Gefühl, das aus meinem Bauch kommt, sind Schmerzen.«

Tom lacht, aber Marie nimmt es ihm nicht übel. Er kann schließlich nicht wissen, dass das nur zur Hälfte ein Scherz war.

»Ach, ich weiß doch auch nicht«, sagt er. »Ich habe gehofft, dass ich schon wüsste, was zu tun ist, wenn ich ihn hier treffe. Vielleicht habe ich gehofft, dass er seine Schuld zugibt, wenn ich ihn bedränge. Oder sich zumindest entschuldigt. Aber bisher ist er nicht aufgetaucht.«

Er blinzelt in die letzten Sonnenstrahlen des Abends. »Ich finde es einfach unfair«, meint er mit leiser Stimme, die schon fast ein Hauchen ist. »Mein ganzes Leben zerfällt vor meinen Augen, währenddessen bekommt er seine Traumhochzeit. Dabei sollte er hier sitzen an meiner Stelle. Rakete sollte alles verlieren, nicht ich.«

»Rakete?« Der Name trifft Marie wie ein Schlag in die Magengrube. »Rakete feiert hier seine Hochzeit?«

»Ja«, sagt Tom verwirrt.

Das kann nicht sein, denkt sie. Aber ihr wird leicht übel, als könnte ihr Körper die Wahrheit spüren, ganz egal, wie sehr Marie ihre Gedanken davor versperrt. Das kann nicht sein, das kann nicht sein!, kreischt ihr Kopf weiter, aber es hilft so wenig, wie einem Ertrinkenden der Gedanke an Luft helfen würde. Denn es *kann* sein, und diese einfache Wahrheit packt sie und lässt sie nicht mehr los. Ihr Gesicht wird bleich, die Übelkeit stärker.

»Was ist?«, fragt Tom besorgt.

Marie springt von der Mauer. »Ich muss gehen.« Tränen schießen ihr in die Augen. »Tut mir leid«, ruft sie und rennt davon, »tut mir leid!«

13

Marie liegt auf dem Bett und fühlt sich leer. Alle Tränen, die sie im Körper hatte, sind bereits geflossen, alle Kraft ist weg, sie kann nicht einmal mehr schluchzen. Sie weint lautlos und kommt sich lächerlich vor. Warum sieht man beim Weinen zu allem Überfluss auch noch so würdelos aus? Sie begräbt den Kopf im tränennassen Kissen und versucht, sich vor der Welt zu verstecken.

Sie weiß nicht, wann oder wieso, aber irgendwann wurde aus Emils Nachnamen Ratkevski sein Spitzname: Rakete. Sie hat diesen Namen schon immer gehasst. Als Tom sagte, der Typ, der heute hier Hochzeit feiere, sei Rakete … Aber vielleicht meinte er jemand anderen? An diese Hoffnung hat sich Marie bereits mehrmals geklammert, um ihre Tränen zu stoppen, und jetzt streckt sie die Gedanken erneut danach aus. Vielleicht ist das alles nur ein eigenartiger Zufall.

Also gut, denkt sie, deklinieren wir es durch. Möglichkeit eins: Emil Ratkevski, auch Rakete genannt, feiert dieses Wochenende in Italien seine Hochzeit. Das heißt, entweder hat er in den sechs Tagen, die sie keinen Kontakt mehr hatten, jemand Neuen kennengelernt, sich verliebt und eine ganze Hochzeit in

Italien organisiert, oder … er hat Marie betrogen. Und das sehr wahrscheinlich von Anfang an.

Wobei … nein, das stimmt nicht, Marie wurde nicht betrogen. Sie *war* der Betrug! Die Frau, die er heiratet, *die* hat er betrogen. Mit Marie. Das heißt, Emil hat sie nie verlassen, denn es gab nie eine Beziehung, Marie war von Anfang an eine Affäre. Er hat nicht eine Beziehung plötzlich beendet, sondern einen Seitensprung. Denn das ist ihre Beziehung von Anfang an gewesen. Ein Seitensprung! Nichts weiter!

Sie atmet zitternd aus.

Oder Möglichkeit zwei. Es gibt zwei Raketes, einmal den, der Hochzeit feiert, und einmal Emil, der vielleicht einfach nur zu dieser Hochzeit eingeladen ist und deshalb ein Zimmer in Italien gebucht hat. Aber sie kann diese Möglichkeit nicht einmal zu Ende denken. Denn was hinter Tor Nummer eins schlummert, ist so unangestrengt logisch, dass es beinahe perfide wirkt. Es ist Ockhams Rasiermesser. Die einfachste Theorie, die nicht nur Emils plötzliches Verschwinden und das abrupte Ende der Beziehung, sondern auch sein Verhalten im gesamten letzten Jahr erklären würde. *Alles auf einmal, ein Wahnsinnsdeal, jetzt zuschlagen!*, kreischt im hintersten Winkel ihres Verstandes eine hässliche Werbestimme.

Die ganzen hektischen, ja, im Nachhinein sogar beinahe heimlichen Telefonate, die vielen Geschäftsreisen, die plötzliche Distanz zwischen ihnen, die sich immer mal wieder auftat wie eine Kluft.

Was sie hatten, war keine Beziehung, es war ein Betrug. *Ich war der Betrug!* Eine metallische Klaue gräbt sich in ihren Magen und kneift erbarmungslos zu. *Ich war der Betrug!* Sie fühlt sich wie eine Komplizin, als würde sie in der Zeitung von einem schlimmen Verbrechen lesen und dann an sich herunterschauen und sehen, dass ihre Hände voll Blut sind.

Ich war der Betrug!

Gleichzeitig ist sie auch diejenige, die betrogen wurde, die angelogen wurde. Sie empfindet Schuld und Scham gleichzeitig, ist Opfer und Täter auf einmal. *Alle Neune, Bingo!* BINGO!, kreischt wieder diese widerliche Werbestimme ganz hinten in ihrem Kopf, und Marie hat das Gefühl, wahnsinnig zu werden, wenn sie weiter darüber nachdenkt. Aber sie kann nicht anders. Bevor sie versteht, warum, ist sie auf den Beinen. Die Metallklaue, die ihren Magen gepackt hat, zieht nun daran. Sie stolpert zur Toilette, beugt sich über die Schüssel und spuckt. HAUPTGEWINN, HAUPTGEWINN!

Es kommt in Wellen, und endlich, nach dem vierten Mal spucken, als nichts als Magensäure herauskommt, ist ihre Erschöpfung so groß, dass ihre Gedanken leiser werden, dass sie nur noch kraftlos hauchen können.

Sie spült und wäscht sich den Mund. Verdammt, warum eigentlich nur den Mund? Sie entkleidet sich, was mit ihren schwachen Armen unglaublich lange dauert, und kriecht unter die Dusche. Dort kauert sie einige Minuten, und erst, als das Wasser wirklich warm ist, lässt sie es sich über den Kopf fließen, ohne aufzustehen. Die Wärme tut gut. Sie beobachtet das

Wasser, wie es um ihre Füße strömt und in den Abfluss sickert.

Das Wasser ist ganz klar, obwohl Marie sich so schmutzig fühlt wie noch nie in ihrem Leben. Sie schließt die Augen und verschwindet in dem Prasseln und Rauschen des Wassers. Nur für ein paar Momente, aber es reicht, um wieder genug Kraft zu sammeln. Nicht genug, um aufzustehen oder sich sogar einzuseifen, aber genug, um wieder etwas nachzudenken. Diesmal nicht hysterisch und am Rande des Wahnsinns, die ekelhafte Werbestimme bleibt stumm.

Sie versteht, was es bedeutet, dass sie nur ein Seitensprung war, aber gleichzeitig versteht sie es nicht. Es ist, als würde sie eine optische Täuschung ansehen. Klar, die Punkte bewegen sich nicht wirklich, die Striche sind eigentlich gleich lang, die Seiten des Würfels gehen nicht ineinander über – aber das zu wissen hilft nicht. Egal, aus welchem Winkel sie es betrachtet, die Seiten des Würfels gehen eben *doch* ineinander über und drunter und drüber, verbinden sich und stehen sich im Weg, alles gleichzeitig.

Ihre Beziehung war eine Lüge. Aber ihre Gefühle waren echt, was sie erlebt hat, was sie empfunden hat, das war echt. Wie geht das zusammen? Und wie kann sie sich jemals wieder über irgendetwas sicher sein? Ihre Liebe war für sie genauso real wie alles andere in ihrem Leben. Also warum sollte sich nicht auch alles andere in ihrem Leben jeden Moment als Lüge herausstellen können? Quadrate haben eigentlich drei Ecken, der Himmel ist grün, Emil hat mich nie geliebt. Ihre gesamte Realität scheint in sich zusammenzubrechen. Marie tastet nach dem Wasserhahn und dreht ihn zu. Das Rauschen wird zum Plätschern, der Schleier, hinter dem sie sich verstecken konnte, löst sich auf. Sie streicht sich das Wasser aus den Augen und öffnet sie.

Das Einzige, was wirklich glasklar ist, ist die Demütigung.

Ich war der Betrug, denkt sie wieder, aber diesmal nicht hysterisch, sondern ganz nüchtern, beinahe analytisch. Natürlich war sie der Betrug. Denn mehr ist sie nicht wert. Der Schmerz dieses Gedankens ist stechend, aber nicht mehr so schlimm, denn Marie empfängt ihn jetzt mit offenen Armen.

Sie hat es schließlich schon immer gewusst, erkennt sie, während sie sich abtrocknet und frische Klamotten anzieht. Von Anfang an hat sie es gewusst: *Ich bin nichts wert.*

Eine Affäre, die abgebrochen wird, sobald es mit der *echten* Beziehung ernst wird, mehr nicht – das war sie und ist es schon immer gewesen.

Ein Klopfen an der Tür reißt sie aus ihren Gedanken, und sie merkt, dass sie auf dem Bett liegt, die Haare noch leicht nass. Wann ist sie aus der Dusche gekommen? Wann hat sie sich abgetrocknet?

»Hier ist Tom«, sagt eine gedämpfte Stimme. »Alles okay? Ich mache mir Sorgen!«

Die sind berechtigt, will Marie rufen, aber das stimmt nicht mehr. Sie ist eigenartig ruhig. Kummer und Verzweiflung, sogar schleichenden Wahnsinn hat sie durchlebt. Alles, wofür ihre Kraft noch reicht, ist traurige Resignation.

Es klopft erneut, und Marie will es ignorieren, aber richtet sich dann auf.

Tom weiß wahrscheinlich mehr über Emils Hochzeit. Mehr über Emils Leben. Sein *echtes* Leben. Auch wenn sie darüber eigentlich nichts erfahren möchte, es ist wie bei einem Autounfall, sie muss hingucken.

Wer ist Emil *wirklich*? Was von dem, was er ihr erzählt hat, ist gelogen?

Sie schleicht zur Tür und öffnet sie. Tom steht unbeholfen im Flur. Er sucht offenbar nach Worten. »Die Hotelbar soll echt schön sein …«, sind die einzigen, die er findet.

Die Bar ist tatsächlich recht schön und, was noch viel besser ist, recht leer. Marie und Tom sind die einzigen Gäste, abgesehen von einem alten Mann, der in Badehose und etwas zu weit aufgeknöpftem Hemd direkt an der Theke hängt. Er hat die Augen auf Halbmast und schwingt hin und her, als herrsche Seegang. Marie sitzt zusammen mit Tom an einem abgelegenen Tisch in der Ecke und saugt an einem roten Cocktail, der ihr nicht schmeckt. Vor Tom steht der gleiche rote Cocktail, er nuckelt am Strohhalm und beobachtet sie besorgt.

»Also Rakete, der Trainer von Bello, ist dein Ex-Freund?«, fragt er. »Und die ganze Zeit, in der ihr zusammen wart, hatte er eigentlich eine andere Frau, die er jetzt heiratet?«

Marie nickt.

»Wow«, meint Tom, »was ein Arschloch …«

»Er ist kein Arschloch«, sagt Marie entschieden und ärgert sich, dass sie Emil verteidigt. Tom schaut sie skeptisch an. »Na gut«, gibt sie nach. »Ja, ist er, okay. Aber nicht nur. Mir ging es eine Zeit lang sehr … schlecht. Und er hat mir in dieser Zeit geholfen. Er war für mich da. Dafür werde ich ihm immer dankbar sein.«

»Vielleicht war er auch genau deswegen für dich da. Er hat deine Verwundbarkeit ausgenutzt.«

Das trifft Marie hart. Die beiden schweigen sich an, und Tom merkt, dass er etwas zu weit gegangen ist.

»Entschuldige«, sagt er, »aber kann doch sein …«

Marie will widersprechen, aber ihr fällt nichts ein. »Ja«, sagt sie schließlich, »kann sein.«

»Wie lange wart ihr denn zusammen?«, fragt Tom und nippt an seinem Cocktail.

»Ein Jahr. Aber ich weiß nicht viel von seinem Leben. Kenne seine Freunde nicht oder sein Umfeld. Wir haben eigentlich immer nur Zeit zu zweit verbracht …«

Darauf sagt Tom nichts, aber denkt so laut, dass Marie es hören kann.

»Nicht so«, erwidert sie. »Ich meine, wir sind zusammen ins Kino oder Essen gegangen oder haben einfach bei mir rumgehangen – ich mag nicht gerne unter Menschen sein, ich wollte das so.«

»Und wusstest du, wo er arbeitet? Oder was er macht?«

»Ich wusste, er arbeitet beim Film. Aber ich dachte, als Produzent oder so … Er hat nicht gerne darüber geredet oder wurde aggressiv, wenn ich Sachen zu genau wissen wollte. Es ist nicht so einfach. Im Nachhinein hätte ich mehr von ihm einfordern sollen, aber ich habe ihm halt vertraut!«

Tom ist nicht überzeugt. »Trotzdem. Das ist doch nicht normal …«

»Normal ist das, was man dir erzählt, was normal ist.«

»Na, man muss es ja nicht glauben.«

»Das sagst du so einfach«, meint Marie angefressen, »aber für mich war es logischer, an mir zu zweifeln statt an ihm. Und außerdem … ach, keine Ahnung. *Nicht normal* … kann sein.«

Sie fingert an ihrem Pappstrohhalm herum. Er ist bereits durchweicht und zieht sich beim Saugen kraftlos zusammen, sodass jeder Schluck auch ein bisschen nach Pappe schmeckt.

»Willst du einen Witz hören?«, fragt sie, »Treffen zwei alte Fische zufällig auf einen jungen Fisch, der in die andere Richtung schwimmt, ihnen zunickt und sagt: ›Das Wasser ist ganz schön kalt heute, oder?‹ Und die beiden alten Fische schwimmen ein bisschen weiter, und irgendwann schaut einer zum anderen und sagt: Was, zur Hölle, ist Wasser?«

»Wer hat dir den denn erzählt?«, fragt Tom verwirrt.

»Konfuzius?« Marie versucht, sich ein Lächeln abzugewinnen, aber es stirbt auf halbem Weg. Sie schnippt ihren Strohhalm im Glas herum und fragt: »Wann soll diese Hochzeit stattfinden? Und seit wann bist du hier?«

Tom kramt in seiner Hosentasche und holt einen zerknitterten Zettel hervor. Es ist die Hochzeitseinladung, bemerkt Marie und spürt einen stechenden Schmerz.

»Rakete … also Emil … hat mir eine Einladung zu seiner Hochzeit gegeben, bevor er … bevor das mit dem Unfall war.«

Tom liest von der Karte ab: »›Liebe ist das größte Abenteuer, das unser Herz erleben kann. Wir sind bereit für all die Überraschungen, die auf uns warten, und wollen gemeinsam mit euch unsere Liebe am …«

»Ich will das nicht hören«, unterbricht ihn Marie. Tom räuspert sich.

»Sorry«, meint er, »unsensibel. Jedenfalls steht hier, dass sie Sonntag im Rathaus von Validanti standesamtlich heiraten und später am Abend auf einem Hof in der Nähe ihre Hochzeit feiern. Ich habe dieses Hotel gebucht, weil es die besten Bewertungen hat, ich wusste nicht, ob Emil auch hier unterkommt. Habe es aber gehofft. Und ich bin schon seit vier Tagen hier, weil ich dachte, dass sie bestimmt früher anreisen und … weil ich nicht wusste, wohin sonst mit mir.«

»Sie heiraten Sonntag? Also übermorgen?«

»Ja, ist in Italien wohl so Brauch, dass man sonntags heiratet. Außerdem ist es ein hübsches Datum. Leicht zu merken.« Er lässt die Einladung auf dem Tisch liegen. Marie wagt es nicht, sie anzusehen.

»Warum bist du eigentlich hier«, fragt er, »wenn du nichts von der Hochzeit wusstest?«

Sie greift sich den Strohhalm und nimmt einen tiefen Schluck vom Cocktail.

»Ich bin zu ihm nach Hause. Er war nicht da. Angeblich schon ausgezogen. Aber in seinem Briefkasten habe ich eine Abrechnung für dieses Hotel gefunden. Auf seinen Namen. Ich dachte, er hat das Zimmer für sich gebucht. Und ich wollte ihn konfrontieren und endlich Antworten haben. Erklärt bekommen, warum er sich nicht mehr meldet. Warum er so plötzlich aus meinem Leben verschwunden ist. Warum er anscheinend von heute auf morgen aus seiner Wohnung ausgezogen ist. Aber er ist nicht hier, das Zimmer hat ein anderer Ratkevski, vielleicht sein Opa. Oder Vater, keine Ahnung.«

»Er hat das Zimmer für eine Woche gebucht? Aber jemand anderes ist drin?«

»Ist doch egal.«

Tom lehnt sich unzufrieden zurück. »An meinem ersten Abend im Hotel«, sagt er, »wurde mir klar, was für eine dämliche Idee es war herzukommen. Und wie einsam ich bin. Wie verloren. Der Tag heute mit dir war der schönste Tag, den ich seit langer Zeit hatte.«

Ich fand den Tag auch sehr schön, bis meine gesamte Welt zusammengebrochen ist, denkt Marie, aber sagt nichts.

»Findest du das nicht alles komplett unfair?« Tom lehnt sich wieder vor. »Warum müssen wir beide leiden, aber Emil darf die beste Zeit seines Lebens haben? Bist du nicht auch ein kleines bisschen wütend?«

Marie nimmt die Hochzeitseinladung, die auf dem Tisch liegt, aber schafft es nicht, sie anzugucken. Sie will die andere Frau an Emils Seite nicht sehen. Sie kann nicht. Allein der Gedanke daran tut ihr weh.

»Bleib noch bis zur Hochzeit!«, sagt Tom. »Ich zahl auch dein Zimmer. Bleib und konfrontiere ihn!«

Marie nimmt einen Schluck. Will sie das? Wäre es nicht »gesünder« loszulassen? Was würde ihre Therapeutin dazu sagen? Was ihr Psychiater?

»Was soll das bringen?«, fragt sie kraftlos.

Tom hebt die Schultern. »Du bist hergekommen, weil du Antworten von Rakete wolltest. Weil er dir eine Erklärung schuldet. Hast du die bekommen?«

Marie schweigt.

»Und außerdem«, meint Tom. »Ich weiß gerade sonst nichts mit mir anzufangen. Du etwa?«

Marie würgt den letzten Rest ihres Cocktails den Hals hinunter.

»Nein«, gibt sie zu und steht auf. Sie kann nicht mehr reden, sie kann keine Fragen mehr beantworten. Sie greift nach der Einladung vom Tisch und steckt sie ein. Dann lässt sie Tom mit den Worten »danke für den Cocktail« einfach sitzen und flüchtet auf ihr Zimmer.

Nachts liegt sie noch lange wach im Bett, wälzt sich hin und her und versucht, mit dem Denken aufzuhören, aber die Spiralen in ihrem Kopf drehen sich erbarmungslos weiter. Wie diese Zylinder, die an manchen Barbershops hängen und deren rot-weiß-blaue Streifen ewig zu steigen scheinen, aber sich in Wirklichkeit einfach nur im Kreis drehen.

Obwohl alles schrecklich ist und allein der Gedanke an das Wort »Emil« schmerzt, muss sie zugeben, dass sie auch noch etwas anderes fühlt. Der Wahnsinn ist weg. Selbst die Verzweiflung. Stattdessen ist da nun etwas, womit sie nie gerechnet hätte: Erleichterung.

Die ganze Zeit hat sie sich gefragt, was sie falsch gemacht hat. Wie sie die Beziehung hätte retten können. Und jetzt weiß sie: gar nichts. Sie ist nicht schuld daran, dass die Beziehung scheiterte, es gab nie eine Beziehung. Das ganze Gerede von Emil, es gehe ihm zu schnell, Marie sei zu fordernd, das waren bloß Blendgranaten, Nebel, der verschleiern sollte, was eigentlich los war. Er wollte sie nicht zu nah an sich heranlassen. Nicht, weil etwas mit ihr nicht stimmte, sondern weil etwas mit ihm nicht stimmte. Sie bildete sich nicht ein, dass er sich widersprach, dass er gleichzeitig Liebesbekundungen von sich gab und Marie nicht an sich heranließ. Sie war nicht verrückt, sie war manipuliert worden.

Mit der Erkenntnis kommt auch endlich die Wut, die Tom so verzweifelt in ihr gesucht hat. Es ist erst eine kleine Glut, aber allein durch den Blick aufs Nachttischchen, wo die Einladung zur Hochzeit liegt, lodert diese Glut auf und wird zu einem richtigen Feuer. Marie brennt. »Bist du nicht auch ein bisschen wütend?«, hört sie Toms Echo. Sie dreht sich tiefer in ihre Decke. Die Wut lässt nicht nach, aber jetzt kann sie das Gefühl umarmen. »Scheiß auf Emil«, denkt sie laut und wird endlich müde. Sie greift nach der Hochzeitseinladung auf ihrem Nachttisch, zerknüllt sie und wirft sie durchs Zimmer. Wenige Minuten später ist sie eingeschlafen und träumt von Feuer. Die zerknüllte Einladung wehrt sich gegen die Knicke und streckt sich langsam wieder aus. Neben Datum, Uhrzeit und den Worten der Einladung ist auch ein Bild von Emil und seiner Verlobten auf der Karte abgebildet. Sie küssen sich, während sie stolz die Hand mit dem Ring am Finger in die Kamera hält. Ihre Gesichter sind unscharf, der Fokus liegt auf dem Ring. Marie hat sich den Ring an ihrer Hand lange und intensiv angeguckt, um sich ganz sicher zu sein. Es ist der Ring ihrer Oma.

14

Tom löffelt in seinen Cornflakes herum und beobachtet den Eingang zum Restaurant. Es ist mittlerweile seine vierte Schüssel, aber er weigert sich, das Frühstück zu beenden. Als er vor einigen Tagen herkam, hatte er nicht viel mehr als ein »Irgendwie«. Er wollte Rakete irgendwie dazu bringen, seine Schuld zuzugeben. Er wollte irgendwie sein altes Leben zurück. Er wollte irgendwie Rache. Aber er musste einsehen, dass ein »irgendwie« nicht reicht, um das wahr werden zu lassen. Dass es aussichtslos ist. Bis jetzt. Denn jetzt hat er mehr als ein Irgendwie, jetzt hat er Marie.

Nachdem sie ihm seine Geschichte erzählt hat, ist Tom klar geworden, wie viel Macht er damit über Rakete hat. Marie kann die ganze Hochzeitsfeier platzen lassen und die Ehe zerstören, bevor sie so richtig losgeht. Das wäre Rache. Sie kann aber auch nur damit drohen, die Affäre auffliegen zu lassen. Und Rakete so dazu bringen, seine Schuld am Tod von Bello zuzugeben. Öffentlich. Das wäre Wiedergutmachung. Es würde Tom sein altes Leben zurückgeben und Raketes Karriere zerstören. Mit Sicherheit würde Rakete lieber mit einer zerstörten Karriere leben als mit einer zerstörten Ehe. Es könnte funktionieren. Es ist der Anfang eines Plans, der sich da ergeben hat.

Aber warum sollte Marie das für ihn tun? Warum sollte sie Rakete für ihn erpressen? Sein Vater hätte darauf bestimmt eine Antwort. Er wüsste genau, wie er Marie dazu bringen könnte. Nicht nur das, er würde ihr dabei auch noch das Gefühl geben, dass es ihre Idee sei und sie es gerne täte. Aber selbst wenn er Rakete mit Maries Hilfe dazu bringen könnte, zuzugeben, dass er schuld an Bellos Tod ist und nicht Tom, würde das reichen? Es wäre auf jeden Fall eine bessere Story als der lahme Freispruch »im Zweifel für den Angeklagten«. Aber dafür müsste Rakete es öffentlich zugeben. Das würde er niemals tun. Und wenn er ihn dabei heimlich aufnehmen und die Aufnahme verbreiten würde? Würde sie sich überhaupt verbreiten? Es muss die alte Story überschreiben, hat sein Vater gesagt. Vermutlich würde ein kleiner Clip mit einem zusammenhanglosen Geständnis von Rakete nicht ausreichen. Aber es wäre zumindest etwas. Tom überlegt kurz, seinen Vater anzurufen, um mit ihm darüber zu sprechen, aber verwirft die Idee sofort. Das sind schließlich bloß substanzlose Gedankenspiele. Er sieht zum Eingang, aber nicht Marie betritt das Restaurant, sondern zwei alte Männer in Badeshorts. Sie ist wahrscheinlich schon abgereist, denkt er, spürt, wie seine Hoffnung schwindet, und sticht den Löffel in die Cornflakes.

Maries Hände sind vom warmen Poolwasser krausig. Als Kind dachte sie immer, das käme, weil ihre Haut aufweicht, wie Papier, das wellig wird. Aber die Haut macht das nicht unfreiwillig, sondern zieht sich ganz absichtlich zusammen, dank der Evolution. Denn dadurch, dass die Haut krausig wird, kann sie auch in der feuchten Umgebung des Wassers Dinge besser greifen. Und anscheinend war Dinge-im-Wasser-gut-greifen-Können so ein wichtiger Überlebensfaktor, dass alle Menschen, deren Haut im Wasser nicht krausig wurde, nach und nach ausstarben.

An der Decke über ihr tanzt Licht, das vom Wasser reflektiert wird. Durch die dicken Steinwände in dem zum Spa-Bereich umfunktionierten Keller vibriert permanent ein Echo als undefinierbares Hintergrundrauschen in der Luft.

Marie atmet tief ein und betrachtet ihre krausen Hände. Warum hat die Evolution das hingekriegt, es aber nicht geschafft, Marie von ihren Magenkrämpfen zu befreien? Vielleicht kommt das ja noch. Vielleicht ist der Mensch der Zukunft sehr viel stressresistenter. Vielleicht ist es aber auch genau andersherum, und alle, die keine Magenschmerzen kriegen, arbeiten sich tot und werden von der Evolution ausgesiebt.

Sie taucht ab und lässt sich von dem warmen Wasser umschließen. In wenigen Stunden muss sie auschecken, aber sie will nicht gehen, ohne zumindest einmal im Spa-Bereich gewesen zu sein. Eigentlich will sie gar nicht gehen. Sie taucht wieder auf. Die Haare kleben ihr im Gesicht, sie wischt sie beiseite und prustet Wasser. Ein Brummen findet vom Beckenrand aus ihre Ohren. Mein Handy, erkennt Marie. Vermutlich ruft ihre Mutter an. Sie versucht, es zu ignorieren, taucht so weit ab, dass ihre Ohren sich mit Wasser füllen und sie nichts mehr hört, außer dumpfem Rauschen. Nach wenigen Sekunden der Ruhe fangen ihre Gedanken an, um Emil zu kreisen. Immer und immer wieder, egal, wie sehr sie sich dagegen wehrt. Wut wechselt sich ab mit Verzweiflung, wechselt sich ab mit Apathie. Am Ende der Schleifen kommt sie jedes Mal zum wenig hilfreichen Fazit, dass alles einfach unfair ist. Es ist unfair, dass sie belogen wurde, dass sie betrogen wurde. Es ist unfair, dass sie der Betrug war, und es ist unfair, dass mit Emil nicht nur eine Beziehung, sondern ein kleiner Teil von ihr selbst verloren geht. Es gab einmal einen Kreis, der Marie war, und einen, der Emil war, und im letzten Jahr sind diese beiden Kreise zusammengerückt. Jedes Mal, wenn gemeinsame Erinnerungen geschaffen wurden, jedes Mal, wenn ein neuer Insider entstand, wenn der eine Manierismen des anderen übernahm, kamen sich die Kreise näher, bis sie anfingen, sich zu überlappen, wie bei einem Venn-Diagramm. Marie war nicht mehr nur Marie, sie war zu einem Teil auch Emil und umgekehrt. Und dieser Teil ist nun weg. Ihr Kreis ist nicht mehr vollständig, ein Stück von Marie fehlt. Ein Teil ihrer Gestik, ein Teil ihrer Sprache, ein Teil ihres Seins ist für immer verloren. Eine ganze Kultur, die nur zwischen den beiden existiert hat, für immer ausgelöscht. Denkt Emil das Gleiche? Spürt er auch diesen Schmerz? Oder war nichts von ihm echt? Hat Marie sich in eine Lüge verliebt, einen Teil ihrer selbst aufgelöst in einen Menschen, den es niemals gab? Es fühlt sich demütigend an, lächerlich, als hätte sie im Schattenboxen verloren.

Ihr Handy vibriert wieder. Marie dreht sich um und lehnt sich mit dem Oberkörper über den Beckenrand. Wassertropfen schlängeln sich ihren Rücken hinunter und verursachen eine Gänsehaut. Sie gräbt ihr Gesicht in die Armbeuge und wartet darauf, dass das Vibrieren ihres Handys endlich aufhört. Eigentlich hat Tom recht, stellt sie fest. Sie ist nicht nur für ein paar Antworten hergekommen, sondern für alle, für die Konfrontation.

Eine halbe Stunde später geht Marie eingepackt in Bademantel und Handtücher zurück auf ihr Zimmer. Das heiße Wasser hat sie regelrecht von innen gewärmt, sie kann durchatmen und fühlt sich einigermaßen beisammen. Sie schlurft zum Bett und überlegt, die Hotelschlappen, die sie trägt, zu klauen, verwirft die Idee dann aber. Auf dem Bett liegt ihr Koffer, bereit, gepackt zu werden. Viel muss nicht mehr rein, Marie hat nicht wirklich etwas ausgepackt. Ihr Flug geht erst heute Abend, selbst wenn sie wie gewohnt viel zu früh am Flughafen sein will, hat sie noch Zeit. Sie legt sich zum Koffer ins Bett und holt ihr Handy hervor. Es hat mittlerweile fünf verpasste Anrufe gesammelt. Alle von ihrer Mutter. Noch während Marie überlegt, wann sie am besten zurückrufen soll, vibriert das Handy schon wieder, und Marie lässt es vor Schreck fallen. Der kurze Moment der Entspannung, den ihr das heiße Becken im Spa-Bereich geschenkt hat, ist vorbei. Sie hält das Vibrieren nicht mehr aus und geht endlich wütend dran.

»Ich kann gerade nicht! Was ist?«, kläfft sie.

Schweigen am anderen Ende der Leitung. Marie wird nervös. Sie hätte mit jeder Art von Antwort gerechnet. Beleidigungen, Belehrungen, Vorwürfe, aber Schweigen? Marie versucht, sich vorzustellen, wie ihre Mutter als Reaktion schweigt, und schafft es nicht. Das passt einfach nicht zu ihr.

»Entschuldigung ... ich ...«, sagt schließlich eine Stimme, die nicht ihrer Mutter gehört. Marie braucht ein paar Sekunden, um sie zu erkennen, dann weiten sich ihre Augen vor Panik. Sie schaut aufs Display. Darauf steht »Heiner«.

Er räuspert sich.

»Wir können auch später reden ...«

»Nein, nein, Entschuldigung!«, ruft Marie. »Ich dachte ... ich dachte, du bist ... Tut mir so leid!«

»Okay«, meint Heiner ungewohnt emotionslos, »dann hast du ein paar Minuten? Wir müssen dringend reden. Das kann so nicht weitergehen.«

Die Worte sorgen dafür, dass jeder Muskel in Maries Körper zu Stein wird. Das sind die schlimmsten Worte, die Heiner je zu ihr gesagt hat.

»Deine Anwältin hat mich kontaktiert und mit einem Rechtsstreit wegen deiner Urlaubstage gedroht ...«

Okay, *das* sind die schlimmsten Worte, die Heiner je zu ihr gesagt hat. Anwältin? Was denn für eine Anwältin? Maries Hals wird trocken.

»Stimmt das, Marie? Du willst mich verklagen?«

Nein, möchte Marie krächzen, aber sie bringt keinen Ton heraus.

»Das ist doch nicht nötig!«, ruft Heiner jetzt wütend, »Was ist das denn für eine Art der Kommunikation? Mir eine Anwältin vorzuschicken? Wenn du so dringend Urlaub brauchst, dann sag es doch einfach!«

»Habe ich …«, flüstert Marie.

»Dass du wegen ein paar Urlaubstagen so einen Aufstand machst!«, wirft Heiner ihr vor. »Früher hat man die Zähne zusammengebissen und war dankbar für den Job! Wenn du wegen ein paar Tagen mehr Arbeit im Jahr schon kaputtgehst, solltest du vielleicht gar nicht arbeiten, Marie!«

Sie holt tief Luft und merkt zu ihrer Überraschung, dass sie nicht verängstigt ist, sondern ebenfalls wütend.

»Und wenn dein Unternehmen darauf angewiesen ist, dass ich mich kaputt arbeite, dann solltest du vielleicht kein Unternehmen führen, Heiner.«

Marie schluckt. In der Leitung herrscht Stille.

»Okay«, meint Heiner wieder emotionslos, »wenn du wirklich so überarbeitet bist, dass du uns im Stich lassen musst, wo gerade so viel zu tun ist, dann nimm dir ein paar Tage frei. Aber wir werden das nachbesprechen.«

Marie hat darauf nichts mehr zu erwidern. Einige Atemzüge lang sagt keiner von beiden etwas.

»Dann bis nächste Woche«, meint Heiner schließlich sauer und legt auf.

Maries Ohren rauschen, ihr Herz pocht so laut, dass es sich anfühlt, als hätte im Zimmer nebenan jemand die Bässe aufgedreht. Sie versucht zu verstehen, was gerade passiert ist. Wurde sie gefeuert? Oder hat sie Urlaub bekommen? Was war das für eine Anw… Ihre Gedanken machen eine Vollbremsung. »Deine Anwältin.« Marie kennt nur eine einzige Anwältin. Aber das würde sie nicht wagen, oder? Maries Kiefer droht vor Spannung zu zerspringen. Das würde ihre Mutter doch nicht tun! Hinter ihrem Rücken? Das wäre selbst für sie ziemlich rücksichtslos. Marie schließt die Augen und lässt die Gedanken nicht an sich heran. Jeder einzelne, den sie gerade dazu haben kann, wird kein produktiver Gedanke sein. Darum gibt sie sich größte Mühe, keinen davon zu denken. Sie wirft das Handy wieder aufs Bett. Ihr geöffneter Koffer starrt sie an. Was jetzt?

Tom schiebt seine Schüssel beiseite und blickt auf die Uhr. Die Frühstückszeit ist seit fünfzehn Minuten offiziell vorbei. Die Tische um ihn herum sind leer, zwei Hotelangestellte räumen bereits das Büfett ab.

Er will gerade aufgeben, als Marie um die Ecke kommt. Sie läuft geradewegs auf ihn zu, Tom hat nicht einmal Zeit zu lächeln, da steht sie schon vor ihm.

»Okay!«, sagt Marie entschlossen. »Ich bleibe! Konfrontieren wir Emil!«

15

Marie blättert durch die Karte, während Tom verzweifelt versucht, wieder Hunger zu bekommen.

Sie bestellt »Pici« mit Pesto.

»For me just a Cappuccino«, beschließt Tom und erntet einen verächtlichen Blick vom Kellner, bevor dieser widerwillig nickt und verschwindet.

»Was denn?«, fragt Tom verwundert. »War das jetzt ein Fauxpas? Weil man Cappuccino nur morgens trinkt? Es ist kurz nach eins, das ist doch quasi morgens!«

Die Trattoria, in der sie sitzen, ist ein altes Steingebäude mit dicken Holzbalken, die ächzend die Decke halten. Mit nur vier vollen Tischen ist das kleine Restaurant bereits komplett ausgelastet. Marie hat das Frühstück im Hotel ausfallen lassen und damit ihr Essverhalten aus Versehen dem lokalen Tagesrhythmus angepasst. In Italien gibt es deftiges Mittagessen und sehr spät Abendessen. Frühstück spart man sich. Mit dem Gedanken, dass in Deutschland bereits um acht Uhr morgens Wurst und Käse gegessen werden, könnte man in Italien vermutlich den einen oder anderen Magen umdrehen.

»Bis elf Uhr, steht hier, ist Cappuccino erlaubt«,

zitiert Marie von einer Website auf ihrem Handy. Tom schnaubt.

»Was soll das heißen, erlaubt? Muss ich jetzt ins Gefängnis?«

»Nein, nein«, zitiert Marie vermeintlich weiter, »aber hier heißt es, dass es ein lokaler Brauch ist, jeden, der nach elf Uhr Cappuccino bestellt, nach hinten in die Küche zu führen und ihm ins Knie zu schießen.«

»Oh, okay«, meint Tom, »das klingt logisch und fair.«

Marie grinst und legt ihr Handy beiseite. »Ich glaub, der ist sauer, weil du nichts zu essen bestellst. Oder vielleicht hat er einfach nur einen schlechten Tag.«

»Kann sein«, sagt Tom. »Vielleicht wurde ihm angehängt, dass er den berühmtesten Hund Deutschlands totgefahren hat.«

»Oder er hat erfahren, dass seine Beziehung eine Lüge war.«

Marie will wieder grinsen, aber es kommt nur ein falsches Lächeln.

Das Hotelzimmer zu verlängern war kein Problem. Nur dass sie ihren Rückflug nicht mehr regelkonform stornieren konnte, bereitete ihr Kopfschmerzen. Es folgten viele panische Gedanken, die sich alle darum drehten, dass sie irgendwie von der Airline für ihr Verhalten Ärger bekäme. Aber Marie hat es geschafft, die Gedanken zu ignorieren und zu ihrer Entscheidung zu stehen. Sie bleibt erst mal in Italien.

Hinter der Theke, in der einige Laib Käse und fette Stücke Schinken zum Kauf angeboten werden, geht es zur Küche, und von dort hört man Töpfe klackern und Herde zischen. Der Kellner zwängt sich an Stühlen vorbei und serviert Marie eine Flasche Wasser und Tom seinen Cappuccino. Kurz darauf folgen Maries Nudeln.

Tom nimmt einen Schluck vom Kaffee. »Hoffen wir mal, dass nicht reingespuckt wurde«, murmelt er. »Also gut. Was machen wir mit Emil? Steht Mord zur Debatte?«

Marie stochert in ihrem Essen.

»Ich glaube, wenn wir rumerzählen, dass Emil Ananas auf seine Pizza haben wollte, könnten wir hier sogar straffrei damit durchkommen«, meint sie.

»Gute Idee …«, findet Tom und blättert noch einmal durchs Menü, das ihm der Kellner etwas passiv aggressiv dagelassen hat, falls er doch etwas essen möchte. »Aber vielleicht muss es gar kein Mord sein. Vielleicht reicht es, wenn wir ihn nur sehr schwer verletzen. Beide Arme brechen zum Beispiel und dann dauernd seine Nase kitzeln, damit sie juckt, aber er kann sie mit seinen gebrochenen Armen nicht mehr kratzen!«

Marie grunzt. Ihre dicken, in Öl getränkten Nudeln schmecken fantastisch. Sie dachte erst, die Portion wäre zu klein, aber sie ist so geladen mit Fett und Kalorien, dass sie sich nicht mehr sicher ist, ob sie es überhaupt schafft, den Teller leer zu essen. Dabei ist ihr Gericht offiziell nicht einmal eine Hauptspeise, sondern nur der erste Gang. Dem eigentlich eine Vorspeise vorausgehen und ein zweiter Gang und Nachtisch folgen sollten.

»Aber im Ernst. Was erhoffst du dir?«

Marie seufzt. »Mir reicht es eigentlich«, stellt sie fest, »wenn er mir ins Gesicht sieht, alles gesteht und sich entschuldigt. Mehr brauche ich gar nicht. Und er soll mir meinen Ring zurückgeben!«

Kaum ausgesprochen, bereut sie es, dieses Detail verraten zu haben.

»Deinen Ring?«

Marie versucht, sich um eine Antwort zu drücken, aber weiß nicht, wie.

»Ja«, gibt sich schließlich zu. »Den Verlobungsring, den seine … Freundin«, das Wort beißt sich in ihren Hals, und sie muss den Schmerz überwinden, bevor sie weitersprechen kann. »Ihr Verlobungsring halt … Den habe ich ihm geschenkt. Er gehörte meiner Oma und bedeutet mir sehr viel.«

Tom verzerrt das Gesicht. »Sein Verlobungsring ist ein Geschenk von dir? Bist du sicher, dass die Arm-Bruch-Idee vom Tisch ist?« Er schiebt das Menü beiseite. »Wenn er wirklich Hochzeit feiert«, meint Tom, »könntest du ihn vor seiner gesamten Familie demütigen. Alles offenbaren und ihn zwingen, die Wahrheit zu sagen!«

Marie sucht ein Lächeln, aber findet keines. Diesmal meint Tom es anscheinend ernst. Sie schüttelt den Kopf. »Auf keinen Fall.«

»Warum nicht?«, protestiert Tom, »Stell dir die Demütigung mal vor! Wie du ihn vor allen Gästen zwingst, den Betrug zuzugeben. Nicht nur an dir, sondern auch an mir.«

»Das geht einfach nicht!«, klagt Marie. »Ich kann nicht vor all den Menschen auf die Bühne gehen.«

»Glaub mir«, sagt Tom beschwichtigend, »das kann ich sehr gut nachvollziehen, ich hab auch Lampenfieber, aber …«

»Das hat nichts mit Lampenfieber zu tun!«

»Wenn du vorher Atemübungen und Yoga …«, versucht Tom es noch einmal, aber Marie grätscht wieder in den Satz.

»Das ist kein Lampenfieber. Und da helfen auch kein Yoga oder Atemübungen … Und selbst wenn … Ich will das nicht. Ich will nicht, dass das öffentlich passiert. Aufmerksamkeit ist nicht für jeden Menschen etwas Erstrebenswertes.«

Tom grummelt unzufrieden. »Dann müssen wir ihn irgendwie vor der Feier erwischen.«

»Vielleicht taucht er auch gar nicht mehr auf«, überlegt Marie. »Vielleicht ist die Hochzeitsfeier längst abgeblasen, verschoben, wegen des Unfalls mit diesem Hund, und wir machen uns ganz umsonst Gedanken darüber, was wir ihm antun könnten.«

»Kann sein«, meint Tom. »Das ist das Erste, was wir rausfinden sollten, bevor wir uns weiter Gedanken machen. Ob die Feier noch stattfindet. Ob Emil überhaupt noch kommt.«

Marie schlürft die letzte Nudel und merkt, wie sich ihr Bauch aufbläht. Wer schafft denn danach noch einen Gang? Und Nachtisch? Vielleicht kommt der immense Appetit der Italiener auch daher, weil die Restaurants hier so radikal lange Pause machen, dass es wie eine erzieherische Maßnahme wirkt. Nach dem Motto: Schlag dir lieber jetzt den Bauch so voll, wie es geht, bis abends gibt es nichts mehr! Und irgendwann fängt man tatsächlich an, sich kurz vor Ladenschluss um halb zwei ins Koma zu essen, damit man bis halb neun durchhält, wenn die Köche wieder ihre Herde anschmeißen.

»Wie habt ihr euch eigentlich kennengelernt?«, fragt Tom und bereut es sofort, als er merkt, wie Marie leicht zusammenzuckt.

»Ich gehe manchmal ins Tierheim, einfach, um mir die Katzen anzugucken«, gibt sie zu. »Und da haben wir uns zufällig getroffen.«

Sie knibbelt nervös an ihrem Finger herum und möchte die Erinnerung offenbar loslassen. »Ich mein, ein Typ, der Tiere liebt, wie kann man dem nicht vertrauen? Ich wusste ja nicht, dass das sein Job ist … dass er mit den Tieren Geld verdient.«

»Aber doch nicht mit Tieren aus dem Tierheim?«, fragt Tom verwirrt. »Seine Tiere kommen vom Züchter, die müssen trainiert werden, perfekt sein …«

»Ja«, meint Marie, »keine Ahnung. Bis vor Kurzem dachte ich auch noch, dass er ein ganz normaler Filmproduzent ist und einfach Tiere mag. Also, was weiß ich.«

Sie schiebt den Teller von sich weg, und ihr Blick fällt traurig zu Boden.

Tom beißt sich auf die Zunge, der Anblick macht ihn wütend. Wie konnte Rakete ihr das antun? Wie konnte er sie so anlügen, so verraten? Du hast so viel Besseres verdient, denkt er.

Marie schaut überrascht auf, und er merkt, dass er es nicht nur gedacht, sondern anscheinend auch gesagt hat. Tom fährt sich verlegen mit der Hand durch die lockigen Haare.

»Bei unserer Stadtführung sind wir gar nicht mehr zur Burg gekommen«, meint er plötzlich, »ich kann mir nicht erklären, warum. Die soll laut Google eigentlich ganz cool sein.«

»Ja«, pflichtet Marie ihm bei, vermutlich dankbar für den Themenwechsel. »Keine Ahnung, warum die Führung abgebrochen wurde. Unerklärlich.«

»Was hältst du von ein bisschen Ablenkung? Wollen wir uns die Burg anschauen?«

»Ablenkung?«, meint Marie. »Ablenkung ist mein zweiter Vor… oh, guck mal, ein Eichhörnchen!«

Er schnaubt abschätzig. »Nicht dein bester Wi… Eichhörnchen!? Wo?!«

Tom tut so, als würde er das imaginäre Eichhörnchen suchen, was ziemlich peinlich aussieht. Marie lacht, obwohl ihr eben noch zum Weinen zumute war. Normalerweise braucht sie nicht viel, um sich zu schämen. Aber mit Tom ist das anders. Mit ihm ist sie irgendwie gerne peinlich.

Um zur Burg von Validanti zu gelangen, klettern sie eine sehr steile Straße hoch, die vor einer Steinmauer endet. Es ist der erste Ring, der die Stadt von der Burg trennt. Sie laufen die knapp zwei Meter hohe Mauer ab, auf der Suche nach einem Eingang. Aus den Steinritzen bricht grünes Unkraut hervor, und alle paar Meter klebt ein Haus an ihr. Die Ebene hinter der Mauer ist erhöht wie die erste Schicht einer Hochzeitstorte, denkt Marie und spürt einen kurzen Schmerz. Würde man aus dem Dachgeschoss eines der Häuser an der Mauer springen, so würde man in die eine Richtung beide Beine verlieren und in die andere nicht einmal stolpern. Als sie endlich das Tor finden, von dem aus sie die erste Ebene besteigen können, ist Marie bereits völlig außer Atem. Sie keucht heimlich und schaut verlegen zu Tom, dem der Aufstieg überhaupt nichts auszumachen scheint.

»Gleich geschafft«, sagt er ermutigend, und frecherweise ist in seiner Stimme keinerlei Anstrengung zu hören. Er klingt, als könnte er gerade auch in einer Hängematte liegen.

»Gleich geschafft«, äfft Marie ihn böse nach. »Wenn ich so lange Beine hätte wie du, wäre der Aufstieg für mich auch kein Problem!«

Tom lacht und nimmt mit einem Schritt drei Stufen auf einmal. Marie ist nie aufgefallen, wie groß er eigentlich ist. Ihr Kopf reicht ihm gerade einmal bis zur Brust, die sich in seinem weißen T-Shirt beim Treppensteigen deutlich abhebt. Vielleicht ist ihr sein einschüchternd großer, definierter Körper noch nicht aufgefallen, weil er bei ihrem ersten Aufeinandertreffen so verletzt und hilflos gewirkt hat. Wenn das einen Einfluss auf die Größenwahrnehmung hat, dann müsste sie nach der Sache mit Emil in seinen

Augen wahrscheinlich winzig wirken. Sie starrt auf seine runden Waden, die mit jeder Treppenstufe an- und abschwellen, merkt erschrocken, dass sie starrt, und konzentriert sich wieder auf ihre eigenen Gliedmaßen. Und darauf, nicht zu laut zu keuchen.

Als sie endlich auf der ersten Ebene ankommen, erwartet sie bereits die nächste Mauer. Aber der Aufstieg ist zum Glück weniger steil, statt mittendurch führt ein Pfad um die zweite Mauer herum. Sie lassen die Stadt hinter sich, durchqueren eine Art Garten mit dicken Bäumen und kommen auf der anderen Seite der Burg heraus, wo sie, Überraschung, schon wieder eine Mauer erwartet. Aber es ist die letzte. Zwei riesige Türme an den Ecken der Mauer schauen prüfend auf sie herab. Sie bewachen einen riesigen schnörkellosen Steinkasten, der Bergfried und Palas gleichzeitig zu sein scheint. Er hat jeweils einen Fensterschlitz auf jeder Etage, ganz oben erstrecken sich Zinnen übers Dach.

»Ich glaube, der Eingang ist da vorne«, meint Tom, noch immer so frisch, als hätten sie nicht gerade dreißig Höhenmeter erklommen. Marie stellt genervt fest, dass sie extrem schwitzt, ihr Rucksack hat auf ihrem Rücken einen Abdruck aus Schweiß hinterlassen. Sie nimmt ihn ab und versucht, durch energisches Zupfen am T-Shirt die Luftzirkulation anzukurbeln, während sie Tom folgt.

Im Erdgeschoss sitzt hinter einem Schreibtisch ein alter Mann mit Halbglatze und bis auf die Nasenspitze heruntergelassener Lesebrille. Er starrt konzentriert auf sein Handy und drückt auf dem Display herum, wodurch in regelmäßigen Abständen das Geräusch klimpernder Münzen und die energischen Ausrufe »Combo!« und »Double Combo!« ertönen. Tom räuspert sich, und der Mann hebt den Blick vom Display. »Visiting time almost over«, sagt er müde und deutet auf einen Zettel vor seinem Schreibtisch, auf dem die Öffnungszeiten der Burg stehen. 12–16 Uhr. Ihnen bleibt noch eine halbe Stunde.

Was für angenehme Arbeitszeiten, denkt Tom, deinen Manager hätte ich gerne.

»Das schaffen wir noch«, meint Marie. »Ich bin nicht umsonst einen Halbmarathon in die Höhe gelaufen, um jetzt wieder umzudrehen!«

Tom muss grinsen. Für jemanden, der sich angeblich nicht auf eine Bühne traut, kann sie sehr selbstsicher sein.

»We will be quick!«, bestätigt er, und sie zahlen den Eintritt.

Eine knarzige Holztreppe führt sie in die erste Etage. Von hier aus kann man die innere Burgmauer ablaufen und die beiden Türme besichtigen. Ohne sich abzusprechen, klettert Tom auf den einen, Marie auf den anderen Turm, und sie winken sich aus der Ferne zu wie begeisterte Kinder auf Booten, die aneinander vorbeifahren.

Danach steigen sie in die zweite Etage und laufen die Räume ab. Sie sind allesamt leer, und es gibt nicht viel zu sehen. »Hier haben Soldaten geschlafen?«, fragt Marie ungläubig. »Alles wirkt viel zu klein.«

Sie beugt sich über eine der Infotafeln, aber wendet den Blick enttäuscht wieder ab: »Nur auf Italienisch.«

Tom erkundet einen anderen Raum und entdeckt einen Schacht.

»Hier ist eine Geheimtreppe, die nach ganz unten führt!«

Die Treppe gräbt sich in engen Windungen durch den Stein.

»Keine Chance, dass ich da runtergehe«, sagt Marie entschieden. »Ich kriege schon vom Hinunterschauen Klaustrophobie!«

»Und wenn die Burg von Feinden überrannt wird und das der einzige Ausweg ist?«

»Dann sterbe ich glücklich, weil ich nicht diese Treppe hinunter musste.«

Tom lacht.

Nach der dritten Etage kommen sie endlich aufs Dach. Sie sind bestimmt hundert Meter über dem Dorf, das wiederum selbst hundert Meter hoch in einem Hügel liegt. Der Ausblick ist entsprechend unglaublich. Validanti wird zu einem Meer aus braunen Dächern. Dahinter erstreckt sich das Bergpanorama, eingetaucht in kühles Blau. Die Spitzen der Berge kratzen an den Wolken, die verspielt in der Sonne baden und unter sich dunkle Schattenflecken werfen. Es fühlt sich an, als könnten sie die ganze Welt überblicken.

Tom lehnt sich neben Marie an die Steinmauer und atmet tief ein.

»Hältst du mich für einen Freak, wenn ich sage, die Luft hier … schmeckt gut?«

»Ich halte dich auch für einen Freak, wenn du es nicht sagst.«

Er grinst breit. Wie oft hat Marie das heute schon geschafft? Manchmal muss sie dafür nicht einmal etwas sagen, es reicht, dass sie ihn anlächelt, und Tom kann nicht anders, als zurückzulächeln. Er versucht, den Moment und das Grinsen festzuhalten, aber beides verfliegt so schnell, wie es gekommen ist. Seine Gedanken fangen wieder an, sich im Kreis zu drehen, immer enger, bis sie ihn erdrücken. Wie kriegt er seine Karriere zurück? Was wäre der taktisch beste nächste Schritt? Soll er Faruk anrufen? Und dauernd der Phantom-Griff nach seinem Handy. Der Reflex, die Aussicht festzuhalten für Instagram, einen Post draus zu machen, Interaktion für mehr Reichweite für bessere Verkaufsaussichten, für … Nur verkauft er gerade nichts, hat nicht mal mehr einen Instagram-Account, keine Karriere mehr. Er ist aufgeschmissen. Wie kriegt er das alles zurück? Wie kriegt er seine Karriere zurück? Was wäre der taktisch beste nächste …

Marie geht es ähnlich. Jeder ihrer Gedanken watet durch einen dickflüssigen schwarzen Sumpf aus Trauer und Wut, bis er nicht mehr wiederzuerkennen ist. Worüber hat sie eben noch gestaunt? Die Aussicht?

»Falls die Hochzeit stattfindet«, sagt sie, »müssten doch auch schon andere Gäste im Hotel sein, die zur Feier kommen.«

»Stimmt. Hast du jemanden erkannt? Freunde von ihm vielleicht?«

Marie schüttelt den Kopf, aber dann reißt sie die Augen auf. »Der Opa«, ruft sie, »der auch Ratkevski heißt! Der ist zu hundert Prozent für die Feier hier, das kann kein Zufall sein! Wenn die Hochzeitsfeier noch stattfindet, dann wird er das wissen.«

»Also sollten wir ihn fragen!«

»Dafür müssen wir ihn erst mal finden …«

»Das ist einfach«, Tom löst sich vom Geländer, »wir gehen zur Rezeption, lassen uns durchstellen und rufen ihn herunter. Und dann reden wir mit ihm.«

Maries Herz gefällt das ganz und gar nicht, es klopft Protest. »Ihn zur Rezeption bitten? Und einfach fragen? Ist das nicht ein bisschen direkt?«

»Ja, direkt und einfach!«, freut sich Tom. »Ist doch super! Na komm!« Er läuft über die Geheimtreppe zurück ins Erdgeschoss.

Marie nimmt den Weg, den sie gekommen sind. Unten ist der Schreibtisch unbesetzt, der alte Mann ist weg. Marie sieht verwirrt auf die Uhr, sie hätten noch zehn Minuten Zeit bis zur offiziellen Schließung, sie hat extra darauf geachtet. Warum ist der Mann schon weg? Tom scheint es gar nicht zu bemerken. Sie verlassen die Burg und steigen den Hügel wieder hinunter. Marie atmet erleichtert aus, als sie das Tor erreichen, durch das sie gekommen sind. Es ist noch nicht verschlossen.

An der Rezeption im Hotel steht wieder der schlaksige rothaarige Junge, den sie bei ihrer Ankunft bereits nach Ratkevski gefragt hat.

»Okay«, sagt Tom, »dann mal los! Ich warte so lange hier!«

Marie sieht ihn erschrocken und zugleich empört an.

»Na, es könnte sein, dass der Ratkevski-Opa mich erkennt und dann Rakete warnt, dass ich hier bin«, erklärt er. »Besser, du rufst ihn runter und fragst ihn nach der Hochzeitsfeier und nach Emil. Dich kennt er nicht.«

»So viel zum Thema ›wir reden mit ihm‹.«

»Ich warte hier und beobachte dich«, verspricht Tom und deutet auf einen Sessel in der Lounge.

Marie stapft tapfer zur Rezeption und hofft, dass der Hotelmitarbeiter sie nicht wiedererkennt.

»Hallo«, sagt sie und stockt, sie hätte ihren Text vorher üben sollen. Das macht sie normalerweise bei jeder Kleinigkeit.

»Haben Sie den Menschen gefunden, den Sie gesucht haben?«, fragt der Rezeptionist und lächelt. Anscheinend erkennt er sie.

»Nicht ganz …«, meint Marie. »Könnten Sie vielleicht bei Herrn Ratkevski anrufen und ihn bitten, kurz herunterzukommen? Ich würde ihn gerne sprechen.«

»Haben Sie seine Zimmernummer?«

Marie schüttelt bedauernd den Kopf. Der Rezeptionist taucht in den Computerbildschirm ab und schnalzt nach wenigen Klicks erfreut mit der Zunge. »Okay«, sagt er etwas übermotiviert, »ich rufe durch!«

Marie kann es am anderen Ende tuten hören. Sie knibbelt sich vor Aufregung die Nagelhaut wund.

»Tut mir leid«, meint er schließlich und legt auf, »er ist nicht da.« Sie atmet erleichtert aus. Der Rezeptionist mustert sie. »Vielleicht«, meint er begeistert, »nimmt er heute an einer unserer Freizeitaktivitäten teil. Ich gucke rasch nach, ob er sich angemeldet hat!«

Damit taucht er wieder ab, schneller, als Marie »Datenschutz« rufen kann.

Nach wenigen Sekunden schnellt ein langer knochiger Finger in die Höhe. »HA!«, jubelt der Rezeptionist stolz. »Herr Ratkevski hat sich für das Wine Tasting heute Nachmittag angemeldet! Falls Sie möchten, kann ich Sie auch anmelden. Es sind noch Plätze frei. Aber der Bus fährt in wenigen Minuten los.«

Marie schielt zu Tom, der sie gebannt beobachtet. »Was ist los?«, scheint sein Blick zu fragen.

»In wenigen Minuten?«, wiederholt Marie. Der Mann nickt.

»Na gut«, hört sie sich sagen. »Ich nehme zwei Plätze.«

Immerhin kann sie dann schon mal einen Ratkevski zur Rede stellen, auch wenn es der falsche ist.

16

»Avanti, amore!«, ruft Sofia. »Wir kommen zu spät!« Sofort fangen Federn an zu flattern, und es kreischt als hässliches Echo: »Zu spät! Zu spät! Zu spät!« An die Papageien hat sie sich noch immer nicht gewöhnt. Das Flattern beruhigt sich, doch dann ruft ihr Verlobter aus dem Schlafzimmer: »Ja-ha!«, und es geht von vorne los. »Ja-ha! Ja-ha! Ja-ha!«

Sie streicht genervt ein paar Strähnen ihrer schulterlangen braunen Haare hinters Ohr. Sofia mag die Papageien überhaupt nicht. Normalerweise haben sie draußen einen Käfig, aber heute Nacht soll es stürmen, und sie haben die teuren Vögel vorsichtshalber in einen Käfig ins Haus geholt. Wo sie in der Natur nicht einmal von der Schwerkraft eingeschränkt werden, sind sie in ihrer Obhut gleich doppelt eingesperrt. In einem Käfig, in einem Haus. Sofia lässt sich auf die Couch fallen, und der Hamster im Käfig neben ihr richtet sich erschrocken auf. Die Tiere auf dem Hof mag sie gerne, aber die Tiere im Haus kann sie nicht leiden. Nicht einmal die süßen, wie die Hamster, und schon gar nicht die vielen Echsen und Schlangen. Alle fünf Schritte muss sie einem Terrarium ausweichen, wie sollen sie hier jemals Kinder großziehen?

Gar nicht, ist die Antwort. Sofia streichelt den Ring an ihrem Finger. Sie wird ihn zwingen, sich von den Tieren zu trennen. Zumindest von den neuen, ekligen, die Hunde mag sie ja ganz gerne. Die Pferde sind auch okay. Vor allem, seit er sie auf ihren Hof geholt hat und nicht mehr dauernd ihretwegen nach Köln muss. Jetzt geht er nur noch wegen seiner Filme. Und auch das könnte sie ihm größtenteils ausreden. Sie brauchen das Geld nicht, sein Vater hat doch genug! Warum übernimmt er nicht einfach das Familiengeschäft und lässt das mit den Tieren und den Filmen endlich sein? Sobald sie Kinder haben, wird sie dafür sorgen, dass er das tut. Sie können nicht in einem Zoo leben, und er kann nicht dauernd verreisen. Sie schaut genervt auf die Uhr. Wo bleibt er denn?

»Amore, avanti!«, schreit sie wieder. »Wir kommen zu spät!«

Im Schlafzimmer steht Emil »Rakete« Ratkevski vor dem Fenster, das Geschrei seiner Verlobten erreicht ihn kaum. Er schaut in den Hof hinab, tief in eine Erinnerung hinein.

Er ist gerade sieben Jahre alt und noch mindestens zehn Jahre von seinem Spitznamen Rakete entfernt. Den wird er in der Schule bekommen, kurz vor dem Abitur. Und später im Studium wird er ihn wie ein Abzeichen tragen. Sich sogar so vorstellen. Aber gerade heißt er einfach nur Emil. Und wenn ihn jemand fragt, wie alt er ist, sagt er es nicht nur, sondern zeigt es jedes Mal auch mit den Händen, weil er es immer noch toll findet, dafür jetzt beide zu benötigen. So alt ist er schon, dass die Finger an einer Hand nicht mehr ausreichen, um es zu zeigen! Er streichelt Silver, der daraufhin lauthals wiehert. Der Atem des Pferdes steigt als heiße Dampfwolke in die Luft. Goldie erwidert es mit einem Schnauben.

»Die beiden sind ein Paar!«, erklärt Emil seinem Vater, der unbeeindruckt den Stall begutachtet. »Genau wie Lotte und Hermann! Und sie haben sich sehr lieb!« Er geht hinüber zu Goldie und streichelt sie ebenfalls, damit sie sich nicht vernachlässigt fühlt. »Und ich hab euch auch sehr lieb«, flüstert er den Pferden zu.

»Das machst du also, wenn du hier bist?«, fragt sein Vater abschätzig »Du spielst mit Pferden wie eine gottverdammte Tunte?«

»Zu spät! Zu spät! Zu spät!«, kreischen seine Vögel aus dem Wohnzimmer, und dann wieder Sofia: »Ich warte im Auto!« Das zieht Emil »Rakete« Ratkevski aus seiner Erinnerung, und er löst sich vom Fenster.

»Okay!«, ruft er und sieht sich selbst im Spiegel. Der schwarze Anzug steht ihm gut, die Krawatte sitzt, nur sein etwas fusseliger Bart stört ihn. Es ist die einzige Komponente seines Körpers, die ihn wirklich richtig stört. Er hat keinen gesunden Bartwuchs. Keinen *männlichen* Bartwuchs. Soll er sich noch schnell rasieren? Nein, entschließt sich Emil. Er sieht zwar wesentlich besser aus ohne, aber wesentlich trauriger mit. Im alten Rom war es Tradition, nach dem Tod eines Bekannten sich den Bart so lange nicht zu rasieren, wie man offiziell trauerte. Und Emil »Rakete« Ratkevski trauert offiziell noch sehr. Er greift sich endlich die Sonnenbrille und hüpft die Treppen hinunter ins Wohnzimmer. Bei den Papageien bleibt er kurz stehen und kontrolliert das Schloss, was die Tiere aufschreckt und wieder zum Flattern bringt. Er rüttelt am Käfig.

»Seid ihr meine neuen Stars?«, fragt er. Die Papageien kreischen und flattern als Antwort. Von Nahem betrachtet, sehen sie abstoßend aus. Ihre Krallenfüße, die krummen Schnäbel, die rauen lila Zungen und ständig dieses zu menschliche Gekreische. Vermutlich waren sie eine Fehlinvestition, denkt er verbittert. Aktuell besitzt er knapp zwanzig Tiere, keines davon hat großen Erfolg. Seit Bellos Tod hat er nur Versager im Stall. Und in den Terrarien. Und in den Käfigen. Die meisten von ihnen leben draußen auf dem Hof. Im Haus selbst hat er nur seine Kaltblüter: die Echsen, Schlangen und das Chamäleon. Ach ja, und den Hamster. Emil geht zum Hamsterkäfig und öffnet die Tür. Ohne zu zögern, packt er den Hamster. Das kleine Tier schnüffelt aufgeregt an seiner Hand. Es hat flauschiges orangefarbenes Fell mit einem ganz ungewöhnlichen weißen Muster. Emil dachte, dass das besondere Muster das Tier fürs Fernsehen interessant machen könnte, und kaufte es deshalb vor einigen Monaten. Aber es wurde noch kein einziges Mal gebucht. Er versucht, irgendetwas anderes in dem Tier zu sehen als ein Investment, aber schafft es nicht.

Der Erfolg von Bello war ein Höhenflug, ein Rausch, und diesen Rausch noch mal zu erleben, das ist das Einzige, woran er denken kann, wenn er die Tiere vor Augen hat. Wenn sich ein Tier als Fehlinvestition herausstellt, kann er es immerhin noch verkaufen. Aber manche Tiere, auch einige der Hunde, die sich nicht für Film und Fernsehen eignen, finden einfach keinen Käufer. Diese hoffnungslosen Fälle gibt er im Tierheim ab. In einigen darf er das schon nicht mehr, darum muss er mittlerweile ziemlich weit rausfahren. Zu Tierheimen, die ihn noch nicht kennen. Er weiß, dass er sich dafür schämen sollte. Und ein bisschen tut er es auch. Als er damals Marie in einem Tierheim traf, war er gerade einen Hund losgeworden. Und es war ihm peinlich. Also log er und sagte, er sei dort, um sich die Tiere anzusehen. So wie sie. Damit gewann er ihr Vertrauen, ja, sogar ihre Zuneigung in wenigen Sekunden, ohne es zu beabsichtigen. Sie bewunderte ihn in diesem Augenblick. Dieses Gefühl der Bewunderung war genau das, was er brauchte. Und ein echter Mann nimmt sich, was er braucht.

Er verlässt endlich das Haus, den Hamster noch in der Hand. Die Luft draußen ist angenehm warm. Vom Stall her hört er die Pferde schnauben. Die beiden Pferde hat er nicht in der Hoffnung angeschafft, mit ihnen Geld machen zu können. Sondern weil … Er steigt die Treppenstufen vor dem Hauseingang hinab in eine weitere Erinnerung …

Er ist nun acht Jahre alt und zeigt sein Alter nicht mehr mit den Fingern an, sondern nuschelt es nur, wenn Erwachsene ihn danach fragen, weil er die Frage irgendwie peinlich findet.

Diese Ferien sind seine Eltern zum ersten Mal mit ihm zusammen auf dem Bauernhof. Lotte und Hermann sind fort. Die Tiere sind ebenfalls verschwunden, sein Vater hat die meisten bereits verkauft. Auch die Pferde sind weg. Nur der Hof hat keinen Käufer gefunden.

Seine Mutter serviert ihnen einen fetten Braten mit dicker brauner Soße, Rotkohl und Kartoffeln. Emil schiebt den Rotkohl beiseite und sticht mit der Gabel ins Fleisch. Es schmeckt schön fettig und ist herrlich saftig.

»Morgen werden die letzten Tiere abgeholt«, sagt sein Vater, »übermorgen reisen wir ab. Vielleicht lasse ich dann den ganzen gottverdammten Hof abreißen.«

»Wo sind Silver und Goldie jetzt?«, fragt Emil und schmatzt. »Leben die auf einem anderen Bauernhof?«

»Silver schon«, sagt sein Vater, »den habe ich verkaufen können.«

Die Gabel ist viel zu groß für Emils Hand. Er stellt sich vor, dass Silver und Goldie getrennt leben, und es macht ihn unglaublich traurig. Sie vermissen einander bestimmt. »Und wo ist Goldie?«, fragt Emil.

Sein Vater sticht in den Braten und rümpft die Nase. »Ich hätte dich nicht auf den Hof schicken sollen in den Ferien. Die ganzen Tiere, das hat dich verweichlicht. Die Welt da draußen hat nichts für weiche Jungs übrig. Verstehst du? Es gibt nur Jäger und Gejagte. Nur

Täter und Opfer. Nichts dazwischen. Fressen oder gefressen werden. Das musst du lernen.«

Emil hört ihm nicht zu. »Wo ist Goldie jetzt?«, fragt er wieder.

Sein Vater schmatzt und grinst und deutet auf den Braten.

»Fressen oder gefressen werden«, wiederholt er.

Emil versteht es nicht, aber er fragt nicht noch mal nach. Erst später, als er im Bett liegt, ahnt er, was sein Vater gemeint haben könnte. Aber nein, niemals. Das war bestimmt nur ein Scherz? Der Braten … Man isst doch keine Pferde? Oder? Er glaubt es nicht. Und trotzdem wacht er spät in der Nacht kreischend auf und muss sich übergeben.

Bis heute glaubt Emil es nicht. Es war ein altes Klischee, ein abgegriffener Psychotrick, nichts weiter. Ein einfallsloser, geschmackloser Trick, der ihn abhärten sollte. Das weiß er ganz sicher, und er wusste es auch damals. Trotzdem musste er sich in jener Nacht dreimal übergeben, trotzdem kann er bis heute keinen Braten mehr essen, trotzdem bereitet ihm allein der Gedanke an braune Soße einen Magenkrampf.

Emil atmet die frische Landluft ein. Nein, die Pferde hat er nicht aus professionellen Gründen gekauft, nicht aus logischen Gründen, sondern aus sentimentalen. Aus emotionalen. Weil er will, dass wieder zwei Pferde in dem Stall auf dem Hof leben. Was für ein Unsinn. Was für ein gottverdammter Unsinn. Das ist Maries Schuld, denkt er, sie hat diese Seite an ihm hervorgebracht. Die sentimentale Seite. Die emotionale Seite. Die schwache Seite. Und er hasst sie dafür.

Er kann den aufgeregten Herzschlag des Hamsters in seiner Hand spüren. Das Tier ist ansonsten ganz ruhig, versucht, nicht zu strampeln oder zu fliehen, es atmet bloß schwer und pulsiert. Emil lockert den Griff etwas.

Eine Affäre zu haben, ist eigentlich nichts Außergewöhnliches, denkt er. Ein Drittel aller Menschen geht irgendwann mal fremd. Manche haben sogar eine zweite Familie, über Jahrzehnte hinweg, mit Kindern und allem Drum und Dran. Wenn es nicht so einfach gewesen wäre, hätte er es vermutlich gar nicht gemacht. Oder zumindest früher beendet. Aber er brauchte immer nur sagen, dass er für Filmproduktionen wegmüsste, und das war alles. Dass er für die Tiere beim Dreh zuständig war, hätte zu viele Fragen aufgeworfen. Er hätte ihr dann auch von dem Hof erzählen müssen, aber das konnte er nicht, denn der gehört zu einem anderen Leben. Zu seinem echten Leben. Also gab er sich als Produzent aus, der privat Tiere liebte. Wenn er für die eine Frau auf Geschäftsreise war, war er für die andere zu Hause und umgekehrt. Bis plötzlich Bellos Erfolg kam und er tatsächlich sehr viel häufiger auf Drehs musste. Aber da hatte er schon beschlossen, die Sache mit Marie zu beenden und die Zweitwohnung in Köln endlich zu vermieten. Vielleicht war alles so einfach, weil ihm beide Frauen vertraut haben. Macht ihn das zu einem schlechten Menschen?

Er schaut den Hamster in seiner Hand an. Nein, beschließt Emil, er ist kein schlechter Mensch. Er ist einfach nur ein Mensch. Gesteuert von der Natur. Das glaubt er wirklich. Er hat keine Gewissensbisse, weil er eine Affäre hatte. Das Ganze lastet ihm aus einem anderen Grund schwer auf den Schultern. Aus einem Grund, den er tief in seinem Inneren kennt, aber nicht wagt, sich zu erschließen. Es war nicht der Sex, es waren nicht seine »männlichen« Bedürfnisse, denen er mit dieser Affäre nachging. Er stand eben nicht in einer Reihe mit den vielen stolzen Männern in der Geschichte, die ihre Frauen betrogen und Prostituierte aufsuchten, eben weil sie Männer waren. Er flüchtete sich in dieses zweite Leben mit Marie, weil er dort verletzlich sein konnte. Er konnte ein Weichei sein. Ganz heimlich, ohne dass es jemand mitbekam. In dem Moment, wo er nach ihrem ersten Treffen vor Marie weinte und sie ihn deswegen nur noch mehr liebte, in dem Moment, wo er verstand, dass er bei ihr all das tun konnte, was ihm vor Sofia oder vor seinem Vater nichts als Spott und Hohn und Verachtung einbringen würde, war die Affäre geboren. Das Verbotene an ihr, das Dreckige, war nicht der Sex, es waren die Tränen. Er schließt den Gedanken sofort wieder ein. Das will er niemals zugeben. Nicht einmal vor sich selbst. Er war kurz davor, aber dann hat er stattdessen die Verbindung zu Marie gekappt. Kompromisslos und ohne zu zögern, wie man sich ein Pflaster abreißt. Denn nur so tut es nicht weh.

Er atmet tief aus und lässt den Hamster los. Das alles

ist Vergangenheit. Antike Geschichte. Die Affäre ist tot, das Weichei in ihm ist tot. Er wird heiraten, und er wird endlich der Mann sein, der er sein sollte. Die Affäre wird in seinen Gedanken reduziert auf sexuelle Untreue, die er insgeheim wie ein Abzeichen tragen wird.

Das kleine, flauschige Tier blickt ihn erst verwirrt an und tappst dann davon. Es wird vermutlich nicht lange in der Wildnis durchhalten. Spätestens wenn die Nächte wieder kälter werden, wird es erfrieren. Wenn es davor nicht verhungert oder selbst gefressen wird. Aber so ist das eben. »Fressen oder gefressen werden.«

Dann endlich geht er zur Garage, wo Sofia bereits seit einiger Zeit ungeduldig im Auto wartet.

Der Tod von Bello hat ihre Hochzeitspläne ordentlich durcheinandergebracht. Aber letzten Endes wird alles gut. Er ist fremdgegangen, er hat Bello getötet, und er ist mit beidem durchgekommen. Alle Fäden sind abgewickelt, alle offenen Enden geschlossen, ohne Konsequenzen. Seine Ehe hat eine Zukunft, und sein Geschäft hat eine Zukunft, er hat beides gerettet, er hat es geschafft. Der Gedanke gibt ihm ein Gefühl des Stolzes, für das er sich nicht einmal schämt.

Er zieht die Sonnenbrille auf und steigt ins Auto.

»Da bist du ja endlich!«, schimpft Sofia, als er sich hinters Lenkrad setzt. »Warum hat das so lange gedauert? Tutto bene?«

Emil lächelt und fährt vom Hof. »Alles fantastisch, amore«, sagt er, »alles absolut fantastisch!«

17

Ihr Führer öffnet unter Anstrengung eine große Schiebetür zum nächsten Kellerraum. Mit seiner Halbglatze, dem zufriedenen Lächeln und dem leichten Übergewicht erinnert er Marie an einen Mönch, nur die Kutte fehlt.

»Der Chianti ist einer der bekanntesten Weine der Toskana«, erklärt er in stark akzentuiertem Deutsch und geht die Reihe an riesigen Fässern ab, die in dem Kellerraum lagern. »Es war kein Geringerer als Cosimo III. de' Medici selbst, der 1716 die erlaubten Anbaugebiete für Chianti festlegte. Nur der Chianti aus der entsprechenden Toskana-Region darf sich Chianti Classico nennen.«

Ein leichtes Raunen geht durch die Gruppe. »Wie beim Champagner« und »Beim Champagner in Frankreich ist das auch so«, erklären die anwesenden Männer ihren anwesenden Frauen, die aus pädagogischen Gründen anerkennend nicken, obwohl sie es bereits wissen.

Das alte Steingewölbe haucht Marie seinen kalten Atem in den Nacken, und sie fröstelt, obwohl es draußen, nur einen Meter über ihr, dreißig Grad hat. Sie sind zwölf Personen in dem Keller, darunter Marie,

Tom und der alte Mann, den die beiden »Ratkevski-Opa« nennen.

»Der Chianti Classico untersteht strengsten Qualitätsprüfungen«, mahnt der Führer. Die Gruppe schreitet durch den Raum, verrenkt sich die Hälse und staunt ob der großen Anzahl an Holzfässern, die allesamt literweise Wein in sich tragen. Es folgen weitere Infos über den Wein und die Fässer, aber Marie hört nicht richtig hin. Sie beobachtet Ratkevski und versucht, in ihm Emil zu sehen. Die Nase ist ähnlich geschwungen, die Lippen ebenfalls, stellt sie fest. Wird Emil in fünfzig Jahren auch so aussehen? Ratkevski dreht sich in ihre Richtung, und Marie sieht sofort zu Boden, um seinem Blick auszuweichen. Ihr Hals ist trocken, und Angstschweiß klebt kalt an ihren Händen. Als sie wieder aufschaut, ist Ratkevski aus ihrem Blickfeld verschwunden.

Leichtes Gelächter geht durch die Gruppe. Anscheinend hat der Führer einen Witz gemacht. Neben ihr steht Tom, und obwohl er eine Sonnenbrille trägt, kann sie spüren, wie er über den Witz die Augen verdreht. Außerdem hat er eine Cap tief im Gesicht hängen und zieht mit diesem völlig unpassenden Outfit, wenn überhaupt, dann mehr Aufmerksamkeit auf sich. Aber immerhin scheint ihn niemand zu erkennen. Als sie in den Bus gestiegen sind, hat der Ratkevski-Opa Marie von oben bis unten gemustert. Vielleicht hat er sie von ihrem ersten, für Marie etwas peinlichen Aufeinandertreffen erkannt. Vielleicht wollte er ihr auch nur auf die Brüste schauen. Beides wäre ihr sehr unangenehm. Sie kann sein weißes Haar in der Gruppe wieder ausmachen, aber versucht, ihn nicht mehr anzusehen, denn sie hat sich von dem Beinahe-Blickkontakt vor wenigen Momenten noch nicht erholt. Stattdessen begutachtet sie eines der vielen Fässer, als wären sie so interessant wie behauptet. Es wird noch ein wenig gestaunt, aber dann winkt sie der Führer wieder die Treppe hoch.

»Genug über Wein geredet. Zeit, ihn zu trinken!«

Sie steigen wieder an die Oberfläche. Nach dem kalten Keller ist warme Luft eine Wohltat, und Marie schließt kurz die Augen und lässt sich von ihr umarmen, bevor sie den anderen auf die Terrasse folgt. Von dort kann sie das gesamte Tal überblicken. Sie tritt ans Geländer und staunt. Das Land wölbt sich in zahlreichen Hügeln. Sie sind überzogen mit Reben, die so gerade aufgereiht sind, dass es aussieht, als hätte man die Natur mit einer riesigen Bürste gekämmt. Neben den Linien der Reben stehen in quadratischer Aufstellung Olivenbäume in Reih und Glied. Kleine graue Flecken in der Ferne deuten die anderen Weingüter an. Marie stellt sich vor, wie sie weit weg in einem dieser grauen Flecken lebt. Auf einem Hof, ganz allein, mit ein paar Katzen zum Streicheln und sonst nichts zu tun. Statt hier herumzustehen und was genau zu tun? Warum ist sie noch mal hier? Warum rennt sie nicht sofort los, ganz weit weg, zu einem dieser grauen Flecken, und verschwindet für immer, um lediglich ein winziger Punkt in der Landschaft zu werden?

Tom stößt sie in die Seite und reißt Marie aus ihren Gedanken.

»Okay«, sagt er und deutet auf die Tischgruppen, an denen sich die Gäste verteilt haben. Ganz links, direkt am Geländer, sitzt Ratkevski allein an einem Tisch. »Setzt du dich kurz dazu und fragst einfach?«

Marie will protestieren, aber ihr fällt kein Gegenargument ein. Genau deswegen sind sie schließlich hier. Um mit Ratkevski zu sprechen und herauszufinden, ob Emil noch erscheint. Ob die Hochzeit weiterhin stattfindet oder ob sie nach dem Unfall mit Bello verschoben wurde. Denn wenn das jemand weiß, dann der Mensch mit demselben Nachnamen, der in dem Zimmer wohnt, dessen Rechnung in Emils Briefkasten steckte. Aber »einfach« wird es ganz bestimmt nicht. Wie fragt man jemanden nach einer Hochzeitsfeier, ohne preiszugeben, woher man von dieser weiß?

»Warum ich? Warum nicht wir? Oder du?«, fragt sie verzweifelt.

Tom öffnet den Mund zu einer Erklärung, aber hält dann inne. »Er hat uns gesehen«, flüstert er stattdessen, »wir haben Augenkontakt …«

Marie erstarrt und blickt konsequent in eine andere Richtung.

»Immer noch Augenkontakt«, berichtet Tom wie ein Auslandskorrespondent. »Ich glaube, er hat gemerkt, dass wir über ihn reden. Wenn ich jetzt nichts zu ihm sage, wird's eigenartig.« Tom hebt die Hand und winkt. »Können wir uns dazusetzen?«

Marie traut sich endlich, den Kopf zu drehen, und

sieht, wie Ratkevski ihnen die Plätze gönnerhaft anbietet. Er trägt einen dunkelblauen Anzug, der sportlich geschnitten ist, und ein weißes Hemd ohne Krawatte. Der Haifisch-Kragen an seinem Hemd steht weit offen, und ein paar graue Haare kräuseln sich gut sichtbar von der Brust hinauf bis zum Hals. Seine Haut hat eine ungesunde Bräune, so als wäre er als Kind in ein großes Fass Selbstbräuner gefallen. Im Kontrast dazu strahlen seine Zähne unnatürlich weiß. Marie folgt Tom und setzt sich auf einen der Plätze direkt gegenüber von Ratkevski. Sie ist ihm nun so nah, dass sie jede einzelne Falte in seinem Gesicht sehen kann. Maries Puls schießt in die Höhe. Hinten, am anderen Ende der Terrasse, hält der Führer eine Flasche hoch und erzählt der Gruppe etwas über den Wein darin, aber Marie versteht es nicht ganz, dafür schlägt ihr der Puls zu sehr auf die Ohren. Schließlich klatschen alle, der Führer verschwindet, und die ersten Flaschen Wein werden serviert.

»Dietmar Ratkevski«, stellt der Opa sich vor und schaut sie auffordernd an. Seine Stimme klingt eigenartig obszön. Die geraden weißen Zähne scheinen außerdem nicht ganz perfekt im Mund zu sitzen, seine Aussprache wird durch unregelmäßiges Schmatzen und Pfeifen akzentuiert.

Tom trägt noch immer seine Sonnenbrille und die Cap. Er zögert. »Maa… Markus«, sagt er. Stille. Ein Nachname folgt nicht. Dietmar Ratkevski verzieht verwirrt das faltige Gesicht. Soll Marie sich auch einen falschen Namen überlegen? »Jana«, nuschelt sie. In dem Moment kommt der Kellner mit einem Servierwagen voller Flaschen an ihren Tisch.

»Ein Chianti«, erklärt er und gießt jedem etwas ein, bevor er wieder verschwindet.

»Zusammen im Urlaub?«, fragt Ratkevski und langt nach seinem Glas. Er schwenkt es kennerisch und achtet gar nicht auf Tom, beziehungsweise Markus, der seine Feststellung mit einem Nicken bestätigt. »Habt ihr ein paar Buchempfehlungen für mich?«, fragt er stattdessen, die Aufmerksamkeit noch immer auf das Glas gerichtet. »Ich hab gerade so ein Buch von einem schwedischen Wissenschaftler gelesen. Da geht's um die Büroklammer-Hypothese. Schon mal davon gehört?« Jetzt lässt er das Glas endlich sinken und schaut Tom an. Marie hingegen scheint er nicht wahrzunehmen. Ihr ist das ganz recht. Sie nimmt einen Schluck vom Rotwein und versucht, etwas herauszuschmecken, das über die Beschreibung »schmeckt nach Wein« hinausgeht, scheitert aber.

»Nein«, gibt Tom zu, und der Opa lehnt sich zufrieden zurück.

»Das ist ein Gedankenexperiment«, sagt er. »Es geht um die simple Frage: Was würde passieren, wenn wir eine künstliche Intelligenz schaffen, deren Ziel es ist, die Anzahl der Büroklammern zu maximieren?«

»Büroklammern?«, fragt Tom.

Ratkevski nickt und nimmt einen tiefen Schluck Wein, den er sichtlich genießt. Marie fragt sich, was er wohl herausschmeckt.

»Die Maschine würde ihre Intelligenz verbessern, nicht weil sie mehr Intelligenz an sich schätzt, sondern weil mehr Intelligenz ihr helfen würde, ihr Ziel zu erreichen, Büroklammern herzustellen«, sagt er. »Sie würde immer bessere Techniken erfinden, um die Anzahl der Büroklammern zu maximieren. Ohne Rücksicht darauf, welche Auswirkungen es auf die Umwelt oder die Menschen hat.«

»Das klingt aber nicht sehr intelligent«, wirft Tom ein und schwenkt ebenfalls sein Glas, als wüsste er, warum. Ratkevski lächelt.

»Für uns vielleicht. Aber die KI hat nur ein Ziel. Büroklammern. Und dem würde sich mit der Zeit alles andere unterordnen.«

Maries Bein zittert unter dem Tisch ungeduldig, und durch die Reibung klingt es, als würde sie Papier schleifen. Wann lenkt Tom das Gespräch endlich auf die Hochzeit? Sie sind nicht hier, um über Büroklammern zu reden! Oder erwartet er, dass sie das tut? Sie hätten das alles viel besser planen sollen.

»Ich lese nicht so viel«, gibt Tom seelenruhig zu und wendet sich an Marie. »Was liest du gerade?«

Wie kann sie bloß aus dieser Small-Talk-Hölle entkommen? Der Servierwagen geht erneut reihum, aber diesmal wird Essen aufgetischt. Hinter ihnen klappert Besteck. Es gibt keinen Ausgang, stellt sie fest, ich muss mit dem Kopf durch die Wand und einen schaffen. Sie sammelt ihren Mut.

»Nichts«, sagt sie. »Machen Sie auch Urlaub? Oder gibt es einen Anlass für Ihre Reise?«

Ratkevski bleckt die falschen Zähne zu einem falschen Grinsen.

»Mein gottverdammter Sohn kommt endlich unter die Haube. Ich bin für die Hochzeit hier.« Beim Stichwort »Sohn« zuckt Marie kurz zusammen. Das kann nicht sein, denkt sie. Emils Eltern sind doch tot! Das hat er zumindest behauptet. Aber er hat schließlich auch behauptet, dass er mich liebt, stellt sie verbittert fest. Wieder eine Lüge. Wieder ein Stück ihrer Realität kaputt. Ihr Kopf fängt an zu dröhnen.

Ratkevski bemerkt ihre Reaktion und bezieht sie auf sein Alter. »Ich bin spät Vater geworden«, erklärt er, »aber die Mutter war sehr jung. Also im Schnitt sind wir ganz normal alte Eltern.«

Marie nimmt einen Schluck und versucht, die sich anbahnenden Kopfschmerzen zu ignorieren. »Ich habe lange versucht, Kinder zu kriegen, damit ich wen habe, der das Familiengeschäft erbt«, rechtfertigt er sich weiter. »Hat erst recht spät geklappt.«

»Was ist denn das Familiengeschäft?«, erkundigt sich Tom.

»Immobilien. Emil, mein Sohn, weigert sich noch, es zu übernehmen. Der hat seine gottverdammten Tiere … Lange Geschichte.«

Er schmatzt, obwohl er nichts im Mund hat, und Marie fragt sich, ob er betrunken ist.

»Ich habe ihm sogar eine Wohneinheit übertragen, er hat sie jedoch nicht vermietet. Er meinte, er findet niemanden, aber ich weiß doch, was er da tut. Der hat die Wohnung selbst genutzt, dreist wie er ist.«

Ratkevski scheint abzuwägen, ob er weiterreden soll. Schließlich grinst er breit und lehnt sich verschwörerisch vor. Er riecht nach Moschus und Aftershave. Und Alkohol. Viel Alkohol.

»Ich glaube, für eine Affäre«, säuselt er.

Marie beißt sich so fest auf die Lippe, dass sie aufplatzt und ihre Zunge Blut schmeckt. Ratkevski lacht dreckig.

»Nutzlos, sag ich ja!« Er ist ganz sicher betrunken.

»Ist der Bräutigam denn auch schon hier?«, will Tom wissen. Marie ist froh, dass er das Gespräch übernimmt. Sie kann spüren, wie ihr übel wird. Der alte Mann mustert Tom skeptisch.

»Nein. Noch nicht. Morgen ist die Hochzeit und direkt danach die Feier, dann kommt er.«

»Ganz schön knapp«, meint Tom trocken. Ratkevski lässt die falschen Zähne wieder aufblitzen. »War nicht so geplant. Er sollte schon früher kommen, aber dann … musste er umbuchen.« Er scheint sich an etwas zu erinnern und lacht wieder.

»Als klar wurde, dass er das alte Zimmer nicht mehr stornieren kann, hat er mich gefragt, ob ich es übernehmen möchte. Und ich meinte: ›Klar übernehme ich das Zimmer‹, und dann kam plötzlich die Rechnung. Der wollte mir die Kosten andrehen! Also habe ich die Rechnung direkt zurückgeschickt. Aber nicht an seine eigentliche Hausadresse, sondern zur Wohnung, die er für mich vermieten sollte. Seine dreckige Affären-Wohnung. Danach kam nichts mehr. Das hat er nicht gewagt!« Er lächelt selbstgefällig über diesen Coup. Marie kann nicht nachvollziehen, warum er ihnen, zwei Fremden, das erzählt, bis sie versteht, dass er stolz auf sein Verhalten ist. Er prahlt.

»Ich bin der Alpha, er zahlt mir den Urlaub«, nuschelt Ratkevski wie zur Bestätigung ihres Gedankens.

Der Wagen mit dem Essen kommt bei ihnen an. Es werden Teller voll Fleisch serviert. »Cinghiale«, sagt der Kellner und sucht nach deutschen Worten, findet aber nicht alle. »Wild Boar … ist primary meat in Toskana. Das Fett ist lecker auf der Zunge. Der Wein danach wäscht es wieder weg.«

Marie zieht sich beim Anblick der aufgeschichteten Fleischlappen der Magen zusammen. Der Geruch von Fett steigt ihr in die Nase, es wird ihr alles zu viel. »Dreckige Affären-Wohnung« hallt die Stimme von Ratkevski in ihr nach, und sie kann die Galle in ihrem Rachen schmecken. »Entschuldigung«, sagt sie und steht auf. Der Stuhl kratzt geräuschvoll über den Steinboden, als sie sich vom Tisch windet und auf der Suche nach den Toiletten davoneilt.

Tom überlegt kurz, ihr hinterherzugehen, aber bleibt sitzen. Ratkevski mustert ihn schon wieder. Diesmal beugt er sich dabei schamlos vor und kneift die Augen zusammen, als hätte er seine Lesebrille vergessen.

»Kenn ich dich nicht irgendwoher?«, grunzt er. »Du bist doch dieser Musiker. Nicht Markus … Tom! Stimmt doch, oder?«

Tom überkommt leichte Panik, und er überlegt, es abzustreiten, aber Ratkevski scheint sich sicher. Tom nimmt geschlagen die Brille ab und kann endlich wieder vernünftig sehen.

»Möchte nicht erkannt werden«, sagt er. »Bin ja privat hier, und sonst … mit den ganzen Fotos und so, da kann man den Urlaub nicht genießen.«

Ratkevski lächelt verständnisvoll, als wäre das ein Problem, das er auch ständig hat.

Um sie herum wird geschmatzt und geschlürft. Tom hat das Gefühl, dass er den ganzen Tag nichts anderes getan hat, als zu essen oder anderen beim Essen zuzusehen.

»Ist das eigentlich dein echter Name?«, fragt Ratkevski. »Auf mich wirkst du eher wie ein Abdul oder so.«

Tom kräuselt genervt die Stirn, woraufhin Ratkevski spielerisch die Hände hebt, als wolle er sich ergeben.

»Darf man das fragen? Oder werde ich jetzt verhaftet wegen politischer Unkorrektheit?«

»Ich glaube, das gibt erst mal nur einen Strafzettel«, meint Tom, »aber ja. Mein Vater kommt aus Afghanistan. Tom ist ein Künstlername.«

Der Opa lächelt zufrieden. »Es ist kein Rassismus, wenn es stimmt«, meint er.

»Es stimmt aber nicht«, protestiert Tom etwas angefressen, »mein echter Name ist nicht Abdul, ich heiße Thomas Rahmani. Tom war schon immer mein Spitzname. Mein Vater hat mir aber geraten, den Nachnamen abzulegen und nur unter Tom aufzutreten. Er meinte, das verkauft sich besser. Er ist auch mein Manager.«

»Das ist klug«, bestätigt Ratkevski. »Mit einem afghanischen Nachnamen kommt man nicht weit. Das hat gar nichts mit Rassismus zu tun, das ist einfach die Realität. Und als Geschäftsmann muss man mit der Realität kalkulieren. Nicht mit dem, was moralisch richtig wäre, sondern mit dem, was ist.«

Tom ist das Gespräch unangenehm, aber er ist froh, dass Ratkevski anscheinend keine Verbindung zwischen ihm und seinem Sohn zieht. Doch dann spült der alte Mann sich den Mund mit Wein aus und sagt: »Hast du nicht den Hund von Emil getötet?«

Verdammt, denkt Tom, nur noch zwei logische Schlussfolgerungen, und Ratkevski ruft seinen Sohn an, um ihn zu warnen. Und dann was? Dann wird der wahrscheinlich die Presse informieren und ihn wieder irgendwie in die Scheiße reiten. *Extrablatt! Erst bringt Musiker Tom seinen Hund um, dann stalkt er ihn!* Irgend so etwas.

»Keine Sorge«, meint Ratkevski, »das mit dem Hund, das war das Beste, was du hättest tun können. Diese ganze Tiertrainer-Sache … Emil muss endlich einsehen, dass das Unsinn ist. Je mehr von seinen Tieren sterben, desto besser.«

Toms Augenbrauen schnellen überrascht in die Höhe.

»Aber er hat den Tod ganz clever ausgenutzt«, stellt Ratkevski fest, »hat seine Karriere ja leider nicht beendet. Ganz im Gegenteil. Anders als bei dir und deiner Karriere …«

Um dem lauernden Blick von Ratkevski auszuweichen, trinkt Tom seinen Wein mit einem langen, tiefen Schluck leer. Doch der alte Mann lässt nicht von ihm ab.

»Das ist doch kein Zufall«, meint er, »dass du jetzt auch hier bist. Zu seiner Hochzeit. Du hast irgendwas vor, oder?«

Tom antwortet nicht, kann aber trotzdem nicht verbergen, dass Ratkevski ins Schwarze getroffen hat. Der sticht ins Fleisch und gießt sich Wein nach.

»So wie ich das sehe«, sagt er, »haben wir dieselben Interessen.«

Endlich versteht Tom, was der alte Mann von ihm will. Er schiebt das Glas beiseite und rutscht gebannt bis an die Stuhlkante. Warum hat er das nicht gleich verstanden?

»Wir haben also dieselben Interessen«, sagt er. »Wir wollen beide, dass Emil seine Karriere verliert.«

Ratkevski richtet die Gabel auf Tom, als wolle er ihn aufspießen. »Genau.«

»Aber warum ist Ihnen das so wichtig, dass ausgerechnet Ihr Sohn das Familiengeschäft übernimmt? Warum nicht jemand, der auch Interesse dran hat? Oder Talent für?« Der alte Mann schluckt das zerkaute Fleisch herunter und spült mit Wein nach. Trotz strahlend weißer Zähne und Sonnenbank-gebräunter Haut sieht er verbraucht aus, müde. Er seufzt. »Das weiß ich selbst nicht«, gibt er zu, »so bin ich halt programmiert. Die Ratkevski Immobilienverwaltung soll die Ratkevski Immobilienverwaltung bleiben. Aber ist das wichtig? Jetzt komm, sag, wie ich dir helfen kann, meinen Sohn bloßzustellen. Hast du einen Plan?«

Marie klatscht sich zwei Hände voll kaltes Wasser ins Gesicht und versucht, ihre Übelkeit auszuatmen.

»Du schaffst das«, sagt sie zu ihrem Spiegelbild, das allerdings so wehleidig zurückguckt, dass Marie sich nicht ganz sicher ist, ob das stimmt. Sie will nicht wieder zu Emils ekligem Vater, sie will nichts mehr über die Affäre hören. Je mehr sie über die Wahrheit erfährt, desto mehr zerfällt ihre Vergangenheit zu einer Lüge. »Du schaffst das«, sagt sie noch einmal, und diesmal glaubt ihr Spiegelbild es sogar. Sie tritt aus dem Klo und stellt fest, dass die Welt leicht anfängt zu schaukeln. Der Wein macht sich bemerkbar.

Das Fleisch an ihrem Tisch ist mittlerweile abgeräumt, dafür stehen neue Flaschen bereit. Tom hat seine Brille abgenommen. Er und Ratkevski schweigen sich zufrieden an. Sie setzt sich, und das Schweigen macht es sich ebenfalls gemütlich. Anscheinend ist alles geklärt. Was auch immer »alles« war. Es herrscht eine verschwörerische Stille, und sie selbst ist nicht Teil der Verschwörung. Kein gutes Gefühl.

»Wie ging es eigentlich aus?«, fragt sie schließlich, weil sie die Stille nicht mehr aushält.

»Was?«, erwidert Ratkevski verwirrt.

»Das Gedankenexperiment mit der Büroklammer. Wie endet es?«

»Oh, das«, meint Ratkevski und wischt sich den Mund mit einer Serviette ab.

»Die KI verarbeitet jeden Menschen zu einer Büroklammer, zerstört alles und hört nicht auf, bis die ganze Welt eine einzige große Büroklammer ist.«

Tom schenkt sich ein. »Na, darauf ein Salut.«

Später im Bus sind alle betrunken. Leider führt der Weg zurück über zahlreiche Hügel mit vielen scharfen Kurven, und der eine oder andere Teilnehmer muss richtig kämpfen, damit bei der ruckeligen Rückfahrt der teure Wein im Magen bleibt. Marie lehnt den Kopf an die angenehm kühle Fensterscheibe. Ihr ist nicht übel, sie ist einfach nur müde. Sie weiß nicht, ob das an den Medikamenten liegt, die sie nimmt, aber Alkohol macht sie seit einiger Zeit nicht nur betrunken, sondern vor allem unfassbar schläfrig. Sie schaut aus dem Fenster und sieht der Welt beim Hüpfen zu, als Tom sich in ihr Blickfeld lehnt.

»Als du weg warst, habe ich mit Ratkevski was vereinbart«, sagt er. Er hat ein leichtes Lallen in der Stimme. »Frag nicht warum, aber er hilft uns.«

»Hilft uns … wobei?«

Tom späht über Marie hinweg, kann Ratkevski aber wohl nicht sehen. Vermutlich hängt der Opa mit dem Kopf in den Knien hinter einem der Sitze und schnarcht.

»Er hat mir gesagt, wo und wann die Hochzeit stattfindet. Und lässt uns rein. Und da erpressen wir Emil dann. Ich meine … konfrontieren ihn. Ziehen ihn zur Rechenschaft. Sprechen uns aus. Was auch immer.«

»Auf der Hochzeit?! Vor allen Leuten?«

Ein Schlagloch schüttelt den Bus durch. Auf den Sitzen ertönen qualvolles Stöhnen und einige feuchte Rülpser, die so klingen, als müsste etwas wieder heruntergeschluckt werden, damit es nicht draußen landet.

»Nicht vor allen Leuten«, sagt Tom. »Er wird Emil wegen irgendeinem Vorwand in ein Hinterzimmer rufen. Und da warten wir dann auf ihn. Und können ihn ausquetschen.«

Er grinst zufrieden, aber Marie ist unsicher.

»Du hast dann alle Karten in der Hand!«, prahlt er. »Er will die Wahrheit nicht sagen? Du erzählst seiner Frau von der Affäre. Er will dir den Ring nicht geben? Du zerstörst seine Hochzeitsfeier. Er macht alles richtig, aber du bist immer noch wütend? Bye, bye, Ehe.«

»Aber …«, stammelt Marie und versucht, den Nebel der Müdigkeit aufzureißen. »Warum machen wir das direkt auf seiner Hochzeit, warum nicht … später? Irgendwo privat?«

Eine scharfe Kurve schiebt Tom näher an Marie, die selbst wiederum an die Scheibe gequetscht wird. Erneutes Stöhnen im Bus, Marie ist sich mittlerweile sicher, dass der Busfahrer ein Sadist ist und großen Spaß an dieser Fahrt hat.

»Es gibt kein Danach«, meint Tom, nachdem die Kurve überstanden ist. »Danach sind die Flitterwochen. Willst du Emil hinterherreisen? Oder etwa erst mit ihm reden, wenn sie wieder in Deutschland sind? Soll dann ein Privatdetektiv seine Adresse herausfinden, und dann fährst du dorthin, oder wie?«

»Nein …«

»Das ist die letzte Chance. Und es ist die beste Chance! Der Druck auf Emil ist am größten, also wenn du willst, dass er dir Rede und Antwort stehen muss, dann kannst du keinen besseren Zeitpunkt wählen als seine Hochzeitsfeier morgen.«

Nun hält der Bus ruckartig an und schleuderte sie nach vorne. Statt von Stöhnen wird dieses Manöver von echten Schreien begleitet. Das ist wahrscheinlich wie Musik in deinen Ohren, du Perverser, denkt Marie wütend über den Busfahrer, als sie sich wieder zurücklehnt.

»Also?«, fragt Tom.

Er hat ja recht, stellt sie genervt fest. Es ist etwas verrückt, aber es ist elegant.

»Okay.«

Toms Grinsen ist fast so breit wie die Passagiere in dem Bus.

Tom lehnt sich zurück, und sobald er aus Maries Blickfeld verschwindet, fällt sein Lächeln ein wenig in sich zusammen. Denn das, was er Marie erzählt hat, ist bei Weitem nicht das Einzige, was er mit Ratkevski vereinbart hat. Die beiden haben den Anfang eines perfiden Plans ausgeklügelt. Einen, der noch einige Schritte weiter geht als das, worin Marie gerade eingewilligt hat. Einen, den er seinem eigenen Vater vorstellen wird, sobald sie wieder im Hotel sind. Einen, von dem Marie im Moment aber nichts erfahren muss. Das wird sie schon noch früh genug … Und vermutlich wird sie danach nie wieder etwas mit Tom zu tun haben wollen. Aber es wird Emils Karriere zerstören und Tom seine zurückgeben. Und darum geht es hier schließlich, oder? Fressen oder gefressen werden, hat Ratkevski gesagt.

»Fressen oder gefressen werden«, wiederholt Tom leise und fühlt sich extrem unwohl. Dietmar Ratkevski und sein eigener Vater würden sich vermutlich fantastisch verstehen.

18

Der Kaffee schmeckt bitter, aber vielleicht liegt das auch an Maries Stimmung. Tom scheint hingegen gelassen wie immer. Er nippt an seinem Cappuccino und ist ins Handy vertieft. Maries Blick wandert wieder von ihrem Tisch quer über die Piazza im Stadtzentrum von Validanti zu dem riesigen quadratischen Rathaus mit den eckigen Zinnen und der Turmuhr. Auf den zahlreichen Stufen vor dem Kastengebäude warten fein angezogene Menschen und blicken erwartungsvoll auf die massiven Holztüren. Die Sonne scheint fleißig und wärmt sogar die Schatten, so langsam heizt der Tag richtig auf. Mit Sicherheit bilden sich unter dem einen oder anderen weißen Hemd gerade Schweißflecken, denkt Marie, aber sie sitzen zu weit entfernt von der Gesellschaft, als dass sie wirklich welche sehen könnte.

Der Himmel über ihnen ist in ein tiefes, klares Blau gekleidet. Ein schöner Tag zum Heiraten, stellt sie bitter fest und nimmt noch einen Schluck. Gleich, wenn die Türen des Rathauses aufgehen, ist Emil offiziell verheiratet. Die Frau, die an seiner Seite die Stufen hinuntergehen wird, ist dann *seine* Frau. Wie sie wohl aussieht? Marie will es unbedingt wissen und gleichzeitig niemals erfahren. Sie will die Frau nicht hassen, sie will nicht sauer auf sie sein, und vor allem will sie sich nicht mit ihr vergleichen. Immerhin, der Wille ist da, denkt Marie frustriert und zupft an ihrem Kleid. Sie ist inzwischen froh, es zu tragen, auch wenn sie sich dieses Kleid niemals gekauft hätte. Es ist zu teuer und zu schick, kurzum, es ist zu gut für sie. Tom hat es ausgesucht, als sie heute Morgen als Teil ihres völlig wahnsinnigen Plans Klamotten kaufen gingen, mit denen sie auf Emils Hochzeit nicht auffallen würden.

»Das ist schick, aber trotzdem schlicht«, sagte er und hielt es ihr hin. Marie probierte es an, es saß gut und gefiel ihr sogleich. Ein leichter Stoff in Pastellgrün, das beinahe wie Grau wirkt. Ein paar Blumen sind darauf, aber keine bunten, sondern weiße und dunkelblaue. Die Ärmel sind sehr kurz, dafür hat es keinen Ausschnitt, sondern einen süßen Kragen. Um die Taille schwingt sich ein Band, das dem Kleid Form verleiht. Als sie sich darin drehte, um im Spiegel alle Seiten zu sehen, wurde ihr klar, dass das Kleid zu gut für sie ist. Aber Tom hatte bereits gezahlt. »Es hat dir gefallen!«, sagte er, als Marie protestierte. Sie konnte es sich nicht selbst kaufen, aber noch weniger konnte sie es sich kaufen lassen. »Es ist bereits erledigt«, meinte Tom. »Freu dich einfach.«

Marie schafft es endlich, sich von der Hochzeitsgesellschaft zu lösen, die noch immer darauf wartet, dass das Paar aus dem Rathaus kommt, und betrachtet stattdessen Tom. Sein Outfit steht ihm richtig gut, obwohl es ihn langweiliger aussehen lässt, als er ist.

Aber das ist schließlich das Ziel, oder? Nicht auffallen. Dafür haben sie sich auch die dicken Sonnenbrillen besorgt, die nicht ganz zu ihren Outfits passen, aber einen Großteil ihrer Gesichter verdecken. Nicht auffallen, nicht erkannt werden.

So ein Unsinn, denkt Marie, natürlich werden sie auffallen. Sie sind die letzten Menschen, die Emil auf seiner Hochzeit sehen will. Natürlich wird er sie bemerken, und natürlich werden sie sofort rausgeschmissen werden. Ihre Hände fangen an zu schwitzen, und Marie will sie reflexartig am Kleid abstreifen, hält sich aber in letzter Sekunde zurück und ballt sie stattdessen zu Fäusten. Sie sieht vor ihrem inneren Auge Emil, gekleidet in einen eleganten Hochzeitsanzug mit Weste und breiter Krawatte. Und neben ihm *seine* Frau, weißes Hochzeitskleid, Schleier vor dem Gesicht. Maries Fingernägel graben sich in ihren Handballen. Emil beugt sich zu *seiner* Frau, greift sanft den Schleier, hebt ihn und …

»Bello wurde gestern beerdigt«, meint Tom und reißt Marie aus ihrer Vorstellung. Er schaut weiter skeptisch auf sein Handy und scheint einen Artikel zu lesen. »Auf dem Melaten-Friedhof. Hat einen richtig guten Platz bekommen, direkt neben Dirk Bach. Es gab sogar eine Mahnwache, da haben sich Menschen versammelt und Kerzen angezündet.«

Marie kann nicht fassen, wie ruhig er ist.

»War Emil auch da?«

»Ja, wahrscheinlich musste er deswegen seine Anreise verschieben.« Er starrt weiter auf sein Handy und schnaubt ungläubig, »Eine Mahnwache für Bello? Was soll das überhaupt heißen?«

Maries Blick wird erneut unfreiwillig vom Rathaus angezogen. Die Hochzeitsgesellschaft auf den Treppenstufen wirkt unruhig, vermutlich brutzeln ihnen unter der Sonne so langsam die Haare weg. Das Brautpaar lässt ganz schön auf sich warten.

»Sollten wir wirklich hier sitzen?«, fragt Marie, »Was ist, wenn sie uns sehen?«

In dem Moment schwingen die Türen des Rathauses auf. Die Traube an Menschen fließt auf der Treppe erst dichter zusammen und teilt sich dann. Konfetti wird geschmissen, Glückwünsche werden gegrölt, Bilder geschossen. Marie sieht einen weißen Schleier und wendet sich sofort ab, als hätte sie sich an dem Anblick verbrannt. Es ist *real*, denkt sie panisch, und plötzlich traut sie sich nicht einmal mehr, auch nur in die grobe Richtung des Rathauses zu blicken.

»Die sind mehr als abgelenkt«, sagt Tom, »und haben ganz andere Sachen im Kopf. Die würden uns nicht einmal erkennen, wenn wir direkt vor ihrer Nase säßen. Jetzt nicht und auch später auf der Feier nicht, keine Sorge.« Er sieht nur kurz von seinem Handy auf, aber sein Blick bleibt sofort an Marie hängen. »Das Kleid steht dir wirklich gut.«

»Du hättest es nicht bezahlen sollen.«

Er versucht sich an einem gewinnenden Lächeln, aber es kommt ihm nicht ganz über die Lippen. Doch, denkt er, ich musste es sogar. Wenn du wüsstest, wo ich dich hier reinreite, würdest du das verstehen. Tausend Kleider könnten dich nicht entschädigen.

Beschämt wendet er sich ab und beobachtet, wie das frisch vermählte Ehepaar quer über die Piazza läuft. Die Gesellschaft folgt ihnen, und sie verschwinden feiernd in einer der Gassen. Marie und Tom werden später zu ihnen stoßen. Wenn auf der Feier bereits gegessen wird und ihre Anwesenheit am wenigsten auffällt.

Marie will einen Schluck Kaffee nehmen, stellt die Tasse dann jedoch wieder ab. Dabei bemerkt Tom, dass ihre Hände zittern.

»Wovor hast du eigentlich so Angst?«, fragt er.

Marie lacht kurzatmig. »Hast du zehn Stunden Zeit? Dann kann ich's dir aufzählen.«

»Aber was ist denn das Schlimmste, was passieren kann? Wir werden rausgeschmissen? Na und?«

In solchen Momenten vermisst Marie das Rauchen.

»Was, wenn alle das mit der Affäre mitbekommen? Seine ganze Familie ist da. Und die Familie seiner …« Das Wort bleibt ihr auf einmal im Hals stecken und will nicht mehr raus, aber Tom scheint es trotzdem zu verstehen.

»Ja und?«, sagt er. »Du kannst nichts dafür! Dich hat er doch auch betrogen!«

»Trotzdem … ich schäme mich«, gibt sie zu. »Ich weiß, dass es nicht meine Schuld ist. Aber ich kann nichts dafür, dass es sich so anfühlt. Dass ich mir lieber die Haut vom Körper reißen würde, als dass alle die Affäre mitbekommen. Ich will die Aufmerksamkeit nicht, ich will die Fragen nicht, ich will … ich will einfach damit abschließen.«

»Verstehe«, meint Tom.

Nein, tust du nicht, denkt Marie.

Aber wie könnte er es auch verstehen? Obwohl es sich anfühlt, als wären sie so vertraut wie alte Freunde, kennen sie sich eigentlich kaum. Bloß drei Tage. Die Erkenntnis bringt Marie vor Staunen tatsächlich zum Lächeln.

»Was?«, fragt Tom interessiert.

»Wir kennen uns wirklich erst drei Tage?«

Tom lächelt zurück. »Nun, ich hoffe, es kommt mindestens noch ein vierter dazu …«

Sie schnaubt. »Das hoffe ich auch.«

Marie schiebt mit dem Zeigefinger ihre halb leere (oder halb volle, wenn man nicht gerade dabei ist, seinem verlogenen Ex aufzulauern, sondern ein normales Leben hat) Kaffeetasse vor sich her.

»Meine Angst, meine Panik ist nicht normal«, erklärt sie. »Vor ein paar Monaten hätte ich das alles hier niemals geschafft, ich wäre längst geflüchtet. Zur Not aus dem Fenster gesprungen. Jetzt ziehe ich es durch. Aber es ist verdammt schwer.«

»Okay«, sagt Tom. Seine Stirn legt sich in Falten, sein Blick wird durchsichtig. Er grübelt. Marie wüsste gerne, worüber, aber sie fragt nicht nach. Auch ihr Blick wird durchsichtig, auch ihre Gedanken tragen sie davon. Nur noch wenige Stunden, dann crashen sie Emils Hochzeitsfeier.

19

Auf dem Weingut sind die Feierlichkeiten bereits im vollen Gang. Es ist nicht dasselbe Weingut, auf dem sie Dietmar Ratkevski getroffen und Fleischlappen vom Wildschwein Marie den Magen umgedreht haben, sondern ein etwas kleineres, wesentlich näher an der Stadt. Aber es ist aus den gleichen hellbraunen Steinziegeln gebaut und hat ebenfalls flache quadratische Dächer. Die knallgrünen Fensterläden sehen aus, als wären sie nicht montiert, sondern am Stein gewachsen. So wie der Efeu, der sich um fast jede Mauer schlängelt, als würde das Gebäude Schmuck tragen.

Dietmar Ratkevski wartet bereits am Tor des Hauptgebäudes und winkt Tom und Marie zu sich. Allein sein Anblick bereitet Marie schlechte Laune.

»Essen wurde gerade serviert«, sagt er. »Ich hab euch einen netten Platz ausgesucht.«

Sie folgen ihm ins Haus. Marie rückt ihre Sonnenbrille zurecht und will am liebsten ganz hinter den dunklen Gläsern verschwinden. Im Innern sind die Steinwände verputzt und glatt, aber an manchen Stellen wurde der Putz extra aufgebrochen, um die geschichteten Ziegel zu präsentieren. Über ihnen an den Decken hängen Querbalken aus dunkelbraunem Holz, die alles zusammenhalten. Sie und Tom laufen an einigen geschäftigen Kellnern vorbei, die ihnen keine Beachtung schenken. Von irgendwoher hört Marie Sektkorken knallen. Sie laufen weiter, quer durch die Räume, und nähern sich schließlich von hinten dem Innenhof. Die Hochzeitsgesellschaft sitzt versprengt an Tischgruppen, es sind viel mehr Menschen, als heute Morgen am Rathaus anwesend waren. Die Tische stehen kreuz und quer, aber so, dass die meisten Menschen ihnen den Rücken zugedreht haben und die Bühne sehen können, die direkt am Gebäude klebt. Sie ist nur leicht erhöht, aber es wurde ein dicker roter Vorhang gespannt, der sie hervorhebt und einen Teil des Gebäudes hinter ihr verdeckt. Ein Pianist spielt Fahrstuhlmusik, die im Hintergrund verschwindet, so wie Marie hofft, dass sie selbst im Hintergrund verschwinden. Ein Beamer projiziert hinter dem Pianisten eine Reihe von Fotos auf den Bühnenvorhang. Marie vermeidet es hinzugucken. Sie kann sich denken, was die Fotos zeigen. Ein glückliches Paar. Ihr Magen verkrampft sich.

»Emil sitzt dahinten bei der Bühne«, erklärt Ratkevski. »An dem Tisch hier vorne sind zwei Plätze für euch reserviert. Macht euch keine Sorgen wegen Small Talk. Die anderen am Tisch können nur Italienisch.« Er blickt sich mit leichter Verachtung um. »Wie die meisten hier. Ich komme dann wieder her, wenn es losgeht.«

Wenn es losgeht, wiederholt Marie in Gedanken und kommt sich vor wie eine Auftragsmörderin. Dabei will sie doch eigentlich nur ein Gespräch. Und ihren Ring. Dietmar Ratkevski verschwindet, und die beiden gehen angestrengt unauffällig auf ihre Plätze. Dicke Lichterketten hängen über den Tischreihen, aber es ist noch zu hell, und ihr Licht bleibt unbemerkt. An der Seite, etwas abseits von den Tischen, bemerkt Marie den Grill, der zum Glück nicht zu stark raucht und seinen fettigen Fleischatem für sich behält. Außerdem sind einige Fässer aufgestellt, die als Stehtische dienen und an denen geraucht wird. Das Stimmengewirr, das in der Luft hängt, ist eine undurchschaubare Mischung aus Deutsch, Englisch und Italienisch. Sie senkt den Blick unter ihrer Sonnenbrille, aus Angst, irgendwo zwischen diesen Menschen Emil zu sehen. Emil und *seine* …

Tom zieht ihren Stuhl heran und bietet Marie den Platz an.

Eine Gruppe überwiegend junger Männer begrüßt sie höflich. Marie setzt sich und erwidert abwesend den Gruß.

»Sekt?« Tom, der direkt neben ihr sitzt, reicht ihr ein Glas. Sie nimmt es dankend an. So wie sie beide hier abseits mit ihren dicken Sonnenbrillen sitzen, kommt sie sich vor wie auf einer Beerdigung in einem Action-Film. Wo immer ein oder zwei dunkle Gestalten am Rande das Geschehen beobachten und damit andeuten, dass der Verstorbene eine dunkle Vergangenheit hatte, die auch nach seinem Tod noch präsent ist. Und das bin ich schließlich, denkt Marie traurig, Emils Vergangenheit.

Die anderen Menschen an ihrem Tisch sprechen untereinander Italienisch, und zum ersten Mal fällt ihr auf, dass entweder Emil italienische Verwandte haben muss oder aber seine ... Das Wort bleibt ihr wieder im Hals stecken, und sie spült es mit Sekt hinunter.

»Sei imparentato con lo sposo?«

Die Frage gilt Marie, ihr Sitznachbar hat sie gestellt. Er hat kurze schwarze Haare, ein spitzes Kinn und einen Mund, um den ein leicht skeptisches Lächeln tanzt.

»Ihr, ähhh, Freunde von Mann?«, fragt er, als er bemerkt, dass Marie kein Italienisch spricht. Bevor sie versteht, was sie da sagen will, antwortet sie trocken: »Nein. Wir hassen den Mann.«

Tom will ihr am liebsten die Hand vor den Mund hauen, aber da lachen alle am Tisch, und einige klatschen sogar Beifall.

»Wenn er wehtut Sofia ...«, sagt der Mann. *Sofia*, wiederholt Marie perplex. Nun kennt sie ihren Namen. Er lächelt so verkrampft, dass seine Zähne knirschen. »Dann ... Poi lo uccidiamo.« Er lässt die Worte einfach so stehen, und Marie weiß darum zwar nicht genau, was Emil passieren wird, sollte er ... *Sofia* verletzen, aber dem Tonfall und der ernsten Miene nach zu urteilen, ist es keine leichtfertige Drohung.

In dem Moment hört der Pianist auf zu spielen, und alle schauen auf die Bühne. Maries Blick folgt dem der anderen unweigerlich. Sie sieht einen Rücken, der sich auf die Bühne bewegt. Marie weiß sofort, wem dieser Rücken gehört, und schließt für einen Moment die Augen. Doch dann zwingt sie sich, sie wieder zu öffnen. Sie sitzen zu weit weg, als dass sie sein Gesicht genau sehen könnte, aber sie erkennt ihn eindeutig. Seine Umrisse, seine Körperhaltung, sein Gang, alles ist ihr vertraut. Viel zu vertraut. Die Gespräche verstummen und werden von höflichem Applaus geschluckt. Emil greift sich ein Mikrofon, und der Applaus ebbt ab, damit er sprechen kann. Marie krampft sich zusammen und macht sich bereit, seine Stimme zu hören, wie man sich im Fallen bereit macht, auf dem Wasser aufzuprallen.

»Danke, danke!«, sagt Emil. »Es ist so toll, dass ihr alle gekommen seid!«

Sie weiß nicht, was sie erwartet hat, aber seine Stimme klingt nicht wie die eines Monsters, sie klingt wie die von Emil. So vertraut, so nah, als hätte sich nichts geändert. Es ist dieselbe Stimme, die ihr gesagt hat: »Ich liebe dich«, es sind dieselben Lippen, die sie geküsst haben. Sie wünscht sich, er wäre nun ein anderer Mensch, einer mit Hörnern und hässlicher Stimme, den sie anschauen und sagen kann: »Wie konnte ich den jemals lieben?« Aber so ist es nicht. Da vorne steht noch immer Emil. Ihr Emil. Und ebendas, der Umstand, dass er ihr so mühelos vertraut sein kann, schmerzt sie. Ihr Emil existiert nicht, versucht Marie, sich zu erinnern, ihr Emil war von Anfang an eine Lüge.

»Freunde, friends, amici …«, fährt er fort, »Familie, family, famiglia … Ich hoffe, das Essen hat geschmeckt und ihr seid satt. Aber noch nicht zu satt! Denn gleich gibt es die große Hochzeitstorte als Nachtisch, die wir gemeinsam anschneiden werden. Und dann spielt eine Band, und ich möchte euch tanzen sehen! Vor allem dich, Nonna! Sie hat wirklich ein unglaubliches Tanzbein! Nonna, sai ballare come il diavolo!« Sein Italienisch wirkt abgehackt und unsicher, wird aber anscheinend verstanden, es wird gelacht. Eine alte Frau, die »Nonna«, steht auf, hebt die Arme und tanzt. Es ist eigentlich nicht mehr als ein energisches Wippen, aber ihre Freude und ihr Engagement erhöhen dieses Wippen und Mit-den-Armen-Wedeln zu einem beeindruckenden Tango, der nicht nur Emils Grinsen in ein überschwängliches Lachen verwandelt, sondern alle anderen müden Anstandslacher von eben in echte, begeisterte Freude. Die Frau hat sonnenverbrannte Haut, in die die Jahre zahlreiche Kerben gegraben haben, aber ihre Augen leuchten mit einer jugendlichen, beinahe naiven Strahlkraft in einem hellen Blau. Der Jubel bricht nicht ab, und Nonnas Grinsen wird noch breiter. Sie sieht aus, als hätte sie genug Liebe für alle Enkelkinder der Welt. Ihr Konterfei als Markengesicht würde mit Sicherheit jedes Produkt restlos ausverkaufen. Schließlich setzt sie sich erschöpft und bekommt einen großen Applaus. Sie lacht verlegen, lässt dabei ein paar goldene Zähne aufblitzen und steckt die grauen Strähnen, die sich durch die Anstrengung aus ihrem Dutt gelöst haben, wieder an Ort und Stelle.

»Und um neun Uhr«, setzt Emil an, »haben wir bei der Stadt ein Feuerwerk bestellt, um unsere Liebe an diesem Abend zu feiern! Es wird in der ganzen Stadt zu sehen sein! Sofia, amore mio! Du bist das Feuerwerk in meinem Leben«, säuselt er und fügt dann mit starkem Akzent und auswendig gelernt an: »Siete i fuochi d'artificio della mia vita!«

Ein verzuckerter »Ohhh«-Laut geht durch die Reihen, gefolgt von Applaus, als Emil sich von der Bühne verabschiedet. Mit Sicherheit in die Arme seiner Sofia, aber Marie senkt wieder den Blick und möchte in ihr Glas kotzen.

Auch als noch einmal Applaus aufbrandet, da das Paar wahrscheinlich einen überschwänglichen Kuss getauscht hat, starrt Marie weiterhin auf ihr Glas und fragt sich, wie viele Gläser genau sie wohl vollkotzen könnte und ob die Zahl für einen Auftritt bei *Wetten, dass …?* reichen würde.

Die Männer am Tisch wirken nun weniger verkrampft. Emil ist dabei, sie für sich zu gewinnen, denkt Marie. Später wird man bei Familienfeiern erzählen, dass es damals am Hochzeitstag noch hieß: »Wenn er ihr wehtut, werden wir ihm wehtun«, oder was auch immer der Mann gesagt hat. Und dann werden alle lachen, weil es nun so absurd klingt, dass man mal skeptisch war. Die Abneigung wird zum Auftakt der rührenden Anekdote, wie die Familie Emil ins Herz geschlossen hat. Vielleicht noch heute Abend. Vielleicht legt nach einigen Schnäpsen und Flaschen Wein einer der Männer am Tisch Emil den Arm um die Schultern und beichtet ihm, dass man sich in ihm geirrt habe. Nur haben sie das nicht, denkt Marie. Wenn die wüssten …

Der Mann vor ihr am Tisch möchte sie wieder ansprechen, aber verzieht dann das Gesicht, als würde er etwas Ekelhaftes sehen, und wendet sich ab. Marie dreht sich verwirrt um und blickt direkt in das Gesicht von Dietmar Ratkevski, der sich angeschlichen hat und hinter ihr steht. Er legt eine Hand auf ihre Schulter, die unter seinem Griff eingehen möchte wie eine verwelkende Blume.

»Na los«, sagt Ratkevski, »ich führe euch ins Hinterzimmer. Wir gehen außen rum.«

Noch nicht!, will Marie schreien, sie ist noch nicht bereit. Aber sie weiß, dass sie das niemals sein wird. Die Luke im Flugzeug steht offen, die Lampen blinken, der Instructor winkt und ruft: »Los, los, los!«, sie muss jetzt springen. Also sagt sie nichts. Ihre Beine fühlen sich an wie aufgeweichte Papierstrohhalme, aber zu ihrer Überraschung knicken sie beim Aufstehen nicht ein. Tom steht neben ihr, und sie würde gerne seine Hand nehmen, lässt es aber. Sie folgen Ratkevski, der sie wieder mit einem Sicherheitsabstand zu den feiernden Gästen dorthin zurückführt, von wo sie herausgekommen sind.

Im Gebäude laufen sie durch dieselben Räume, biegen aber diesmal etwas anders ab, und Marie verliert die Orientierung. Schließlich öffnet Ratkevski eine schwere Holztür und bittet sie hinein. »Ich schick 'nen Kellner, der sagt Emil, dass er wegen eines Problems mit der Torte gebraucht wird, und führt ihn in den Raum. Dann seid ihr alleine.«

Genau so hat Tom ihr den Plan erklärt. Emils Vater lockt seinen Sohn in die Falle. Zu Tom und Marie. Wo Emil, mit der Hochzeitsfeier im Nacken, nicht mehr fliehen kann und sich der Konfrontation stellen muss. Es sei denn, er will riskieren, dass rauskommt, wer genau Marie ist, und ihm die ganze Veranstaltung um die Ohren fliegt. Als Tom ihr den Plan erklärt hat, ist ihr etwas sehr komisch vorgekommen, das sie auch jetzt stört.

Ratkevski wendet sich schon ab, um wegzugehen, als Marie »Warum?« fragt.

Der alte Mann bleibt verdutzt stehen.

»Wie – warum?«

»Warum helfen Sie uns eigentlich?«

Er lacht abschätzig. »Dieselben Interessen.« Er nickt Tom zu und geht. Marie kann weder mit dieser Erklärung noch mit dem Blick, den er Tom zugeworfen hat, etwas anfangen. Sie nimmt endlich ihre Sonnenbrille ab, als würde ihr das helfen zu verstehen, was genau zwischen Emil und dem alten Ratkevski in der Luft liegt. Der Raum wird heller und blendet sie kurz. Sobald ihre Augen es erlauben, sieht sie sich um. Ein paar Stühle stehen gestapelt in der Ecke. Es sind die gleichen wie die draußen im Innenhof, vermutlich werden sie hier gelagert. Ansonsten ist der Raum recht leer. Auf einer Fensterbank steht eine Blume im Topf, an der Wand hängt ein Bild, das Lavendelfelder zeigt und aussieht wie ein Bildschirmschoner.

»Denk dran, du hast alle Karten in der Hand«, sagt Tom.

»Jaja.«

Sie hat sich bereits eine lange Rede zurechtgelegt, die sie Emil vortragen wollte, aber im Moment ist sie froh, wenn sie auch nur ein Wort herausbekommt, sobald die Tür wieder aufschwingt und er ihr gegenübersteht. Sie starrt auf den silbernen Türgriff, der sich jeden Augenblick senken könnte.

Ich bin nicht bereit!, denkt Marie panisch und kann spüren, wie sich in ihrem Nacken Schweiß sammelt.

»Du kannst ihn dazu bringen, alles zuzugeben, wenn du …«

»Ja-ha!«, schneidet sie Tom ins Wort. »Ich werd schon klarmachen, dass ich seine Ehe platzen lasse.«

Damit gibt sich Tom zufrieden und setzt sich auf einen der Stühle. »Okay.«

Marie wendet den Blick von der Türklinke ab und versucht, die Aufregung auszulaufen. Sie wandert auf und ab wie ein Tiger im Käfig. Die Zeit scheint sich ins Endlose zu dehnen. In James-Bond-Filmen sieht man den Bösewicht oft im Dunkeln sitzen, ganz entspannt und mit dem Rücken zu Bond, bevor er das Licht anknipst und sagt: »Mr. Bond, ich habe Sie erwartet!«, aber nie wird gezeigt, wie lange er auf Bond gewartet hat. Und was er in der Zwischenzeit getan hat. Einfach im Sessel zu sitzen und die Wand anzustarren, bis Emil endlich erscheint, hält Marie nicht aus. Sie fängt an, ihre Rede zu flüstern, als würde sie beten oder den Verstand verlieren. Gerade als sie an der Stelle ist, wo sie ihren Ring zurückfordern wird, kommt Emil. Anders als in ihrer Vorstellung senkt sich die Türklinke nicht langsam, sondern schnellt herunter, und die Tür fliegt auf, bevor Marie verstehen kann, was passiert – Mr. Bond, ich habe Sie *nicht* erwartet.

Auch Emil braucht ein paar Sekunden, um seine Wahrnehmung zu sortieren. Sein Lächeln klappt auf und wird zu Verwirrung, wird zu Angst.

»Was … was zur Hölle?!«, flüstert er schließlich ungläubig, die Hand noch an der Klinke. Wie befürchtet bekommt Marie kein Wort heraus. Zum Glück springt Tom ein.

»Wir wollen nur reden, keine Sorge!«, sagt er. »Komm rein.«

Emil bewegt sich nicht.

»Wenn ich du wäre, würde ich mit uns reden«, meint Tom ohne einen Hauch Unsicherheit in der Stimme. »Sonst reden wir nämlich mit deiner Ehefrau.«

Emils Augen fliegen hin und her, er scheint seine Optionen abzuwägen. Schließlich macht er einen Schritt ins Zimmer und schließt etwas panisch die Tür.

»Was ist das hier?«, fragt er ungläubig und schaut von Marie zu Tom und zurück. Tom bedeutet ihm, noch näher zu kommen.

»Woher … wie?«, murmelt Emil, immer noch komplett überfordert mit der Situation. »Woher kennt ihr …? Ihr beide?! Wie seid ihr überhaupt …?«

»Ist doch egal«, fällt Marie ihm ins Wort und stellt erleichtert fest, dass sie doch noch eine Stimme hat. »Wir sind jetzt hier. Und wenn du nicht tust, was wir sagen, erzähle ich allen, dass wir vor Kurzem unseren Jahrestag gefeiert haben.«

»Vielleicht kannst du auch ein paar Bilder zeigen«, wirft Tom ein, »dann kann man sich eure Beziehung besser vorstellen.«

Die Erinnerung daran, wie sie Emil noch vor wenigen Tagen ihre Tomaten überlassen hat, drängt sich auf und macht Marie traurig.

»Ein, zwei Bilder habe ich bestimmt«, sagt sie, »und Chatverläufe. Die würde ich nur ungern zeigen, ist schließlich sehr privat. Aber ich würde es tun.«

Sie kommt sich vor wie eine Bankräuberin, die Geiseln beruhigt. Wenn alle tun, was ich sage, muss niemand verletzt werden. So in der Art.

Emil sieht sie eindringlich an, und Marie kann spüren, wie er versucht, seine Panik zu bändigen.

»Ich lasse mich doch nicht von euch erpressen, was denkt ihr denn?« Er wendet sich an Marie. »Ich bin kein gottverdammtes Weichei!«

Dafür habe ich dich doch auch nie gehalten, denkt Marie verwirrt.

Emil will gehen, aber schafft es nicht. Seine Hand greift die Klinke, doch er drückt sie nicht herunter, sondern hält inne und dreht sich dann wieder um.

»Was …«, seine Stimme bröckelt, und dahinter kommt Verzweiflung zum Vorschein, »was wollt ihr überhaupt?!« Er richtet sich an Marie. »Was willst du von mir?« Nun wird er wütend. »Das ist doch verrückt! Du bist verrückt!«

»Ich bin verrückt? Ich will einfach nur ehrlich mit dir reden. Ich will die Wahrheit. Das ist alles. Du willst deine Ehe riskieren, nur um mir nicht in die Augen schauen und die Wahrheit sagen zu müssen – aber klar, *ich* bin die Verrückte!«

Marie schluckt. »Eigentlich verdienst du diese Chance nicht«, sagt sie, »eigentlich sollte ich Sofia alles erzählen.«

Bei ihrem Namen zuckt Emil zusammen. Seine Augen weiten sich, und seine Kiefermuskulatur spannt sich an. Vom Innenhof dringen die Geräusche der Feier gedämpft bis zu ihnen durch. Er schaut auf die Türklinke, die er noch immer fest umklammert hält. Dann blickt er Marie an.

»Und danach haut ihr ab?«

»Ja«, sagt Marie entschieden und hält dem Blick stand. »Denkst du, ich *will* hier sein!?«

»Okay.« Emil lässt endlich die Klinke los und atmet durch. Tom winkt ihn in die Mitte des Raums.

»Ihr tut so, als müsste ich einen Mord beichten«, sagt Emil vorwurfsvoll, während er weiter in den Raum geht. »Das ist doch lächerlich.«

»Seit wann?«, fragt Marie hart, ohne auf seinen Einwand einzugehen. »War ich von Anfang an eine Affäre?«

»Ja. Ich war schon mit Sofia zusammen, als wir uns kennengelernt haben.«

Marie stellt fest, dass ihr Tränen kommen, und sie

weiß nicht, ob es Tränen der Trauer oder der Wut sind. Eine weitere Frage brennt ihr in der Brust, von der sie wusste, dass sie kommen würde, aber die sie sich versprochen hat, nicht zu stellen. Sie tut es trotzdem.

»Wusstest du da schon, dass du sie heiraten wirst? Oder hättest du dich auch für mich entscheiden können?«

»Das mit dem Heiraten kam erst später. Und ging recht schnell.«

Emil antwortet schamlos und direkt, als würde ihm die Wahrheit nichts ausmachen. Marie will ihm dafür die geballte Faust ins Gesicht schlagen.

»Sie hat den Ring gefunden«, meint er.

Marie runzelt ungläubig die Stirn. »Was?«

»Deinen Scheiß-Ring, den du mir gegeben hast!«

Er kann doch nicht den Ring ihrer Oma meinen? Aber doch, das tut er, stellt sie fest, und ihr Hals verknotet sich. Der Ring ihrer Oma, ihr Liebesbeweis an Emil, und er nennt ihn »deinen Scheiß-Ring«. Die Tränen laufen ihr ungebremst die Wange herunter.

»Ich habe ihn in meiner Sockenschublade versteckt«, erklärt Emil genervt. »Sie hat ihn zufällig gefunden, gedacht, dass es sich um einen Verlobungsring handelt, und mich darauf angesprochen. Ich wusste nicht, wie ich es anders erklären sollte, und habe ihr einen Antrag gemacht.«

»Und dann dachtest du dir«, sagt sie und bekommt ihre Tränen langsam unter Kontrolle, »jetzt beende ich besser bald die Affäre, lasse Marie komplett fallen, weil scheiß auf sie und ihre Gefühle, und dann ist alles wieder gut?«

Emil presst die Lippen zusammen und schweigt.

»Du hast mich unfassbar verletzt«, sagt Marie ernst, »richtig, richtig tief verletzt. Nicht nur, weil ich anscheinend bloß eine Affäre war, sondern auch, weil du mich danach so rücksichtslos behandelt hast. Das verdiene ich nicht. Das verdient niemand. Auch Sofia nicht.«

Marie hat das Gefühl, dass sie noch tausend Dinge zu sagen hätte, aber bekommt keines davon zu greifen. Sie ist plötzlich leer.

Tom schaut von Emil zu Marie, und als keiner von beiden mehr den Mund aufmacht, meldet er sich endlich zu Wort.

»Und jetzt zu Bello«, sagt er bestimmt.

»Zu Bello? Was soll das denn bringen?«, fragt Emil empört. »Was machen wir hier?! Das ist doch sinnlos, was ihr hier tut!«

»Das entscheidest nicht du!«, brüllt Marie. »Warum verstehst du das nicht? Wir sagen dir, was wir brauchen. Wenn das bedeutet, dass du auf einem Bein springen sollst, dann tust du das, und wenn das bedeutet, dass du mal die Wahrheit aussprechen sollst, dann eben das! Was ist so schwer daran zu begreifen?«

Jetzt wird auch Emil wütend, ohne dass deutlich ist, warum eigentlich.

»Ja, okay!«, kreischt er, als würde etwas in ihm platzen. »Ich habe dich betrogen! Und Sofia auch! Okay?

Die Frau, die ich heute geheiratet habe, meine Ehefrau … Ich bin untreu gewesen, hab sie richtig verarscht!«

Er wendet sich an Tom.

»Und ich habe Bello totgefahren! Es war ein Unfall! Aber ich hab ihn dir angehängt, ich habe dem Scheiß-Sänger Tom diesen Scheiß-Unfall angehängt! Weil es das Beste für mich war! Genau so, wie ich dich angelogen habe, Marie, weil es das Beste für mich war! Weil wir nun mal in einer Welt leben, in der jeder für sich das Beste tun muss, wenn er will, dass er das Beste bekommt! Fressen oder gefressen werden! Zufrieden? Ich bin ein Hundemörder und Fremdgänger! Ich fresse! Ist das die Wahrheit, die ihr wollt?! Könnt ihr jetzt endlich gehen?«

Plötzlich schwingt die Tür auf. Eine junge Frau im Brautkleid starrt sie an. Ihre Augen sind verweint, die schulterlangen braunen Haare zerzaust, ihr Gesicht eine Grimasse des Hasses.

»Sofia …«, sagt Emil perplex.

Sie nimmt den Ring von ihrem rechten Finger ab. An ihrer linken Hand sieht Marie einen anderen Ring aufblitzen. Den Ring ihrer Oma. Maries Ring.

»Du dummes Arschloch!«, schluchzt Sofia und wirft ihm den Ehering vor die Füße. Sie will offenbar noch mehr sagen, aber die Worte kommen nicht heraus. Emil macht einen Schritt auf sie zu, doch sie wendet sich angewidert ab und stürmt davon. »Warte!«, ruft Emil und läuft hinterher.

»Zeit abzuhauen«, meint Tom. Aber Marie zögert. Der Ring. Ihr Ring.

»Ich bin noch nicht fertig.« Sie folgt Emil.

Sofia stürmt orientierungslos vor Tränen und Schmerz durch den Flur, bis zur ersten Tür, die wieder nach draußen führt. Es ist die große Schiebetür, hinter der die Bühne aufgebaut ist. Der dicke rote Vorhang hält ihre Flucht nicht auf, sie schiebt ihn beiseite und schlüpft durch den Spalt hindurch.

»Amore, warte! Es ist nicht so, wie du denkst!«, ruft Emil und verschwindet ebenfalls durch den Spalt hinter den Vorhang. Marie zögert, doch dann folgt sie den beiden.

Unruhe greift um sich wie eine ansteckende Krankheit. An dem Tisch, an dem Marie und Tom saßen, stehen die Gäste und brüllen sich gegenseitig laut auf Italienisch an. Zu ihrer Linken, ganz nah an der Bühne, kann Marie die Nonna sehen, wie sie verwirrt einer anderen Frau zuhört, die den Umstehenden etwas zu erklären scheint. Nach ein paar Sätzen schreit die Nonna auf und schlägt sich die Hände vors Gesicht. Sofia springt von der Bühne direkt in die Arme einer Frau, die ihre Mutter zu sein scheint.

Erst jetzt bemerkt Marie, dass der Beamer, der sie anstrahlt, aufgehört hat, Fotos von dem Brautpaar und ihren Familienmitgliedern auf den Vorhang zu projizieren, sondern einen Raum zeigt. Einen leeren Raum. Mit einigen Stühlen darin und einem langweiligen Bild-Druck an der Wand und einer Blume auf der Fensterbank. Marie kennt den Raum … sie war noch vor wenigen Sekunden dort. Und nun bemerkt sie auch, dass es kein Foto ist, die Blume auf der Fensterbank, sie bewegt sich. Ganz leicht nur, vom Wind gestreichelt, aber sie bewegt sich. Ein Video? Nein, eine Live-Übertragung. Von dem Raum, in dem sie eben waren? Das wurde alles live übertragen?! Mit Ton? Ihre Beine geben nach, und sie knickt leicht ein, kann sich aber am Klavier festhalten. Emil steht perplex am Bühnenrand und wedelt beschwichtigend mit den Armen in die Menge, um sie zu beruhigen. Es funktioniert nicht.

Die Nonna, die mit ihrer süßen Tanzeinlage alle entzückt hat, fuchtelt jetzt mit einem Messer in der Hand herum und schreit hässlich: »Ti ucciderò! Non saresti il primo e non sarai l'ultimo! Ti ucciderò!«

Ein paar Menschen halten sie zurück, und obwohl Marie kein Italienisch versteht, ist sie sich sicher, dass die Nonna Emil umbringen will. Mittlerweile scheint jeder begriffen zu haben, was passiert ist.

»Lo sapevo!«, brüllt der Mann, neben dem Marie gesessen hat, und greift sich seinen Stuhl. Der nächste Fluch erreicht sie akustisch nicht mehr, aber dafür fliegt sein Stuhl im hohen Bogen fast bis zur Bühne. Die anderen Männer am Tisch tun es ihm gleich und fangen ebenfalls an, wild mit Stühlen um sich zu werfen. Gläser fallen zu Boden, Menschen schreien.

»Was willst du denn noch hier?!«, brüllt Sofia, die weiterhin einige Meter vor der Bühne in den Armen ihrer Mutter weint. Sie schaut Marie schmerzerfüllt an.

Die meint mich, denkt Marie abwesend. Sie könnte rennen, sie könnte flüchten. Ihre Beine fühlen sich gerade vielleicht wie Pudding an, aber sie weiß, zum Flüchten wären sie mehr als bereit. Zum Flüchten würden sie sich schlagartig in die Beine einer Athletin verwandeln. Aber sie bleibt stehen. Erwidert den Blick. Kämpft gegen ihren Reflex, gegen ihren Instinkt an, der ihr zuruft: »Renn! Bring dich in Sicherheit!«, und deutet auf Sofias Hände. An der rechten ist kein Ring mehr. Aber an der linken …

»Der Ring … er gehört mir.«

Sofia lacht dreckig. »Natürlich!«, sagt sie, löst sich aus den Armen ihrer Mutter und geht ein paar Schritte auf die Bühne zu. Sie zieht sich den Ring mit solch einer Wucht ab, dass Marie kurz denkt, sie würde sich den gesamten Finger ausreißen. »Hier!«, kreischt sie und wirft ihr den Ring zu. Marie fängt ihn mit beiden Händen auf.

»Bitte, Leute, ich bin unschuldig!«, lügt Emil in die Menge. Er versucht weiter, die allgemeine Hysterie einzudämmen, aber feuert sie dadurch nur noch mehr an. »Sonno … ähh, son… innocent! Innocente!«

Die Nonna sticht ihr Messer wütend in den Tisch, und es bleibt beinahe bis zum Griff stecken. Die Leute von Maries Tisch haben alle ihre Stühle geworfen und schmeißen nun die Teller und Deko Richtung Bühne nach Emil. Kein Gast sitzt mehr ruhig auf seinem Platz. Menschen rangeln und raufen, halten sich gegenseitig zurück und feuern sich an. Emil sollte schleunigst verschwinden, aber er wendet sich noch einmal verzweifelt an Sofia.

»Bitte, amore, wenn du mir nur …«

Sofia wischt sich die Tränen weg und steigt entschlossen auf die Bühne. Emil lächelt hoffnungsvoll, aber dann verpasst sie ihm eine Ohrfeige. Die Nonna zieht das Messer aus dem Tisch und hält es ihr hin, aber Sofia ist viel zu weit weg, als dass sie es nehmen könnte. Sie stöckelt stattdessen davon, bleibt dann aber wenige Schritte vor dem Bühneneingang stehen und dreht sich noch einmal um, als hätte sie etwas vergessen. Emil öffnet hoffnungsvoll die Arme. »Amore …« Aber da holt Sofia aus und versetzt ihm einen schwungvollen Tritt genau zwischen die Beine. Emil japst und krümmt sich vor Schmerz.

»WAS!?«, schreit er und fällt fast vornüber.

»Ich will dich NIE wieder sehen«, sagt Sofia und bricht erneut in Tränen aus, »nie wieder!« Und in genau diesem Moment ertönt der Hochzeitsmarsch aus den Lautsprechern. »Daaa, daaa, dada daa daaa dadaa …« Drei Köche tragen hoch konzentriert die riesige Hochzeitstorte. Sie hat sechs Stockwerke, und an ihren Seiten stecken zwei Wunderkerzen, die große, feierliche Funken spucken. Die Köche haben den Blick auf ihre Hände gerichtet, um die Torte ja nicht fallen zu lassen. AUF DIE EWIGE LIEBE – AMORE ETERNO steht in Zuckerbuchstaben auf dem obersten Stockwerk, und die ganze Zeit dröhnt feierlich der Hochzeitsmarsch. Das ist der Moment, in dem Marie sich entschließt, endlich das Weite zu suchen, und von der Bühne springt.

Wie erwartet schöpfen ihre Beine bei der Flucht aus einem geheimen Kraftvorrat unermessliche Energie. In wenigen Sekunden tragen ihre Schritte sie vom Geschehen weg und durch einen Garten. Sie hat keine Ahnung, wo genau sie ist, aber hüpft eine Erhöhung hinunter, klettert über einen kleinen Zaun und findet sich an der staubigen Landstraße wieder, die sie hergeführt hat. Sie läuft die Straße entlang und um das Anwesen herum, auf der Suche nach Tom, um diesen Ort endlich zu verlassen.

Tom ist Marie nicht auf die Bühne gefolgt. Stattdessen hat er zwischen die gestapelten Stühle im Raum gegriffen. Dort liegt ein Camcorder, nicht wirklich versteckt, aber dennoch unsichtbar, wenn man nicht weiß, dass etwas da ist. Ein recht neues Modell, das aber im Zeitalter der Handys trotzdem antiquiert wirkt. Er sieht mit dem Klettverschluss für die Handschlaufe so aus wie die Heimkameras aus den Neunzigern. Mit denen zahlreiche Eltern die ersten Schritte ihrer Kinder aufgenommen haben, um sie für immer auf Kassetten zu bannen, welche dann aber in irgendeiner Schublade verschwinden, an die man häufig denkt, sie jedoch nie öffnet. Nur, dass diese kleine Handkamera nicht aus den Neunzigern stammt und auch nicht auf Kassette aufnimmt, sondern eine Reihe von modernen Anschlüssen und Funktionen hat. Eine davon verbindet sie mit dem Beamer auf der Bühne und überträgt ein Live-Bild. Nachdem Tom sich vergewissert hat, dass der Anschluss der Kamera an ist und sie tatsächlich alles übertragen hat, verlässt er den Raum. Im Flur läuft ihm Dietmar Ratkevski in den Weg.

»Draußen ist die gottverdammte Hölle los, das war ganz schön brutal.«

Er gibt Tom sein Handy zurück. Tom hat es ihm bei ihrer Ankunft unauffällig überlassen, damit Ratkevski filmt, wie per Live-Übertragung Emil auf der Bühne vor der gesamten Hochzeitsgesellschaft seinen Betrug zugibt. Und Toms Unschuld.

»Hast du alles aufgenommen?«

»Alles drauf. Von Anfang an. Wie der Beamer plötzlich nicht mehr Fotos vom Brautpaar zeigt, sondern den Bräutigam in einem Raum, wo er alles zugibt. Der Ton über die Lautsprecher hat auch funktioniert. Ich hab sogar den Teil drauf, wo alle ausrasten. Bisschen verwackelt, gottverdammte Arthritis, aber es ist alles da.«

Verwackelt ist gut, denkt Tom, dann wirkt es weniger so, als wäre alles von ihm inszeniert. Es soll aussehen wie eine zufällige Amateuraufnahme von einer privaten Racheaktion von Marie. Das ist wesentlich glaubwürdiger. Er lässt Ratkevski stehen und will endlich diese Hochzeitsfeier verlassen, als der Alte noch einmal nach ihm ruft.

»War das wirklich alles nötig, um seine Karriere zu zerstören?« In seiner Stimme klingt keine Reue an, aber zumindest leichter Zweifel. »Hätte es nicht gereicht, nur den Teil mit Bello zu …«

»Nein«, sagt Tom entschieden. Er hat genau das mit Faruk etliche Male durchgesprochen. Denn Tom hatte dieselben Zweifel wie Ratkevski. Warum mussten sie die Affäre vor allen Leuten offenlegen? Warum reichte es nicht, nur den Teil mit Bello aufzuzeichnen und zu veröffentlichen, um Emils Karriere zu zerstören und Toms wiederherzustellen? Tom wollte Marie da nicht mit reinziehen. Aber die Argumente seines Vaters waren zu überzeugend. Wie immer.

»Es muss genau so sein, damit es viral geht. Und nur dann kriegen es auch wirklich alle mit. Nur dann ist Emils Ruf wirklich zerstört. Und meiner wieder reingewaschen.«

»Also haben wir getan, was notwendig war«, sagt Ratkevski, mehr zu sich selbst und diesmal ohne Zweifel in der Stimme. Tom nickt unmerklich und läuft dann endlich davon.

Er stürmt aus der Tür und hofft, Marie nicht mehr begegnen zu müssen, aber sie kommt genau in dem Moment um die Ecke gebogen und sieht ihn. »Wusstest du davon?«, fragt sie kraftlos. »Wusstest du das mit dem Beamer?! Dass da alles übertragen wurde?«

»Nein. Das mit dem Beamer kam von Ratkevski …«, lügt er. »Anscheinend hasst er seinen Sohn noch mehr als wir, er wollte ihn bloßstellen. Ich wusste davon nichts.«

»Das heißt, das war's? Keine weiteren Überraschungen?« Tom kann kaum schlucken, sein Hals zieht sich vor Niedertracht zusammen.

»Ja«, verspricht er, »das war's. Keine weiteren Überraschungen.« Eine Lüge, für die er sich auf ewig schämen wird. Aber er kann ihr die Wahrheit einfach nicht verraten. Denn wenn das auf der Hochzeit schon schlimm für sie war, dann wird der zweite Teil des Plans für sie geradezu schrecklich werden.

20

Die Dusche war so heiß, dass das gesamte Bad in dickem Dampf versunken ist. Marie schmiert einen Streifen am Spiegel frei und betrachtet sich selbst. Die Haare kleben ihr im Gesicht, viel mehr kann sie nicht erkennen, bevor der Dampf sich wieder über den Spiegel legt. Sie greift sich ein großes Handtuch und wickelt sich darin ein. Ihre nassen Haare lässt sie in den Windungen eines kleineren Handtuchs verschwinden. Dann fährt sie noch einmal mit der Hand über den Spiegel. Es quietscht, und dicke Tropfen rennen die glatte Oberfläche hinunter. Aber diesmal hält sich der frei gewischte Streifen länger am Spiegel. Marie sieht sich an. Ihre Haut blass wie immer, die Augen eisig blau. Sie hatte für die Konfrontation mit Emil eine lange Rede vorbereitet und sich Tausende Fragen notiert, die sie unbedingt stellen wollte. Aber von denen hat sie fast keine gestellt. Auch von der Rede haben es bloß zwei Sätze in die echte Konfrontation geschafft, die wesentlich kürzer und chaotischer war als die in ihrem Kopf. Trotzdem stellt sie fest: Was ihr dort im Spiegel entgegenschaut, ist ein zufriedenes Gesicht. Denn es waren nicht die offenen Fragen, nicht die Vorwürfe, die in der Konfrontation wichtig waren, es war die Hilflosigkeit, die sie loswerden wollte. In dem Moment, in dem sie Emil in der Hand hatte, in dem sie diejenige war, die die Situation kontrollierte, war sie nicht mehr hilflos. Sie konnte sich dafür entscheiden, mit allem abzuschließen oder eben nicht. Das war es, was sie brauchte. Nicht die Wahrheit zu jeder Lüge, die Antwort auf jede Frage.

Die glatte Oberfläche des Spiegels wird wieder milchig, und Maries Bild verschwindet. Sie nimmt den Ring von der Ablage am Waschbecken.

Wie hat sie das alles geschafft? Vor allem auf der Bühne? Wenn sie daran denkt, wie sie dort oben stand, alle Augen auf sie gerichtet, dann kratzt ihr die Panik mit langen Fingernägeln über den Nacken. Wie hat sie es geschafft, nicht von der Bühne zu springen, sondern zu bleiben und den Ring zu fordern? *Und nach ein paar Wochen oder Monaten des Trainings wirken plötzlich Aufgaben, die einen vorher noch komplett überfordert haben, ganz leicht.*

Ganz leicht, wiederholt Marie die Worte von Frau Merkenich spöttisch, schön wär's. Marie steckt den Ring an ihren Finger, und ihre Hand fühlt sich an, als wäre sie jetzt erst komplett. Leicht war das alles wirklich nicht. Aber sie hat es geschafft. Und jetzt ist es endlich vorbei. Das hofft sie zumindest. Auch wenn noch ein ungutes Gefühl zu der ganzen Sache unverdaut bleibt und ihr Magenschmerzen bereitet. Das Gefühl, dass irgendetwas nicht stimmt. Dass Tom sie anlügt oder ihr zumindest nicht die ganze Wahrheit sagt. Dass er ihr etwas verschweigt. Aber was? Und warum?

Tom nickt und merkt dann, dass sein Vater ihn durchs Telefon nicht sehen kann.

»Ist alles drauf? Hast du wirklich alles auf Video?«, wiederholt Faruk.

»Ja, alles«, meint Tom, »wie abgesprochen. Ratkevski saß in der ersten Reihe und hat alles aufgenommen. Man sieht, wie das Geständnis vor allen Leuten auf die Leinwand gespielt wird. Emil gibt zu, dass er fremdgegangen ist und dass er Bello getötet hat. Und sogar, dass er es mir angehängt hat. Und dann bricht Chaos aus.«

»Perfekt! Das ist dein Ticket zurück!«, ruft Faruk.

»Gibt es …«, setzt Tom an und kommt ins Stocken. Denn er kennt die Antwort. Er fragt trotzdem. »Gibt es eine Möglichkeit, Marie da rauszuhalten?«

»Marie?«

»Die Frau, mit der Emil eine Affäre hatte.«

»Nein, das geht nicht«, erklärt sein Vater, ohne darüber nachzudenken. »Das Ganze lebt davon, dass der Bräutigam auf seiner eigenen Hochzeit bloßgestellt wird. Wenn man das rauslässt, dann hat man was? Ein kurzes Video von ihm, wie er sagt, dass er Bello umgefahren hat? Das kriegt vielleicht ein Drittel der Menschen mit, die wir erreichen müssen. Ich habe dir das doch schon erklärt. Wenn wir alles geradebiegen wollen, dann brauchen wir mehr als eine Richtigstellung. Richtigstellungen sind langweilig. Wir brauchen eine eigene Story, die sich so stark verbreitet, dass sie die alte überschreibt. Und genau die hast du mit diesem Clip! Diese vermeintliche Amateuraufnahme, wie der Trottel da auf seiner eigenen Hochzeit vor allen Gästen bloßgestellt wird, das geht viral. So richtig ›Charlie bit my finger‹-mäßig um die Welt viral. Marketingfirmen geben Millionen aus, um so einen Clip zu produzieren. Die versuchen irgendwelche Pranks oder Challenges oder was auch immer, in der Hoffnung, dass es die Runde macht und ihren Markennamen mit durchs Internet zieht. Mit dem Video jagen wir keine Marke, sondern die komplette Story mit Bello durchs Netz. Groß genug, dass es die erste Story überschreibt, groß genug, dass du wieder zurückkannst!«

»Aber es wird nicht nur Emil bloßgestellt«, sagt Tom bitter, »sondern auch Marie. Sie wird dann für immer die Frau aus dem Video sein.«

»Nicht für immer«, versucht Faruk, ihn zu beschwichtigen, »nur unmittelbar danach …«

»Aber sie wird bekannt. Wir ziehen sie einmal komplett durch die Manege. Gegen ihren Willen. Jeder, der sie kennt, wird das mitbekommen.«

Sein Vater stöhnt.

»Und? Hat sie was gegen dich in der Hand? Kann sie uns schaden?«

»Nein«, gibt Tom zu.

»Was ist es dann? Verbauen wir uns was, wenn wir sie verärgern? Hat sie Verbindungen zu irgendwem in der Branche?«

»Nein … sie ist … sie ist einfach eine Freundin von mir. Ich will sie nicht verletzen.«

Das Handy noch am Ohr, schiebt Tom mit der freien

Hand die schweren Vorhänge zur Seite. Draußen ist die Sonne bereits verblasst. Er hat an diesem Tag nichts anderes mehr getan, als sich Essen aufs Zimmer zu bestellen, das Video immer und immer wieder anzusehen und nachzudenken. In Kreisen, Schleifen, nachzudenken, ohne dass er nun, wo der Tag zu Ende geht, auch nur einen einzigen dieser Gedanken wiedergeben könnte.

»Das ist doch nichts Persönliches, Tom. Das musst du trennen. Sie wird damit klarkommen. Und wenn nicht, dann eben nicht. Du kannst es nicht immer allen recht machen.«

Am Himmel sind schon einzelne Sterne zu sehen, obwohl es noch hell ist. Vielleicht hat er auch keinen einzelnen Gedanken gehabt, mutmaßt Tom, sondern über ein ganzes Knäuel von Gedanken gebrütet. Sich draufgesetzt und gehofft, dass es sich von allein entwirrt.

»Du meintest mal«, sagt er, »alles ist genau das wert, was Menschen bereit sind, dafür zu zahlen. Heißt das, ich war nach der Sache mit Bello in deinen Augen nichts wert?«

»Unsinn, so war das doch gar nicht gemeint! Natürlich bist du etwas wert! Du bist mein Sohn!«

Das Telefon knistert in der Stille, und das Wort Sohn hängt verlegen in der Luft.

»Mehr will ich gar nicht sein«, sagt Tom schließlich, »das reicht mir schon.«

Ein Räuspern am anderen Ende. »Du schickst mir jetzt erst mal das Video«, sagt sein Vater schließlich.

»Dann planen wir, wo und wie genau wir es veröffentlichen, und ich organisiere eine Reihe von Interviews dazu. Und wenn alles glatt läuft, können wir schon nächste Woche eine Feier schmeißen, am besten bei Lannigers. Der wird dich mit Kusshand zurücknehmen. Ich hab schon ...«

Tom senkt den Arm. Das Gerede seines Vaters wird immer leiser und ist schließlich nur eine leichte Vibration in seiner Hand. Muss er sich wirklich entscheiden? Eine Karriere, der alles untergeordnet ist, oder keine Karriere? Sein Leben nur als Mittel zum Zweck? Mit Sicherheit wird Marie die Sache irgendwie verkraften. Aber sie wird ihn für den Verrat hassen. Nur, was soll er tun? Sein Vater hat ja recht. Wie immer.

Eine Nachricht hängt sich an den oberen Rand des Handydisplays. Er tippt darauf, ohne den Anruf zu beenden. Es ist eine Nachricht von Marie:

Meinst du, die von der Hochzeit haben daran gedacht, die Stadt zu kontaktieren und das Feuerwerk abzubestellen?

Ne, denkt Tom, sehr wahrscheinlich hat bei all dem Chaos tatsächlich niemand daran gedacht, und das bringt ihn zum Grinsen. Er hebt das Handy wieder ans Ohr. Sein Vater redet nicht mehr, er wartet auf eine Antwort. Was soll ich tun?, denkt Tom wieder, und sein Lächeln verschwindet.

Obwohl es recht warm ist, vergräbt Marie ihre noch leicht feuchten Beine unter der Bettdecke. Auf ihre Nachricht zum Feuerwerk hat Tom bisher nicht geantwortet. Das ungute Gefühl, dass er ihr etwas verheimlicht, ist fest in ihren Bauch eingezogen und hat sich häuslich eingerichtet. Aber Marie entschließt sich, es zu ignorieren. Du bist einfach nur paranoid, sagt sie sich, aufgewühlt von einem sehr anstrengenden Tag. Sie kann Tom vertrauen. Sie *will* Tom vertrauen. Eine spöttische Stimme meldet sich in ihrem Kopf: *Wie lief es eigentlich das letzte Mal, als du einem Mann vertraut hast? War das eine tolle Erfahrung? Kannst du das empfehlen?* Sie würdigt diesen Gedanken nicht mit einer Antwort. Denn sie vertraut Tom. Die Entscheidung ist gefallen.

Marie möchte den Fernseher einschalten, aber die Fernbedienung liegt auf einem Beistelltisch am anderen Ende des Raums. Sie überlegt kurz aufzustehen, doch ihre Beine fühlen sich unter der Decke zu wohl, um sich zu bewegen. Sie lässt die Fernbedienung, wo sie ist, und greift sich stattdessen ihr Handy.

Und in dem Moment fallen ihr Heiner und ihr Telefonat wieder ein.

Deine Anwältin, hat er gesagt. Es kommt ihr vor, als wäre das vor tausend Jahren gewesen. *Deine Anwältin hat mich angerufen.* Marie hat keine Anwältin. Sie hat nur eine Mutter, die mal eine war. Und diese hat seit dem Telefonat mit Heiner insgesamt acht Mal versucht, Marie zu erreichen. Irgendwann wird sie sich ihr stellen müssen. Marie atmet genervt aus und möchte einfach für immer unter der Decke verschwinden. Dort einziehen und sich um nichts mehr Gedanken machen müssen. Mit niemandem reden müssen. Keine Termine, keine Telefonate, keine übergriffige

Mutter. Nur die Wärme der Decke und angenehme Dunkelheit. *Deine Anwältin.*

Marie drückt auf Rückruf. Ohne zu wissen, was sie genau sagen wird. Nach nur zwei Mal klingeln geht ihre Mutter ans Handy.

»Na, endlich rufst du mal …«, holt sie aus und spart sich jede Begrüßung. Also spart sich Marie die ebenfalls und schneidet ihr einfach das Wort ab.

»Hast du mit meinem Chef gesprochen?!«

Ihre Mutter grunzt. »Natürlich habe ich das!«

»Mama, das geht nicht.« Marie klingt mehr bedauernd als wütend.

»Warum nicht? Du hast mir doch in den Ohren gelegen, dass du keinen Urlaub bekommst!«

Daran kann Marie sich nicht erinnern. Hat sie sich bei ihrer Mutter darüber beschwert? Sie hat es höchstens einmal erwähnt, aber anscheinend ist selbst das zu viel gewesen.

»Ich hab dir doch nur geholfen«, speit ihre Mutter, »weil du es selbst nicht schaffst, für dich einzustehen. Ich hab das für dich getan!«

»Ja, aber …«

»Aber was?!«

Marie streift mit der Hand über das Bettlaken, das angenehm raschelt und sie beruhigt.

»Auch wenn du es gut gemeint hast, dazu hattest du kein Recht.«

Ihre Mutter lacht. »Ich glaube, von uns beiden kenne ich mich besser mit Recht aus! Wie lange hast du denn frei bekommen?«

Marie schließt die Augen und antwortet nicht. Sie weiß, was jetzt kommt.

»Drei Tage? Vier? Eine Woche? Gern geschehen, Marie. Dein Zimmer ist schon bereit, ich habe das Bett frisch bezogen. Und Sabine habe ich auch schon Bescheid gesagt! Dann können wir endlich den Spieleabend …«

»Nein!«, ruft Marie panisch. Die Ruhe ist weg.

»Nein, was?«

»Nein, alles!«

Ihre Mutter grunzt wieder, als wäre das ein Spaß, aber Marie kommen vor Wut die Tränen. Sie schluckt sie herunter.

»Du kannst nicht einfach in meinem Namen bei der Arbeit anrufen. Das war total übergriffig von dir, und ich …«

»Übergriffig? Jetzt hör mal!«

»NEIN, DU HÖRST MAL!« Marie atmet schwer, selbst überrascht von ihrer Lautstärke. »Ich hatte immer das Gefühl, ich stehe in deiner Schuld. Mein ganzes Leben schon. Aber weißt du was … das tue ich nicht. Ich schulde dir nichts.«

Ihre Mutter will widersprechen, aber Marie redet einfach weiter und ignoriert sie.

»Ich versuche ja, eine gute Tochter zu sein! Aber ich bin nicht nur deine Tochter. Ich habe auch ein eigenes Leben. Ich brauche … ich habe … das Recht auf Freiheit, um mein eigenes Leben zu leben. Und wenn du es nicht schaffst, das zu respektieren …«

»Was dann?«, fragt ihre Mutter herausfordernd.

Maries Blick schweift kraftlos durchs Zimmer. Die dunkle Mattscheibe des Fernsehers reflektiert ihr Bild, und sie kann sich selbst sehen, wie sie mit den Beinen unter der Decke und dem Handy in der Hand auf dem Bett sitzt.

»Dann …«, stammelt Marie, »dann tust du mir weh. Dann weiß ich, dass du nicht auf meine Bedürfnisse achten kannst. Und dass ich das selbst tun muss. Auch wenn es dich verletzt.«

»Nicht auf deine Bedürfnisse achten«, wiederholt ihre Mutter spöttisch, »ich habe mich für deine Bedürfnisse eingesetzt! Kostenfrei, übrigens. Weißt du, wie viel ich dafür normalerweise in Rechnung stellen würde?«

»Hättest du das auch getan, wenn du gewusst hättest, dass ich den Urlaub nicht bei dir verbringe?«

»Natürlich!«, ruft ihre Mutter. Marie schüttelt den Kopf und zieht vor Spott eine Grimasse. Lüge, denkt sie, sagt es jedoch nicht.

»Was habe ich dir getan, dass du mich so respektlos behandelst? Weißt du, wie viel ich für dich aufgegeben habe? Wer hat da nach *meinen* Bedürfnissen gefragt?«, klagt ihre Mutter und will auch noch weiter klagen. Will sich am liebsten auf die Knie stürzen und allen zeigen, was sie, die unschuldige, gutherzige, treue Mutter, erleiden muss. Aber Marie lässt sich nicht erweichen und geht dazwischen.

»Dafür kann ich nichts«, sagt sie, »das war dein Leben. Dies ist meins. Es tut mir leid. Ich brauche etwas Abstand.«

Ihre Mutter erwidert irgendetwas, aber Marie hört es nicht mehr, denn sie legt einfach auf.

Der Fernseher reflektiert weiterhin ihr Bild. Es läuft noch immer die Marie-Show, denkt sie. *Was für eine wahnsinnig langweilige Sendung, jede Folge hängt sie entweder am Handy oder weint,* hört sie die Kritik und muss beinahe kichern, aber schafft es nicht.

Irgendetwas scheint im Zimmer zu rauschen. Sie braucht einige Zeit, um zu erkennen, dass es ihr eigenes Blut ist, das durch ihre Ohren rast. Schuldgefühle klettern an ihr hoch wie kleine Insekten, doch sie lässt sie nicht an sich heran. Ihr Herz beruhigt sich. Marie atmet tief ein und lässt die Luft in einem lauten Stöhnen entweichen, so wie man normalerweise stöhnt, wenn man endlich die schweren Einkaufstüten abstellen kann, nachdem man sie in den vierten Stock getragen hat. Sie blockiert den Kontakt ihrer Mutter und schaut dann das Handy in ihrer Hand an, als wäre es ein totes Tier. Sie hat ihre Mutter ja nicht von einer Klippe gestoßen, sondern nur darum gebeten, mal ein paar Tage nicht zu telefonieren, sich eine Weile nicht zu sehen. Das ist doch kein Verbrechen? Nur eine Auszeit, wiederholt sie, das ist alles.

In dem Augenblick vibriert das Handy, und Toms Antwort auf ihre Nachricht zum Feuerwerk erscheint:

Von meinem Balkon aus kann man das Feuerwerk bestimmt sehen, wenn es eins gibt. Wollen wir es uns angucken?

Ihr Koffer liegt geöffnet auf dem Boden, was sie daran erinnert, dass sie noch keinen Rückflug gebucht hat. Aber sie braucht auch erst mal keinen. Unter der

Decke ist ihren Füßen mittlerweile heiß statt warm. Sie zieht sie heraus, verlässt das Bett und sucht im Koffer nach etwas zum Anziehen.

Etwa eine halbe Stunde später klopft sie an der Zimmertür von Tom. Sie wollte nicht die billigste Flasche Wein, die es im Hotel gibt, mitbringen. Aber die Preise sind allgemein so hoch, dass man wirklich nicht von billig sprechen kann, nur weil die anderen noch teurer sind. Außerdem hat sie auch einen Korkenzieher und Weingläser aufgetrieben. Beides hat Tom vermutlich in seiner Suite als Teil der Ausstattung, aber sicher ist sicher. Als er die Tür öffnet, sieht er besorgt aus und hält sein Handy in der Hand.

»Alles okay?«, fragt Marie.

»Alles okay«, sagt er, »ich hab nur gerade noch mit meinem Vater telefoniert.«

Marie kann sich ein mitfühlendes Lächeln nicht verkneifen. »Wenn deine Eltern halb so anstrengend sind wie meine«, sagt sie, »verstehe ich dein Gesicht absolut.«

Tom mustert sie. Marie trägt kein Abendkleid, aber immerhin eine richtige Hose und ein strahlend weißes, elegant eng anliegendes T-Shirt. Er selbst steht in Jogginghose und Schlabbershirt in der Tür. »Jetzt fühle ich mich underdressed.«

Sie schiebt sich an ihm vorbei ins Zimmer. Die Gläser schreien kurz schrill auf, als sie aneinanderstoßen. »Bist du auch! Wir sind schließlich auf einer Hochzeit, schon vergessen?«

Draußen hat die Dunkelheit den Himmel mittlerweile fest in der Hand. Die große Fensterfront des Zimmers ist tiefschwarz.

»Stimmt«, sagt Tom. »Die Show in der Mitte war etwas weird. Aber das Feuerwerk wird bestimmt toll.«

Die Erinnerung an ihren Bühnenauftritt lässt Marie zusammenzucken.

»Das war wirklich schlimm.« Sie stellt die Gläser und die Flasche auf dem Schreibtisch ab. »Ich verstehe nicht, warum Ratkevski das mit dem Beamer gemacht hat …«

Tom schaut sie an, als wäre er frisch verprügelt worden, und Marie versteht sofort.

Nein, denkt sie verzweifelt, bitte nicht. Ihr Magen füllt sich mit Steinen. Bitte sag mir nicht, dass du etwas damit zu tun hattest.

»Er hat das getan …«, stammelt Tom, »weil ich das so mit ihm abgesprochen habe.«

Das Echo dieses Satzes ist eine schwere, unangenehme Stille. Marie streicht wieder über ihren Ring. Diese alte Angewohnheit wiederzufinden, fühlt sich gut an. Es beruhigt sie. Aber nicht genug.

Ich wusste es, denkt sie aufgebracht, warum wusste ich es?

»Ich musste das tun, weil … Wir wollten …«

»Mir ist egal, warum.« Ihre Stimme wirkt wie ferngesteuert. »Ich habe dir vertraut, und du hast mich verraten.« Jetzt bricht die Wut vollends durch. »Und du hast mich angelogen. Ich habe dich direkt danach gefragt! Und du hast mich einfach angelogen!« Sie haut ihm mit der Faust gegen die Brust. Tom weicht nicht zurück. Der dumpfe Aufschlag muss schmerzen, aber er scheint den Schmerz willkommen zu heißen.

»Du dummes Arschloch!«

»So ein Video geht viral. Und das ist die einzige Möglichkeit, wirklich allen auf einmal zu beweisen, dass ich unschuldig bin. Meine Karriere wiederherzustellen. Das geht nur so. Als Ganzes, mit dir in dem Video.«

Heiße Tränen rennen Marie über die Wangen. Die Worte ergeben keinen Sinn. Virales Video? Das war einer der Tiefpunkte ihres Lebens. Es waren Tage voller Demütigung, voller Schmerz, und er spricht von einem lustigen Internetclip? »Du wolltest das verbreiten?!«

Dass alle auf der Hochzeit von der Affäre mitbekommen haben, war schon schlimm, aber allein der Gedanke, dass ihre Mutter das Video sieht, dass Heiner es sieht, dass Frau Merkenich … Sie muss sich am Schreibtisch abstützen, um sich auf den Beinen halten zu können, doch ihr Blick richtet sich fest auf Tom.

»Aber du hast es nicht verbreitet? Du hast deine Meinung geändert?«

Tom hält ihrem Blick stand. »Ich ja«, sagt er, »mein Vater nicht. Doch er ist seit der Sache mit Bello nicht länger mein Manager. Und er wird es auch nie wieder sein. Das habe ich ihm klargemacht. Und das Video gelöscht. Es gibt kein Video mehr. Das Ganze ist vorbei.«

Marie atmet erleichtert aus.

»Es tut mir leid«, sagt Tom.

»Das sollte es auch.«

Sie stürmt aus dem Zimmer, ohne die Tür zu schließen.

Draußen ist es warm, obwohl nicht mal mehr ein Schimmer der Sonne zu sehen ist. Aber die Luft hält die Erinnerung an die Wärme des Tages fest und nimmt der tiefen Dunkelheit jegliche Kälte. Marie weiß nicht, wo sie hingeht, sie streift ziellos durch die Gassen und findet sich plötzlich am Rand der Stadt wieder. Es ist so still, dass sie das Zirpen der Zikaden hören kann. Es kommt aus allen Richtungen und keiner Richtung gleichzeitig, wie das Rauschen von Wind. Sie streicht sich die letzten Tränen aus dem Gesicht und ärgert sich, dass sie vor Tom geweint hat. Aber nicht, weil sie sich schämt, wie manchmal nach kleinen Angst- oder Panikattacken (oder wie auch immer man es nennen mag), wenn sie wieder zu sich kommt und merkt, dass sie überreagiert hat. Denn sie hat nicht überreagiert. Sie ärgert sich, weil sie damit ihren Stolz eingebüßt hat. Tom hat sie belogen. Und ausgenutzt. Er war im Unrecht, und sie wäre gerne mit hoch erhobenem Haupt fortgegangen statt mit Tränen in den Augen.

Der Himmel ist voller Sterne, die verspielt funkeln. Marie lehnt sich an die hüfthohe Stadtmauer und sieht hinunter ins Tal. Sie ist sich nicht sicher, in welche Richtung sie schaut, aber hat das Gefühl, dort unten müsste irgendwo das Weingut sein, auf dem die Hochzeit stattgefunden hat. War sie hier, an genau diesem Mauerabschnitt, schon einmal? Er kommt ihr bekannt vor. Sie lässt den Gedanken los und blickt in den Himmel, in der Hoffnung, eine Sternschnuppe zu erwischen, aber die Sterne blinken nur ab und an, ohne zu fallen.

Tom joggt durch die leeren Gassen und ärgert sich über sich selbst. Er ärgert sich, dass er Marie derart verletzt hat. Er ärgert sich, dass er ihr erst so spät hinterhergelaufen ist und sie jetzt nicht findet. Wut peitscht einen an, Ärger bremst, und Tom kommt es so vor, als würde er durch Pudding laufen. Oder in einem Traum, wo man trotz wilden Strampelns und Keuchens einfach nicht vorankommt. Obwohl die ganze Stadt komplett verlassen scheint, traut er sich nicht, nach Marie zu rufen, das wäre etwas zu melodramatisch. Aber er weiß nicht, wie er sie sonst finden soll. Vielleicht ist sie auch gar nicht mehr draußen, sondern zurück ins Hotel gegangen? Er hat von seinem Balkon aus nur noch gesehen, wie sie es verlassen hat, und erst dann endlich verstanden, dass er ihr hinterhermuss. Dass er sie nicht einfach gehen lassen kann. Nicht so.

Das Kopfsteinpflaster klappert unter seinem Schritt. Schwache Laternen tauchen kleine Abschnitte der Straßen in ein zurückhaltendes Orange. Die alten Steinwände scheinen ihn zu beobachten und zu verspotten.

Die Stadt hat sie verschluckt, denkt Tom, und gibt sie nicht wieder her.

Du hast sie verletzt, scheinen die jahrhundertealten Gassen und Mauern zu sagen, *bleib fern von ihr*. Der Gedanke an ihre Tränen sticht ihm in die Seite, und Tom muss kurz stehen bleiben. Eine Katze, die auf einer kleinen Treppe sitzt, beobachtet ihn mit leuchtenden Augen.

Vielleicht hat er in dem Moment, in dem er das Video gelöscht hat, seine Karriere weggeschmissen. Aber vielleicht war eine Karriere, der sich alles andere unterordnen muss, auch nie so viel wert, dass es schlimm wäre, sie zu verlieren. Vielleicht kann er sich eine neue Karriere aufbauen, die es wert ist. Vielleicht auch nicht. Das ist ihm im Moment alles egal. Er will einfach nur Marie finden, will sich vernünftig entschuldigen, und dann … was dann? Es ist nicht wichtig, was dann, denkt Tom und schaut durch die Gassen, als würde er mit der Stadt reden. Der Rest liegt bei ihr. Ich möchte nur tun, was ich tun kann. Was ich ihr schulde. Was ich tun muss. Die Gassen antworten nicht. Scheiß drauf, denkt er, läuft wieder los und fängt an zu rufen. »Marie!«

Sie würde sich gerne auf die Mauer setzen, statt nur an ihr zu lehnen, aber in der Dunkelheit sieht sie nicht, wie weit der Abhang darunter reicht, und traut sich nicht. Es ist kurz vor neun. Falls es wirklich ein Feuerwerk geben wird, dann wird sie es gleich sehen. Oder eben nicht. Marie entschließt sich, noch zu warten, bis das Feuerwerk entweder ausbleibt oder zündet, und dann zurück ins Hotel zu gehen, als das Echo eines kurzen Schreis sich in das Zirpen der Zikaden mischt. Marie horcht auf. Es ist kein Schrei, stellt sie fest, sondern ein Ruf: »MARIE!« Die Stimme klingt weit entfernt, aber Marie erkennt sie. Es ist Tom. Sie beißt sich auf die Lippen, bevor sie aus Reflex antworten kann. Will sie ihn jetzt sehen? Ihre Wut ist noch frisch, aber nicht so stark, wie sie erwartet hätte. Immerhin hat er das Video gelöscht, statt es zu verbreiten.

Nein, schimpft Marie mit sich selbst, sie möchte wütend auf ihn sein, sie hat ein Recht darauf, wütend zu sein. Dass er das Video gelöscht hat, ist das Mindeste. Und dass er ihr überhaupt davon erzählt hat, auch. Aber der Gedanke ist ihr zuvor noch gar nicht gekommen. Warum hat er ihr davon erzählt? Wenn er das Video gelöscht hat und doch nicht verbreiten wollte, hätte sie nie erfahren, dass er etwas damit zu tun hatte. Dass es überhaupt ein Video gab. Warum hat er es ihr gebeichtet? Weil er eben nicht wie Emil ist, denkt sie, weil er sich dagegen entschieden hat, so zu sein. Aber kann man das? Kann man entscheiden, wer man sein möchte?

»Marie! Marie! Marie, wo bist du?« Die Rufe entfernen sich. Er geht in die falsche Richtung. Sie öffnet den Mund, aber schließt ihn dann wieder, ohne zu antworten. Es sind nur wenige Minuten bis neun. Soll der Zufall entscheiden, ob sie sich noch sehen.

Auf der großen Piazza bleibt Tom mit einem Mal stehen. Anders als in den Gassen sind hier einige Menschen unterwegs. In den Trattorien wird Bier und Wein getrunken und gelacht. Hier ist sie nicht, denkt er. Aber wo sonst? Er kann nicht die gesamte Stadt ablaufen, das würde viel zu lange dauern und außerdem kennt er sich dafür nicht gut genug aus. Wahrscheinlich ist er durch einige der Gassen bereits mehrmals gesprintet, ohne es zu merken. Hilflos wandert sein Blick über die Piazza. Und mit einem Mal weiß er, wo Marie sein könnte. Als hätte es die Stadt ihm zugeflüstert. Tom lässt sich keine Zeit zum Luftholen und läuft wieder los.

Marie ist überrascht, als sie ihn entdeckt. Er keucht, und als er näher kommt und in den schwachen Schein der Straßenlaterne tritt, kann sie sehen, dass er schwitzt. Nur leicht, aber von ihrem gemeinsamen Ausflug zur Burg weiß sie, dass es sehr viel Anstrengung braucht, um ihm etwas Schweiß zu entlocken. Er muss ganz schön gelaufen sein.

»Hey … du auch hier?«, versucht Tom, nonchalant zu sagen, aber sein Keuchen unterbricht ihn, und er muss sich kurz auf den Knien abstützen, um Luft zu holen. Marie unterdrückt ein Lächeln, dass sich ihr aufdrängt. Nachdem er sich wenige Sekunden vornübergebeugt hat, scheint er wieder normal atmen zu können, und kommt auf sie zu.

»Marie, wenn du willst, dass ich dich in Ruhe lasse, tue ich das sofort. Aber ich wollte dich zumindest noch einmal sehen, um mich vernünftig zu entschuldigen. Um dir zu zeigen, wie leid es mir tut. Ich habe das Gefühl, eben im Hotel konnte ich nicht alles sagen, was eigentlich zu sagen ist.«

Es kommt kein Protest. Das Zirpen der Zikaden ist das Einzige, was die Stille füllt, und schließlich fährt Tom fort.

»Ich habe dich benutzt. Und du hast recht, es ist egal, warum. Am Ende des Tages habe ich dich belogen und benutzt, und es gibt nichts, was das rechtfertigen würde. Es tut mir leid, dass ich das überhaupt versucht habe. Das ist nicht, wer ich sein will, und das ist vor allem nicht, wer ich für dich sein will. Es tut mir leid. Wirklich, tief schmerzend, Übelkeit erregend leid.«

Die Luft kühlt ab, irgendwo bellt ein Hund. Noch mehr Worte scheinen Tom im Hals zu stecken, aber sie kommen nicht heraus. Er weiß nicht weiter. Marie wendet sich lächelnd ab.

»Woher wusstest du, wo ich bin?«, fragt sie, während sie sich an die Mauer lehnt und ins dunkle Tal blickt. »Oder bist du echt die ganze Stadt abgelaufen?«

Tom lehnt sich neben sie an die Mauer.

»Beides. Ich bin erst die ganze Stadt abgelaufen, und dann ist mir eingefallen, wo du sein könntest.«

»Ich weiß selbst nicht, wo ich sein könnte«, gibt Marie zu.

»Das ist ziemlich genau der Mauerabschnitt, wo wir Eis gegessen haben, nachdem wir fast die Stadtführerin ermordet hätten.«

Marie sieht sich verwirrt um und stellt fest, dass er recht hat. Sie wusste doch, dass ihr der Ort bekannt vorkommt.

»Von hier aus kann man sehr gut über die Stadt blicken«, sagt Tom und zeigt in die Dunkelheit. »Wenn's ein Feuerwerk gibt, dann kann man es von hier aus bestimmt gut sehen. Ich dachte, darum bist du vielleicht hier.«

»Meine Orientierung ist ungefähr so gut wie mein Italienisch«, sagt Marie. »Dass ich hier gelandet bin, ist Zufall.«

»Glück«, verbessert Tom.

Sie schweigen.

Die Nacht säuselt und rauscht friedlich vor sich hin. Kein Straßenlärm, keine Lichter am Horizont außer Sterne, die Welt scheint versöhnlich zu sein und mit sich selbst im Reinen.

»Und sonst gibt's keine weiteren Geheimnisse?«, fragt Marie.

»Keine weiteren Geheimnisse. Nie wieder.«

Sie streift mit der Hand über die raue Oberfläche der Mauer. Der Stein und die Sterne, denkt sie, wie viele Menschenleben sie zwischen sich schon gesehen, wie viele Tränen sie wohl schon beobachtet haben?

»Dann lass uns gemeinsam das Feuerwerk angucken. Falls es eins gibt.« Sie atmet die Luft der Nacht ein und fügt hinzu: »Aber das heißt nicht, dass ich dir einfach verzeihe. Ich will nur heute nicht mehr darüber nachdenken. Vielleicht haue ich dir morgen früh eine rein.«

»Das ist fair«, meint Tom und lacht.

Was, wenn Tom das Video doch nicht gelöscht hat und es sich anders überlegt? Stell dir vor, dass alle zu Hause in Deutsch-

land von der Affäre erfahren, dass … Marie stoppt die Gedanken. Das sind Gedanken für morgen. Das sind Sorgen für morgen. Und ganz insgeheim weiß sie, dass sie nicht berechtigt sind.

»Verletz mich nie wieder so.«

»Niemals.«

Plötzlich knallt es.

Am Himmel platzen bunte Lichter, Farbe streut flackernd durch die Luft.

Nach einem ganz besonders lauten Knall am Himmel ergießt sich eine Kaskade aus grünem Licht über ihnen. Marie staunt und lehnt dabei den Kopf an Toms Schulter. Sie tut es ganz instinktiv und schreckt kurz auf, als sie es bemerkt. Über ihnen ergießt sich knisternd buntes Licht. Die Farben explodieren in tausend kleineren Explosionen und erhellen die Nacht.

Marie lässt den Kopf, wo er ist. An Toms Schulter. Denn es fühlt sich gut an, also warum nicht? Was morgen ist, ist morgen, denkt sie noch einmal.

Und in dem Moment weiß Tom, dass er richtig gehandelt hat. Egal, was kommt. Egal, was aus ihnen beiden wird. Vielleicht eine Freundschaft, vielleicht mehr, vielleicht weniger. Vielleicht reisen sie morgen ab und vergessen sich. Vielleicht bleiben sie ein Leben lang zusammen. Wer weiß? Aber allein die Möglichkeit, das herausfinden zu können, scheint in diesem Moment das Wertvollste auf der Welt.

ENDE